FRITZ VON HERZMANOVSKY-ORLANDO

Gaulschreck, Hofzwerg, Exzellenzen

Mit 23 Zeichnungen von der Hand des Autors

LANGEN MÜLLER

Besuchen Sie uns im Internet unter:
http://www.herbig.net

Umschlaggestaltung: Wolfgang Heinzel
Umschlagbild: »Das Ballett«,
Aquarell von Fritz v. Herzmanovsky-Orlando
Das Umschlagfoto zeigt Fritz von Herzmanovsky-Orlando und stammt
aus dem Bildarchiv der Österreichischen Nationalbibliothek
Herstellung und Satz: VerlagsService Dr. Helmut Neuberger
& Karl Schaumann GmbH, Heimstetten
Gesetzt aus der 10,5/12 Punkt New Caledonia
Druck und Bindung: Wiener Verlag, Himberg
Printed in Austria
ISBN 3-7844-2845-2

Inhalt

Vorwort

Im wesentlichen besteht dieses Buch aus von Friedrich Torberg herausgegebenen Texten von Fritz von Herzmanovsky-Orlando. Friedrich Torberg hat für die vierbändige Ausgabe von 1963 mehrere editorische Erklärungen gegeben, die hier in ihren für heute wichtigen Teilen zitiert werden.

Ein Auswahlband wie der vorliegende mag dem Herzmanovsky-Lehrling einen Weg zeigen, kann das Tor zu wunderbaren Entdeckungen aufstoßen. Das Buch bringt nicht nur Werke und Auszüge aus Werken des Dichters FHO, es zeigt ihn auch als bildenden Künstler, mit seinen Illustrationen zum »Gaulschreck im Rosennetz«, es geht auf Herzmanovsky, den Architekten, ein, es erzählt eine Geschichte, in deren Zentrum FHOs Vater steht. Und es erklärt eine Anzahl von Ausdrücken, die beim Erscheinen der vierbändigen Ausgabe im Verlag Langen Müller wohl noch nicht erklärt zu werden brauchten.

Diese vierbändige Ausgabe hatte Friedrich Torberg zum Herausgeber. Sie erschien Band für Band von 1958 bis 1963, und sie bedeutete für den Leser, der Band I erworben hatte, sehnsuchtsvolles Warten auf Band II und III und IV.

Herzmanovskys zentrales Interesse galt, so schreibt seine Witwe Maria Carmen, »… von frühester Jugend an … dem Studium der matriarchalischen Menschheitsepochen und ihren noch erhaltenen und wirksamen Kräften, wie er sie in Quellheiligtümern, in Kirchen und Kapellen erkannte. Aber auch die Vorstellungs- und Verwandlungskraft des griechischen Geistes, die vielfach das Menschliche zu den Göttern erhob, war ihm aufs genaueste vertraut. Er wußte, daß diese Geisteswelt mit ihrem Untergang nicht zerstört worden war, sondern sich im Gegenteil wieder verstreut und verbreitet hat, in unzähligen Verästelungen neue Brennpunkte ältester Kultur schaffend. Es ist keineswegs Lokalpatriotismus, wenn er den Haupterben dieser Geisteswelt in Österreich erblickte und nicht etwa im modernen Griechenland oder in Italien. Nur Venedig noch ist Schatzhüterin urältester Weisheit, vielfach verdeckt und überlagert, aber überall durchbrechend wie altes Gold.« (Aus dem Nachwort zur Erstausgabe des Romans »Maskenspiel der Genien«, 1958.)

Vieles hat Herzmanovsky gewußt, erkannt, verwendet. Manche seiner Figuren – wie der Rat Großkopf im »Gaulschreck« – trifft man in anderem Zusammenhang, unter anderem Namen wieder. Und etliche von ihnen hat es in Herzmanovskys Leben tatsächlich gegeben, nicht nur in seiner Phantasie. »Ob in Tirol, ... ob in Wien, ... ob im Südosten des ehemaligen Österreich, ob in Ungarn oder Böhmen – immer scharten sich um ihn die unwahrscheinlichsten Gestalten«, schreibt Maria Carmen.

Dieses Buch bringt zuerst das einzige Werk Herzmanovskys, das der Autor gebunden und also verlegt in Händen halten konnte. Bei Artur Wolf in Wien ist es 1928 erschienen – »Der Gaulschreck im Rosennetz. Eine skurrile Erzählung von Fritz von Herzmanovsky-Orlando. Mit Illustrationen des Autors«.

Artur Wolf, der Verleger, schreibt in seinem Vorwort: »Zum dritten Male geschieht es mir, daß ich einen fabulierenden Österreicher zum Veröffentlichen seiner Geschichten ermutige.« Mit den beiden anderen Österreichern, die Autor Wolf hier meint, stand Herzmanovsky in enger geistiger, seelischer und brieflicher Verbindung – mit Gustav Meyrink und Alfred Kubin. Kubin war Wolfs Schwager, dieser hatte ihn zur Veröffentlichung des phantastischen Romans »Die andere Seite« ermutigt. Im Verlag Georg Müller ist damals »Die andere Seite« erschienen.

Artur Wolf hat Kubin jene Dienste geleistet, zu denen sich viele Jahre später Friedrich Torberg im Dienste Fritz von Herzmanovsky-Orlandos verstanden hat – Kürzung, Bearbeitung.

Den Kontakt zwischen Autor und Illustrator einerseits und dem Verleger andererseits hatte Oscar A. H. Schmitz vermittelt, der den »Gaulschreck« mit einem Sonett begleitet hat, in dem es heißt:

> O Österreich, erst jetzt, da du verloren,
> Verspüren, welche Süße sie vermissen,
> Die dir mit Lächeln nachzuweinen wissen …

Torberg hat, wo es ihm notwendig erschien, bearbeitet. Zum »Gaulschreck im Rosennetz« schreibt er: »Was den ›Gaulschreck‹ betrifft, so wurde er keiner Bearbeitung unterzogen. Er stellt die unveränderte Neuauflage der 1928 in einem Wiener Verlag erschienenen und seit vielen Jahren verschollenen Originalausgabe dar. Die Tätigkeit des Herausgebers hat sich darauf beschränkt, die einzelnen Kapitel mit Überschriften zu versehen und einige offensichtliche Schreib- oder Druckfehler des Originals auszumerzen.«

Hugo von Hofmannsthal hat diese Ausgabe von 1928 gekannt und geschätzt, denn er schreibt in einem Brief an Maria Grengg unter dem Eindruck »dieses seltsamen Altwiener Romans«, der den Briefschreiber »wirklich sehr unterhalten« hatte, in seinem letzten Lebensjahr 1929: »Der Autor muß ein ganz sonderbarer Mann sein.«

Torberg hatte schon das parodistische Spiel »Kaiser Joseph und die Bahnwärterstochter« für die Bühne eingerichtet. Er hat die drei Akte, die nach seiner Schätzung eine Spieldauer von ungefähr fünf Stunden ergeben hätten, für die Uraufführung an den Münchner Kammerspielen im Jahr 1957 – komprimiert – »... und immer noch bemängelte der oder jener (mit durchaus zutreffenden Argumenten übrigens) die oder jene Länge.«

Dieses Bemängeln der Torbergschen Bearbeitung kam viele Jahre später in Mode. Als die kritische Gesamtausgabe zu erscheinen begann, gab es längst einen großen Herzmanovsky-Verehrer-Kreis. Nun wurde, ab 1983, verglichen, und fast dreißig Jahre nach dem Tod des Dichters, vier Jahre nach jenem des verdienstvollen Entdeckers und Bearbeiters, da eine Kürzung, dort eine Umformung kritisiert. Aber ohne die Arbeit Friedrich Torbergs hätten wir alle wohl nie oder noch viel später erst die Freude der Bekanntschaft mit dem Werk FHOs gemacht.

Torberg selbst war sich der Problematik wohl bewußt. Er spricht von sich selbst, dem Herausgeber, in der dritten Person und erklärt: »Im übrigen ist er der Meinung, mit dem ihm unterbreiteten Material nicht mehr (und freilich auch nicht weniger) getan zu haben, als was in den lang vergangenen Zeiten einer literaturbewußten Autorenbetreuung – ältere Forscher erinnern sich vielleicht noch, daß es so etwas einmal gab – ein geduldiger Verleger und ein kompetenter Lektor getan hätten, um die ungefügen Hervorbringungen eines genialisch verkauzten Amateurs druckreif zu machen. Schade, daß die Zeit, da Herzmanovsky noch lebte, nicht mehr danach war. Ein Glück, daß heutzutage ein geduldiger Verleger sich fand, der das Risiko dieser Edition einging.«

Man hat Torberg vorgeworfen, er habe den »Amateur«, den »skurrilen« Aspekt dieses Œuvres in den Vordergrund geschoben und er habe nicht begriffen – oder bewußt unterdrückt –, daß es da ja auch noch den umfangreichen Briefwechsel gab, mit Alfred Kubin vor allem, mit Oscar A. H. Schmitz, und leider eben auch mit dem grotesken Lanz von Liebenfels. Gerade dieser Briefpartner wirft für den oberflächlichen Betrachter auf den Denker und Forscher FHO ein seltsames Licht, hat doch auch Adolf Hitler seine Wertschätzung für den germanophilen Mystiker Lanz von Liebenfels entdeckt. Aber als Herzmanovsky seine ersten Briefe an Lanz von Liebenfels absandte, bewarb sich der »böhmische Gefreite« Hitler um die Aufnahme in die Wiener Akademie, und noch niemand konnte sich anhand von »Mein Kampf« über die Gedankenwelt Hitlers informieren. Hätte Torberg so kurz nach dem Krieg und so kurz nach dem Versuch, dem eben verstorbenen Herzmanovsky Gerechtigkeit im Literarischen zuteil werden zu lassen, auch diesen Briefwechsel ediert, so wäre vielleicht eine vierbändige Ausgabe von Werken FHOs nicht möglich gewesen. Friedrich Torberg selbst hat auf die Jahrzehnte später erscheinende Gesamtausgabe gehofft und schreibt abschließend in sei-nem Nachwort – Wien/München 1962/63 – zum Thema der literarischen Hinterlassenschaft Herzmanovskys: »Ob sie jemals in allen Teilen, also in einer kritisch-historischen Gesamtausgabe zur Veröffentlichung gelangen wird, kann nur die Zukunft zeigen. Der Herausgeber würde es innig wünschen und versichert den mit solcher Arbeit Befaßten schon jetzt seiner aufrichtigen Anteilnahme und Bewunderung. Was ihn selbst betrifft, so betrachtet er die herausgeberische Arbeit, die er nach Herzmanovskys Hinscheiden im Jahre 1954 übernommen hat, hiermit als beendet.«

So wird nun dieses Buch zur Möglichkeit der Wiederbegegnung mit Fritz von Herzmanovsky-Orlando und zur neuerlichen Würdigung der Arbeit seines ersten Herausgebers.

Baden bei Wien/München
im Sommer 2001 Gerhard Tötschinger

Der Gaulschreck im Rosennetz

Unter Hofzwergen

Es war ein wunderlicher Zug, der sich durch den lind rieselnden Schnee vom Kärntnertortheater her bewegte. Voran schritt, von seiner baumlangen, dürren Gattin sorgsam an der Hand geführt, der kaiserliche Hofzwerg i. R. Zephyses Zumpi, hinter ihm seine zwei ältlichen Töchter, von der Natur mit nur kümmerlichen Reizen bedachte Mädchen, und mit ihnen als Kavalier ein lang aufgeschossener Herr in steifer, würdevoller Haltung, der Hofsekretär Jaromir Edler von Eynhuf. Der pensionierte Hofzwerg kämpfte schnaubend gegen den spannenhohen Schnee und war sichtlich übler Laune, zumal er seiner ungleich großen Füße wegen etwas schwer ging. Die Gattin lugte affenartig schnell mit den tiefliegenden Äuglein sorgsam nach Hunden aus, mit denen sie des Gemahles wegen in bitterer, nicht enden wollender Fehde lebte. Wie häufig war es doch vorgekommen, daß der quieszierte, würdige Beamte, von einem solchen Untier gebeutelt, jeder Würde bar, schmutzbekrustet, gackernd vor Wut, von mitleidigen Passanten zu Hause abgegeben wurde.

»Die Höllteufel hat sich wieder einmal selbst übertroffen«, brach Hofsekretär von Eynhuf die Stille. »Wie s' die Spenadelarie exekutiert hat – das hat schon nicht seinesgleichen –, und schön ist sie, wie s' so mit dem feschen Spazierstock – wo die rosa Straußfeder oben war – daherkommt, in die grünen Trikots, mit den goldenen Fangschnüren drauf – ich sag' nicht wo – die verführerische Teufelin, die ...«

»No pfui, pfui«, fiel ihm Crispine, des Hofzwergs ältere Tochter, ins Wort, »ekelhaft war s', direkt indezent hab' ich s' empfunden, während hingegen der Czwaczek mit dem schmelzenden Jubel in der Stimme mir direkt ans Herz gegriffen hat! Der große Künstler, der! Das ist, wie wenn ein Engel mit schwarzem Vollbart singet! ...«

»Geh weg mit dem faden Czwaczek, ja«, unterbrach sie Kiliane, die Jüngere, mit bissig näselnder Schnupfenstimme, »was ist das alles gegen 'n Jalowikar, den s' mit Recht den ›Fürst der Grazien‹ nennen, so ein feuriger Tänzer, was der ist.«

»Sehr mit Unrecht«, fuhr Eynhuf dazwischen, »a) hat er zur Führung dieses Beinamens, soviel mir bekannt ist, keine behördliche Bewilligung, und b) hat der Mensch Plattfüße wie die Tschinellen. Das müssen selbst Sie mir zugeben, wie der den Apfeltanz im großen Ballett: ›Vertummnus und Pomonas silberne Hochzeit oder die Rache des verzauberten Obstkorbes‹ verpatzt hat, war einfach abscheulich – so ein schwerfälliger Mensch darf eben nicht, als Apfel verkleidet, einen Pas de deux mit einer genäschigen Brummfliege tanzen. Wenn sein Bruder nicht k. k. Obersthoflöschhornputzer wäre, nie würde er, das sage ich Ihnen, beim

Kammerballett mitwirken dürfen. Tut mir leid, wenn ich vielleicht ein Ideal zertrümmere ...«
Kiliane schwieg und seufzte mit nasalem Katarrhanklang laut auf.
Das Kunstgespräch hatte sein Ende, und die kleine, von Schnee wie überzuckerte Karawane war beim Zumpischen Wohnhause in der Walfischgasse angekommen. Beim Abschied, der kurz war – der mürrische Zwerg drängte ins Bett –, schnitt Mama Hofzwerg mit dünnem, keifendem Organ, zu Eynhuf gewendet, die Unterhaltung mit folgenden Worten ab: »Wir danken Ihnen sehr für die freundliche Begleitung. Heute war es wirklich schön, und am Sonntag wird uns der Herr Hofsekretär von Eynhuf, wenn er nach der Jause zu uns kommt, die Spenadelarie auf der Flöte blasen.«
»Aber wo denken Sie hin, Frau Hofzwerg«, wehrte Eynhuf bescheiden ab, »ich habe ja noch die ›Derwischtänze‹ – prächtige Suiten von Johann Nepomuk Hummel – zu üben –, und die Spenadelarie, die bringe ich nie zustande – bei die Pizzikatos und Stakkatos werde ich fürchterlich stolpern, die sind kaum zu blasen, wo ich noch dazu mit den Halbtönen Schwierigkeiten habe, was natürlich nur am Instrument liegt. Es ist zwar eine echte Amati; aber in den Flöten war er Dilettant! Hätt' er nie angreifen sollen. Hat ihm aber keine Ruh' gelassen! Die liebe Eitelkeit! Nur ein Glück, daß er sich nicht auch noch auf die Trommeln geworfen hat ... das hätt' ausgegeben!«
»*Sie* das bissel Spenadelarie nicht zusammenbringen!« fuhr ihn Frau Zumpi an, die unter der verschneiten, bänderreichen Kapotthaube aussah wie aus altem Käse gebosselt. »Da bin ich doch neugierig!« Und streng funkelten den Sekretär die kleinen Affenäuglein und der demantene Nasentropfen an. »No, das möchte ich sehn, ob Sie s' bis Sonntag können, ein Mann, der was sogar bei der Fußwaschung hat mitpfei-

fen dürfen. Wie oft Sie das Hochamt bei St. Stephan mit Ihrem Flötenklang verzieren helfen, davon rede ich ja gar nicht …«

»Gute Nacht, hab Bauchweh«, murrte der alte Herr, der winzig zusammengeduckt im Schnee stand und mit seinem Stocke wütend die Schelle zu erreichen trachtete. Das hohe, finstere Tor tat sich auf, man blickte in einen von der Laterne des Hausmeisters schwach rötlich beflackerten Hallenflur des alten Barockpalastes, in dem des müden Hofzwergs Familie, die man wohl nur als Abfallprodukt der gnädigen Schöpfung bezeichnen konnte, lautlos verschwand.

»Wie eine Nußknackerquadrille«, dachte selbst Eynhuf, der ihnen gedankenvoll nachblickte. »Nein, pfui«, korrigierte er sich selbst im nächsten Augenblick, »es sind würdige, angesehene Leute und mir gut gesinnt. Hm! Aber ob ich mich für die Ältere entscheiden soll? Gewiß, eine Ehre, in die Familie hineinzuheiraten, gewiß, ganz gewiß; finde überhaupt das Gefrozzel meiner Herren Kollegen nicht am Platze. Na, mich kränken sie nicht, wenn's auch immer hinter mir heißt: ›Hofzwergs künftiger Schwiegersohn.‹ Am alten Beamtenstatus hätte man nie rütteln dürfen, das sage ich, und bloß den Wühlereien der verfluchten Freimaurer ist es zu danken, daß die Hofzwerge unmöglich wurden. Ja, der Sonnenfels! Waren alle treue Stützen von Thron und Altar, und jeder umstürzlerischen Strömung abhold. Manch römischer Kaiser« – hier verbeugte er sich in Gedanken – »lieh den wackeren kleinen Leuten gerne sein hohes Ohr. Das müssen prächtige Herren gewesen sein! Wie oft habe ich meinen Großvater selig davon reden gehört! Ganze Reihen glanzvoller Namen!« Er zählte für sich an den Fingern her: »Da waren einmal: die Einöhrl, die Wimhölzl, die Zirps, der Tschwertschkarsch – den was August der Starke gelegentlich einer Serenade im Finstern zertreten hat –, der Hirnwimmerl, die Brüder Zirm, der Domhopf, der Kipfeltanz, der Krschiwoprd, der Schuschniak – vom unvergeßlichen Krschisch gar nicht zu reden. Er soll der Erfinder der böhmischen Sprache gewesen sein, hör' ich! Für einen schwermütigen Prinzen aus dem Hause Habsburg soll er sie ersonnen haben! Der ist davon gesund geworden, und seither soll bei Hof eine gewisse Vorliebe… aber pst!« Scheu sah er sich um.

»Ja weiter: der Grienpimpel aus London, der Kniakal, der Wanzenböck – der was den Prinzen Eugen gestürzt hat! –, dann der Gobbi! Soll königliches Blut in den Adern gehabt haben, munkeln, hör' ich, die Leute. War auch savoyischer Leibzwerg! No, dann der Clemens Ritter von Cicerambuli – ein ehrfurchtgebietender Greis – hat mich selbst als Kind oft auf den Knien gewiegt! Bei uns zu Hause haben lauter Hofzwerge verkehrt. Die haben's alle auf ihre alten Tage zu vergoldeten Equipascherln gebracht, manche mit vier Ziegenböcken – der Wanzenböck ist sogar nie anders als sechsspännig gefahren – bunte Bandeln auf die Hörner –, und die höchsten Damen sind hinten nachgelaufen und haben sich um die Ziegenbemmerln gerauft, um sie im Wäscheschrank als Glücksamuletterln zu verstreuen. So weit hat es natürlich der gute Zumpi nicht gebracht, aber ich achte ihn hoch wegen seiner strengen Moral, der hat seine Töchter wohl behütet, so daß ich sicher sein kann, eine Jungfrau in die Ehe zu bekommen. Und schließlich« – Eynhuf schlenderte, behaglich in seinen Radmantel gehüllt, seiner Wohnung zu – »ist der Mann vermöglich, ohne Zweifel. Da hat er einmal die schöne Pension, 117 Gulden 27 Kreuzer, dazu 19 Gulden 54 Kreuzer Quartiergeld, wenn ich nicht irre, was seinem Majorsrang – war Hofzwerg erster Klasse – entspräche. Dann sein Geburtshaus in Krummnußbaum, soviel ich weiß schuldenfrei, und überdies muß er ja auch

noch ganz nett daneben verdienen mit den Leiden Christi und den sieben Schmerzen Mariä, die er, aus Holz, Moos und dergleichen gebastelt, in die Kirchweihflaschen macht, und die Apostelfiguren, welche er aus wirklich vom Ölberg herstammenden Straßenkot herausdruckt. No, und vom Herzog von Sachsen-Teschen, dem hohen Herrn mit dem feinen Kunstsinn, bekommt er manch hübschen Zwanziger zugesteckt, wenn er ihm beim Zurechtschneiden der Kup-

ferstiche hilft, vom guten Tokaier gar nicht zu reden. Ja, am Ende würde er gar noch im Ruhestande« – er klopfte abergläubisch auf seinen Schuhabsatz – »unbeschrien! wirklicher geheimer Oberzwerg. Da hätte er noch das Extrabene, daß seine Frau, beziehungsweise die älteste Tochter, als landesfürstliches Privileg statt der bekannten Auskocherin, der Schmauswaberl, die allerhöchsten Überreste von der Hoftafel zum freihändigen Verkauf bekäme (wäre wohl eine schöne Zubuße zur Mitgift!). Freilich, in besseren Zeiten hätte der alte Herr sogar den ›Exzellenz‹ bekommen – aber so ...«
Mißbilligend das Haupt schüttelnd, ging Eynhuf weiter.
»Und dann, richtig, ist noch ein kinderloser Bruder da, der was in Krummnußbaum die väterliche Ohrlöffelschmiede betreibt! Verdient ein unmenschliches Geld – hat schon Ohrlöfferln geliefert für den lieben Heiligen Vater und den Großmogul gar, weit hinten in Calicut, da, wo vor vier Jahren die Gesandtschaft nicht hingefunden hat und unverrichteter Dinge wiedergekommen ist (war eine zuwidere Geschichte!). Ist aber gar stolz und streng, der reiche Herr Gewerke, spricht kaum mit einem! Freilich, mit großen Herren ist nicht gut Kirschen essen. Dem gehört auch der ›Silberne Floh‹, in Stadt Steyr, das große Einkehrgasthaus. Hm! Dann wäre noch die Tante in Krems da – gleichfalls jungfräulichen Standes, wie ihr Bruder, mit dem Kropf und der seidenen Hauben. Wann die nur nicht eine Dummheit macht, mit der Ziehtochter, der Barbara Wispel! Gefällt mir gar nicht, das rothaarige Ding mit den verkehrt eingesetzten, falsch blickenden Augen! Ganze Kisten Dukaten hat, höre ich, die Frau in ihrem Spukhaus! Sieht man schon an den riesigen Reitern aus Lebzelten, die was sie den Nichten bringt, wann s' die ›Ordinari‹ erwischt, um nach Wien zu fahren.«
Unter diesen angenehmen Betrachtungen war der verzuckerte Sekretär zu seiner Wohnung im »Kleinen Queru-

lantenhaus« gekommen, das still und friedlich in der silbernen Winternacht dalag. Sperrte auf. Seine Tritte knirschten leicht auf dem feinen Reibsand, mit dem die Kehlheimer Platten des Flures bestreut waren. Eine schmale Treppe mit schwarzeiserner Greifstange führte hinauf. Schwacher, aber eiskalter Modergeruch entströmte einem kleinen Luftloch, dessen Zweck nicht recht ersichtlich war, und erfüllte den Spiralgang der Stiege. Eynhuf schüttelte den Mantel ab, sperrte die Türe auf und schlüpfte in seine Wohnung, deren Fenster ins Sodomitergassel gingen, so genannt nach der Bruderschaft »Zur fortdauernden Beweinung der Greuel Sodoms«. Schlug Feuer, blies den Zunder an, bekam endlich Licht, setzte sich behaglich an den Schreibtisch und blickte etwas geistlos in die Kerzenflamme.

Allgemein galt er als schöner Mann. Glich er doch frappant den gewissen Männerbüsten, die sich in den Auslagefenstern von Vorstadtfriseuren in feierlich dummer Würde, bisweilen von leiser, nebelhafter Musik umquiekt, langsam im Kreise drehten, leicht vergilbten Wachsteint im Gesicht, die schwarzlackierten Augen, wie die verendeter Rehböcke, blind vom Staub. Von unnachahmlich schäbiger Eleganz ist ihre Kleidung. Laubfarbiger Frack, die Krawatte, stets von himmelblauer Seide, verschossen, mit einer Fischschuppenperle. Der weiche, dünne Bart dokumentiert eine vertrauenerweckende, sanft eingedämmte Männlichkeit. Doch atmet die ganze Erscheinung eine gewisse – man könnte beinahe sagen Bockbeinigkeit, ja, ist imstande, den Eindruck von fast puritanerhafter Strenge zu erwecken. Schärfer blickenden Beobachtern kann selbst ein Hauch, allerdings bloß ein Hauch!, von leichtem Teufeltum nicht entgehen, der über diesen Figuren brütet. Unwillkürlich drängt sich die Idee auf, daß diese Herren geistige, vielleicht besser gesagt: mystische Großneffen der antiken Panhermen seien,

daß sich in ihnen ein letzter Funke verschollenen Flurgöttertums in unsere Zeit hinübergerettet habe, vor pfäffischer Verfolgungswut untergekrochen bei den Friseuren, diesen letzten, freilich unbewußten Dienern faunischer Wollust, diesen kundigen Templern Priaps, diesen heimlichen Narzissusknechten, denen das okkulte Bindeglied zur korybantischen, zimbeldurchrauschten Zeit glücklich vermodert ist! Aber was soll man sich da als bloßer Amateur den

Kopf zerbrechen! Selbst der dem Heiligen Stuhle angegliederte Satanialrat Dr. infern. Damianus Saperdibixi hat das Rätsel noch nicht lösen können, das Rätsel der Panheit. So möge uns denn genügen, zu konstatieren: sogar der ungezogenste Bube würde sich nie trauen, an diesen Idolen der Männerwürde einen Schabernack zu verüben, und bloß vom Lande zugewehte Fliegen sitzen zuweilen als störendes Beiwerk auf der stets würdevoll langen, leicht gekrümmten Nase des Bildwerkes.

Eynhuf wohnte gern im »Kleinen Querulantenhaus«. Schon über der Haustüre war eine Statuette des Patrons der Ämter angebracht, des heiligen Ärarius, Blutzeugen und Märtyrers, der unter Diokletian einen qualvollen Tod durch Ersticken in glühendem Streusand gefunden hatte. Wie Weihrauchwolken ein Münster, erfüllte die Hallen dieses Gebäudes der Hauch fiskalischer Würde, der Titel und kleinen Ordensabzeichen, vermischt mit den Todesseufzern zwischen Aktenblättern verhungerter Papierläuse. Lauter höhere Beamte hausten dort. Da war einmal der Hofrat Unklar von Dobblworth, der Kammerkalligraph Futzler, der Rechnungsrat Kreibenzahl, die Sekretäre Zweifelschütz und Müchtelmann, endlich die Hauptleute der Trabantenleibgarde Stojesbal von Standschlaf und Quapil Edler von Sumpfritt. – Aber den Stolz der Korona, das uneingestandene Oberhaupt aller, war ohne Zweifel die Jungfer Ursula Schosulan, mehrfach jubilierte ehemalige Kammerfrau der unvergeßlichen Kaiserin Maria Theresia. Nur einmal hatte ein Musikus dort gewohnt … wenige Tage nur. Dann litt es den unsteten Mann nicht länger. Mit Nasenrümpfen gedachte Eynhuf des Auszuges. Ein sechseckiger, tulpenförmig geschweifter Spucknapf aus Kirschholz, mit messingenen Löwenköpfen verziert, war der ganze Hausrat jenes Künstlers gewesen. Den trug er selbst, noch dazu in der Zerstreutheit auf den Kopf gestülpt. Finster blickend ging er taktschlagend von dannen. Beethoven hatte sein Name gelautet, der hatte nicht hingehört. Jetzt war man wieder unter sich. – Doch halt! Noch eine Partei paßte nicht hin: die Bubenzopfmädeln! Der Vater war Ahnenprobenexaminatorstellvertreter II. Klasse im k. Hofhengstendepot gewesen. Ein unvermuteter Hufschlag, der ihn bei einem Nachmittagsschläfchen im Sorgenstuhle seines Amtszimmers erreichte, raffte den pflichteifrigen, verdienstvollen und zu den schönsten Hoffnungen berechtigten Mann in der Blüte seiner Jahre vorzeitig dahin und machte eine wackere Frau zur kummerbeladenen Witwe, die nebst 18 Blatt gerahmter Kupferstiche: »Die berühmtesten Beschälhengste des k. Gestütes zu Lipizza«, wackeren Arbeiten eines gewissen Blasius Hampfelmayer, bloß eine karge Pension und zwei unversorgte Töchter ihr eigen nannte. Aber was für Töchter! Eynhufs Stirne umwölkte sich unwillkürlich, wenn er an diese Bälger dachte. Halbwüchsige Mädchen mit frechen Stumpfnasen, großen Mäulern und wissenden Augen. Immer waren sie schmutzig, immer sah man die bloßen Kniekehlen über den kleinbürgerlich kurzen, rot-weiß gestreiften Strümpfen, und den ganzen Tag trieben sie sich auf der Gasse herum oder steckten bei der Schmauswaberl, der alten Kammertafeldeckerswitwe, bei der die leckeren Reste der Hoftafel billig feilgeboten wurden. Dort spuckten sie – unter dem Vorwande, der halbblinden Alten beim Kochen zu helfen – gern in die brodelnden Töpfe und ritten, vor Vergnügen kreischend, auf dem Nudelwalker Steckenpferd. Kurz Untat über Untat. Lieber gar nicht davon sprechen. Bekümmert ging Eynhuf zu Bett, um sich durch gesunden Schlummer für die Berufspflichten des kommenden Tages zu stärken.

Ein Milchzahn für den Monarchen

Nie betrat Eynhuf sein Amt anders als mit einem Gefühl aus freudigem Stolz und gebührender Ehrfurcht gemischt. Im Amtszimmer des Hofrates Sauerpfister, seines gestrengen Vorgesetzten, hing ein schönes Gemälde mit vielen tausend Figürchen: »Die Wallfahrt des gesamten erbländischen Hochadels nach Maria-Taferl an der Donau«, das er täglich abstauben mußte, da Sauerpfister diese heikle Aufgabe dem Amtsdiener nicht anvertraute. Sorgsam entfernte er jede frisch dazugekommene Fliegenspur, besonders wenn dieselbe Ordenssterne oder dergleichen ungültig zu machen schien, und zwar mit Semmelschmolle, die er nach Gebrauch seinem zweiten Vorgesetzten, Sekretär Wanzenhengst, einem passionierten Zeisigzüchter, für dessen Mehlwurmhäferl überreichte. Das Gemälde sah er nie ohne tiefen Respekt, ja selbst mit leichtem Schauer an. War ihm doch bekannt, daß kein Nachkomme von denen, die damals bei dem Freudenzug fehlten, je eine Ministerstelle in Österreich bekleiden konnte. So stand zu lesen im »Clavis absconditarum rerum, seu liber de bicepitis Austriae acquilae confuso quasi, sed tamen directissimo, volatu, voluntate Domini, Dominorum Septemcollis Urbis Dominique directo«, das ist: »Der Schlüssel zu den Rätseln der verborgenen Dinge oder das Buch über den scheinbar wirren, dem österreichischen

Doppeladler jedoch vom König der Könige, auch Herrn der siebenhügeligen Stadt vorgeschriebenen Flug«. Ungeheuer selten war das Buch – angeblich in Hauzenpichl gedruckt –, aber jedes Kind wußte, daß in Hauzenpichl niemand drucken konnte. Übrigens hätte Eynhuf selber nie es zu lesen gewagt, da solcherlei Schriften strenge verboten waren.
Im »Hortolus voluptatis dementiae praecocis« dagegen, dem »Vergnüglichen Trottelgärtlein«, zu blättern, war ihm geradezu ein Hochgenuß. Belehrung hinwiederum sowie nützliche Aufmunterung schöpfte er reichlich aus dem jetzt schon hübsch teuer gewordenen Drucke »Reiseerlebnisse eines Handgängers oder Curieuse Beschreibung einer von Wien bis Passau, sowohl zur persönlichen Zerstreuung als auch zur Erweiterung seiner Bildung, jedoch nicht ohne Mühe, durchaus auf den Händen zurückgelegten sommerlichen Erholungsreise, benebst historischen und botanischen Adnotationen sowie volkstümlichen Musikeinlagen, mit den bloßen Füßen auf dem Waldhorn zu blasen von Peregrinus Klebel von Pratzentanz, Landesfürstlich befugtem, auch geprüften und beeideten bürgerl. Handgänger«, einem bekannten Sonderling, der übrigens das Vorbild war, das unsern unsterblichen Schubert zu seinem »Wanderer« begeisterte, was nur sehr wenige wissen dürften.
Aber all dies war Eynhufs größte Freude nicht. Nur mit Wonneschauer konnte er an sein Privatlätitzerl, selbstredend reinster, jungfräulichster Natur, denken, an seine Milchzahnsammlung, die größte und vollständigste in den gesamten Erblanden, wie ihm alle Kenner versicherten. Was gab es auch Keuscheres als diese Perlenzähne der Unschuld, dieses Schmuckkästchen der Demut? Schien es ihm doch immer, als ob in rosa Wolken blaubebänderte Lämmer unter Leitung eines ernstblickenden Oberlammes ein sanftes Konzert

auf kristallenen Triangeln schlügen, sooft er das Kästchen öffnete. Und nicht etwa aus schmutzigem Geiz oder spinnefingriger Habgier gab er sich so unsägliche Mühe. Nein! Für seinen Kaiser! Ihm war die Frucht der Sammeltätigkeit so vieler Jahre zugedacht. Ihm sollten eines Tages die Zähnchen, appetitlich zum Tableau arrangiert, entgegenlachen, zur Jubiläumszahl seiner Thronbesteigung anmutig zusammengestellt.

Zum minuziös symmetrischen Aufbau der erhabenen Zahl fehlte gerade ein Milchzahn, ein Umstand, der Eynhuf viel Kopfzerbrechen machte.

Ein weniger pflichttreuer, oberflächlicher Mensch hätte einen x-beliebigen Milchzahn genommen, aus weiß Gott was für einem mißgeborenen Munde, und das Tableau dem nächstbesten Papparbeiter zur Fertigstellung übergeben. Wie ganz anders dachte da unser Hofsekretär! Es mußte, das stand bei ihm fest, der schönste sein, sozusagen der Fürst aller Milchzähne, ein Zahn der größten lebenden, allgemein anerkannten Schönheit. Das war doch klar. Aber, wer war das nur? Oft und oft hatte er angestrengt nachgedacht und sich sogar beim Nasenbohren erwischt – nichts fiel ihm ein. Da plötzlich – wie ein Wunder – stand es sonnenklar vor seinem geistigen Auge. Gestern abend im Theater: die Höllteufel! »No, da hat man's! Die Höllteufel! Jetzt war's gelöst, was mich beunruhigt und mir selbst die Erledigung des seit vielen Tagen so sehnlich erwarteten Verdauungsaktes versagt hat!« Freudig tanzte er auf seinen schwarzen Storchbeinen um den grünen Diplomatenschreibtisch herum, nicht achtend, daß er dabei den in Tragbuttenform gehaltenen, mächtigen Papierkorb umschmiß. Zu allem Unglück öffnete sich die Tür, Hofrat Sauerpfister trat ein und musterte das tolle Treiben seines Untergebenen mit ernstem Blick. »Verzeihung«, murmelte der, »ich gab nur meiner Freude submissest darüber Ausdruck, daß S. M. der König von Portugal die Schafblattern glücklich überstanden hat, wie ich dem Amtsblatte soeben entnehme.« Diese loyale Kundgebung befriedigte den gestrengen Amtsvorstand sichtlich und ließ ihn ganz vergessen, warum er gekommen war. Gemessenen Schrittes ging er in sein Sanctissimum zurück, um zum dritten Male zu frühstücken. Die Diurnisten Kuscher und Schluckentritt ließen, als er durch das Vorzimmer schritt, emsig die Gänsekiele übers Papier rascheln, hatten sie doch, da das Amt fast ressortlos war, alle vorhandenen Akte nochmals in grüner Tinte mit schwarz-gelben Anfangsbuchstaben zu kopieren.

Berauscht von der Eingebung, die ihm wie aus heiterem Himmel gekommen, saß Eynhuf still an seinem Schreibtisch und spielte ununterbrochen mit dem Falzbein bis Schlag drei Uhr, zu welcher Stunde der pflichttreue Beamte das Bureau zu verlassen pflegte, um sich in sein gewohntes Speisehaus »Zur Flucht nach Ägypten« zu begeben.

Dort war ein feinsinniger Kreis von Gleichgesinnten versammelt, die, nachdem sie das gemeinsame, schwere, jedoch ehrende Joch der Amtspflichten an den Nagel gehängt hatten, sich in maßvoll gehaltenen Gesprächen, ganz auf dem Boden des »Wiener Diarium« fußend, unterhielten. Um diese Stunde war auch Vater Zumpi ständiger Gast des Lokals. Er liebte es, sein Seidel schwarzen Kaffee zu schlürfen, und spielte sein regelmäßiges Tarock mit noch zwei anderen Hofzwergen, den letzten Überlebenden des einst so geachteten Standes, und dem gleichfalls pensionierten Hofriesen Simson Baumrucker, einem gebürtigen Tiroler, der seinerzeit wegen seines Rosenkranzes aus Sechspfünder Kanonenkugeln nicht mit Unrecht gefürchtet und geachtet war. Doch heute war der Mann harmlos, stocktaub und zitterte so arg, daß alles laue Bier im Lokal –

der sogenannte Fensterschwitz – appetitlich schäumte. Das machte ihn in weiten Kreisen beliebt und sicherte ihm die Wertschätzung von seiten des Wirtes. Der Riese schlug dröhnend mit den Karten auf den Tisch, die Zwerge quakten und krächzten, doch Eynhuf ließ sich nicht stören, schlürfte seine Suppe und blätterte mit einem Zahnstocher in einem sogenannten Fingernagelkalender hin und her, einem winzigen Büchlein, in dem er so gerne las. Waren doch alle Geburtstage der höchsten Herrschaften drin verzeichnet, Hof-Normatage und alles, was sonst ein loyaler Mensch wissen muß.

Der Lärm am Zwergentisch wurde immer ärger; sie hatten zu spielen aufgehört. Verständnislos glotzte der taube Hofriese seine Partner an und schleifte verlegen mit seinen klobigen Händen, die mit krapfengroßen Hühneraugen reich besetzt waren, am Boden hin und her.

Achtungsvoll grüßend setzte sich Eynhuf an den Spieltisch und konnte allmählich dem erregten Gespräch entnehmen, daß es eine hitzige Debatte ob der Anmaßung der neuen Hofbediensteten gegeben hatte. Soviel stand fest: Zumpi hatte einen Todfeind. »Was glauben S', was ist heute geschehen?« wandte er sich an Eynhuf. »Wir haben eine Neujahrskollekte für den Waisenfonds der Hofspaßmacher und Hofkünstler eröffnet, und da hab ich mich an einen gewissen Beethoven, einen Mann, der zur Zunft der Hofpfeifer gehört, gewendet. Der grobe Ding der – stocktaub ist er – hat mich zuerst gar nicht gesehen, dann hat er mir mit der Fliegenklappe gedroht, und heut auf der Straße hat er mich sogar mit 'n Stock schlagen wollen. Ein unfriedlicher Mann das, der nie a Köchin hat, muß sich selber kochen, hat jeden Tag an Mordsbahöll am Aschenmarkt, wann er einkauft! Alle drei Tag' zieht er aus, nächstens kommt er wieder ins Querulantenhaus.«

»Oho, da werd' ich bitten!« verwahrte sich Eynhuf. »Mit so unmusikalischen Menschen wie der kann ich, als gottlob geschmackvoller Musiker, nicht unter einem Dache leben. Übrigens hat er die Noten für den Futzler, hör ich, schlecht kopiert, und der Herr Hofrat Unklar hat ihm die Violinstunden für seinen Sohn längst entzogen. Aber warten Sie! Der Beethoven ißt jetzt schon öfter bei der Schmauswaberl um 7 Kreuzer zu Mittag, brütet dumpf vor sich hin und hat unlängst mit einem Indianknochen die ganze Zeit Takt geschlagen. Hat gar nicht bemerkt, wie die Bubenzopfmädeln dürren Hundemist in seinen am Boden stehenden Zylinder gegeben und ihm mit Kreide eine grobe Unanständigkeit auf den Rücken gemalt haben. Hab' da ausnahmsweise ein Auge zugedrückt ...«

»Recht hab'n S' g'habt«, murrte der Zwerg, »aber die Rabenviecher sollt' man dem Schinder geben.«

»So, haben Sie vielleicht auch üble Erfahrungen gemacht, Herr von Zumpi?« erkundigte sich teilnehmend der Sekretär. Doch Zumpi erhob sich, sah Eynhuf mißtrauisch an, griff murmelnd nach seinem struppigen Zylinder und entfernte sich.

Beklommen fragte sich Eynhuf, ob er durch diese taktlose Frage sich die Gunst des Zwerges verscherzt habe ... Daß da etwas nicht stimmte, schien ihm außer Zweifel. Zahlte und ging – war er doch um vier Uhr zur Jause bei der alten Schosulan eingeladen, eine große Ehre, die er nicht versäumen durfte.

Die Witwe Schosulan

Durch den enormen Einfluß, den die würdige Ursula Schosulan auf Se. Eminenz den Bischof in partibus infidelium, Chrysostomus Schoisgruber, ausübte, hatte sie das Wohl und Wehe der Hofbeamten in ihren knotigen, feuchtkalten Händen, die so oft die langverewigte Kaiserin Maria Theresia bedient hatten. Mit Vergnügen pflegte die alte Dame, wenn sie gerade keinen mürrischen Tag hatte (die goldene Ader plagte sie grausam), von der guten, langentschwundenen Zeit zu erzählen: daß die hohe Frau sich zum Frühstück stets einen Vierteleimer Schokoladi und einen ganzen frisch bachenen vierpfündigen Striezel zu genehmigen pflegte; ein halbes Dutzend Backhendeln und Käse beendeten in der Regel dieses erste Frühstück, mit dem die Grundlage zur Zehnuhrjausen gelegt war. Die hohe Frau hatte auch, wie die Schosulan mit historischem Behagen zu erzählen wußte, einen Lieblingsleibstuhl, der mehrere feierliche Gavotten, verliebte Schäferweisen auf der Drehleier und ein mächtiges Musikstück, »Die Erstürmung von Pampeluna«, zu spielen verstand – alles ein Geschenk ihres später von den Freimaurern ermordeten hohen Schwiegersohnes, des höchstseligen Königs Ludwig XVI. von Frankreich und Navarra. Jedesmal kamen der alten Frau die Tränen in die erlöschenden Augen, wenn sie der grausen Historie gedachte. Dann schnupfte sie düster und fuhr fort:

»Besonderscht liebte die hohe verew. Frau das mächtige Musikstück, das von Tschinellen ernst und würdig begleitet war. Einmal, im Hochsommer, war's, das Jahr weiß ich nimmer – is schon lang her –, sprach die Kaiserin zu meiner: ›Schosulan‹, sprach Hochdieselbe, ›höre Sie‹, hat die hoche Dame zu mir gesagt, ›höre Sie, wie traurig, daß heunt die Tschinellen tun. Meiner Seel, heunt is was geschehen, das gräßlich für Unser hoches Ohr zu hören sein wird.‹ Und richtig, drei Wochen später, an einem Freitag war es, kommt um die nämliche Stund' neben einem schaumbedeckten Roß – der Reiter war schon hinter Regensburg heruntergefallen – ein Laufer mit rot-weißen Straußfedern atemlos in die Burg gerennt und meldet, daß die Freimaurer und Freunde der Unzucht die Baschkill – oder wie daß sie sich schreiben tut – gestürmet hab'n. Was dann alles war, mag nimmer dran denken.«

Niemals traute sich jemand, die alte Frau, die schon alles ein bißchen durcheinandermengte, auf den groben historischen Schnitzer in ihrer Lieblingserzählung aufmerksam zu machen.

Eynhuf eilte geschwind zum berühmtesten Zuckerbäcker Wiens, Friedrich Knecht, in die Wohllebengasse, denn mit leeren Händen durfte er unter keinen Umständen kommen. Atemlos stürmte er ins Arbeitskontor des würdigen Herrn, der nie anders als in einem weißen Schäferkostüm zu arbeiten und in den Pausen auf einer kleinen Schalmei Mozartsche Weisen voll anmutiger Neckerei zu dudeln pflegte.

Niemand sah dem heiteren Greis mit dem warmsonnigen Lebensabend seine hochdramatisch bewegte Vergangenheit an.

Einer reichbegabten, tragantenen Osterlammerzeugerfamilie entsprossen und frühzeitig durch Gelübde zum

Zuckerbäcker bestimmt, wollte er, verblendet durch den Siegeszug, den der sattsam bekannte Bärendreck oder Bärenzucker über die kulinarische Welt nahm, einen neuen Stern am Kanditenhimmel aufgehen lassen, den sogenannten Hühnerdreck, womit er dem idyllischen Charakter seiner Zeit Rechnung zu tragen gedachte, im Gegensatz zum romantisch angehauchten Konkurrenzprodukte, das ihm so recht als der Konfekt Shakespeares erschien. Das Publikum benahm sich ablehnend. Auch die Änderung des Namens in »Hühnerzucker« machte die Sache nicht besser. Knecht wurde trübsinnig und begann zu grübeln, haderte mit Gott und der Welt und ward schließlich sogar seinem Glauben abtrünnig.

Um ihn auf andere Gedanken zu bringen, drängte ihn seine besorgte Familie, auf Reisen zu gehen. Dies tat er und begab sich nach Andalusien, um endlich einmal Licht in die sehr verwickelte Geschichte des spanischen Windes zu bringen. Dort wurde unglücklicherweise sein Glaubenswechsel entdeckt und er als geheimer Protestant zum Feuertode verurteilt.

Sein Glück war, daß das außergewöhnlich strenge Borkenkäferjahr 1767 einen solchen Holzmangel zur Folge hatte, daß man den Inquisiten zum Strafvollzug in seine Heimat abschob, deren traumhaft schöne Wälder schon längst den Neid der spanischen Inquisition erregt hatten.

In dem bedeutend milder gesinnten Wien rettete er sich dadurch, daß er ein wahres Wunderwerk aus Zucker und Marzipan schuf. »Der Türk' vor Neuhäusl« hieß es. Selbst das Mündungsfeuer der schweren Artillerie war aus gesponnenem Zucker, rot und golden angestaubt. Bei Hof war man entzückt. Tag und Nacht mußten vier krummbeinige Heiducken mit vergoldeten Säbeln auf Fagotten und Dulzianen die dazu passenden Weisen blasen. Leider fraß nach wenigen Tagen in der Zerstreutheit eine hohe Dame, die in interessanten Umständen war, ehe es noch die diensthabende Palastdame, Baronin Kempff von Ankreth, verhindern konnte, das Kunstwerk mit Putz und Stengel auf und erkrankte nicht unbedenklich.

Zahllose Ohnmachten gab es bei Hof. Es wurde Stroh gestreut, aus Mitgefühl auch vor Häusern streng loyal gesinnter, aber sonst ganz gesunder Leute. Die Militärmusik spielte bloß noch auf schwarzumflorten Blasinstrumenten, die Hofärzte schüttelten den Kopf und sprachen von melancholischen Vapeurs, wohl auf üble Saturneinflüsse zurückzuführen.

Das weinende Volk ward durch Bulletins und Ausrufer beruhigt und zahllose Bittgänge angeordnet, die kreuz und quer die Straßen durchwimmerten. Überraschend schnell stellte sich wieder reger Appetit ein, und Knecht ward Hoflieferant.

Der Meister modellierte gerade an einem kleinen Schweizerhause mit Spiegelglasfenstern, buntrockigen Sennerinnen auf giftgrüner Matte und scheckigen Kühen, alles aus Tragant, sah von der Arbeit auf und grüßte Eynhuf mit den Worten: »Ich empfehle mich Ihnen, mit was kann ich dienen?«

»Bitte, ein achtel Pfund Bärendreck – natürlich ungarischen, wie immer, und ein viertel Pfund große, gestreifte Zuckerln.«

»So, so, Besuchsmischung«, meinte Knecht, brüllte mit Donnerstimme in den Warenraum: »Marie!«, dann blies er einige Takte aus der »Entführung aus dem Serail«, worauf eine ältliche, etwas kropfige Ladnerin erschien und das Gewünschte dröhnend auf die Messingwaage warf.

»Macht 11 Kreuzer Münz«, meinte der Konditor.

Eynhuf bezahlte und eilte mit wehenden Frackschößen davon, erreichte knapp vor vier Uhr das »Kleine Querulantenhaus« und stürmte atemlos die Treppe hinauf. Keuchend pochte er an die Wohnungstüre der Schosulan und stand im nächsten Augenblick in der Küche, in der es köstlich nach Kaffee duftete. Diente doch dieselbe wie in allen honetten Bürgerswohnungen gleichzeitig als Vorzimmer.

»Beeilen S' Ihnen«, sagte Mali, die Köchin, »sie sein alle schon da! Sein wieder einmal der letzte und staubige Schuh haben S' auch, o weh – aber nur schnell hinein.«

Eynhuf trat in das geräumige, dabei niedrige Zimmer mit den weißen Spitzenvorhängen an den Fenstern. Auf tadellos gescheuerter Diele lag ein kleiner, bunter Gobelinteppich mit Papageien, die an Obst pickten. In der Mitte, am runden Tisch, waren die Kaffeegäste versammelt. Bei seinem Eintritt verstummte das Gespräch und machte einem Flüstern und Tuscheln Platz, dem weniger befangene Hörer etwa Folgendes hätten entnehmen können: »... und reine Nägel – Kasimirhosen hat er an – einen pariserblauen Frack – ein schöner Mann – das geistvolle Aug' – viel zu schön für die Hofzwergische – die eine hat an Kropf – die andere a ausg'franstes Nasenloch – bucklig san s' beide!« So wisperten die Schlangen am Jausentisch.

Majestätisch thronte die Schosulan in einem vergoldeten Lehnstuhl. Die drei »Zischischen« waren anwesend, Mutter Zisch und die beiden Töchter, Annerl und Poldi. Dann die zwei Fräuleins von Kibisser, verblühte, kümmerliche Geschöpfe, die sich mühselig durch Anfertigung pergamentener Heiligenbilder mit kunstreicher, spitzenartiger Ausschneidearbeit ernährten. Ferner die Witwe des Paramentenstickers Schandhaase, das reiche Fräulein von Ludersdorf mit dem bisweilen irren Blick derer, die gebranntes Wasser lieben, die protzige, ordinär aussehende Hofmetzgerswitwe Beischl, das ältliche Fräulein von Fackelstein mit dem gräßlichen Feuermal und einem Fleckchen Mausfell an der Wange. Jeden Augenblick sprang sie auf und betrachtete durch eine Lorgnette mit viereckigen Gläsern irgend etwas im Zimmer. Auch ein noch jüngerer Mann war da. Er war schlecht rasiert und sah ein wenig wie eine aus blechernen Ofenröhren zusammengestellte Juxfigur aus. An diesem befremdenden Anblick seiner traurig-scherzhaften Erscheinung war ein überaus enger schwarzer Anzug schuld, der an und für sich den Beruf seines Trägers nicht übel unterstrich.

War es doch der Redakteur des Mitternachtsblattes, der bis zu Eynhufs Eintritt das männliche Element im Jausenkreise zu repräsentieren hatte.

Die würdige Gastgeberin blickte gierig auf das Zuckerlpaket, das Eynhuf in der Hand hielt, und dankte ihm mit speichelnden Lippen. Schnell schob sie eine Handvoll Bärenzucker in das ungeheure, emsig wackelnde Maul und machte Eynhuf mit dem ihm noch fremden Journalisten bekannt. Eynhuf, der vielbegehrte Kavalier, wurde zwischen das Zisch-Annerl, ein knallrotes, schielendes, noch sehr junges Ding, und die welterfahrene Demoiselle Ludersdorf geschoben. Die flüsterte ihm zu, der Herr Redakteur habe gerade von so furchtbar beklagenswerten Unsittlichkeiten gesprochen, die er im Ratzenstadl – einem von jeher nicht im besten Geruch stehenden Stadtteil – aufgedeckt hätte, so daß die ganze Kaffeegesellschaft entsetzt aufgestöhnt habe. Mit besorgter Trauermiene brockte der Hofsekretär ein Kipfel in seinen Kaffee und stocherte mit leisem »Je! Je!« in der quellenden Masse. Dann wurde geraume Zeit nichts mehr gesprochen. Die üppige Jause ließ sobald niemand mehr zu Worte kommen. Nur ein leises Schlürfen hörte man und ein Klicken der zarten, milchweißen Tassen, die goldene Harlekinszenen in reichster Anmut schmückten. Es waren prunkvolle Stücke aus Meißen, deren sich die Gäste bedienten, während die Hausfrau aus ihrer eigenen Mundtasse, einem sehr altertümlichen Porzellan, trank, das ihr, wie sie erklärte, der selige Bottengruber eigenhändig bemalt habe. Mächtige Gugelhupfe gab's und Berge von Krapfen, Buchteln und Kletzenbrot, so daß das Schmatzen und Schnalzen kein Ende nahm. Bloß Fräulein von Fackelstein sprang immer kauend umher, nahm den Trinkenden die Tassen vom Mund, um die Malerei zu studieren, und betrachtete die großen Pergamentminiaturen an den Wän-

den, wo Dutzende von kleinen kaiserlichen Prinzen, auf Ziegenböcken reitend, dargestellt waren.
»Brave Arbeiten von Meytens«, meinte die Schosulan, »und wie s' glänzen, was? Soll auch die Farben mit Mohrenschweiß angerieben haben, sagt man, das fleißige Manderl. Hat drei Jahr' daran herumgepinserlt. Hat mit an Löfferl geschnupft – Satanellasco Damasceno und Sospiri di Donna Anna gemischt, ein bisserl gepulverte Pomeranzenläus' war'n auch dabei, war a gute Mischung! Dös hat Ihnen gerochen! Wie a Bauerngartl im Frühling hat man's da in der Nas'n g'habt! Kriegt man a nimmer! Oh, die Zeiten, die Zeiten!«
Am meisten aber interessierte sich das Fräulein mit dem Mausfellchen für eine Plastik aus Perlmutter und Korallen, das bienenstockartige Innere eines barocken Irrenhauses darstellend. »Hat ein gewisser Xaver Messerschmied gemacht, ein Preßburger. Hat Hofbildhauer werden wollen. Ihrer Majestät hat 's aber nicht gefallen. Da hat die hohe Frau es mir zu Weihnachten verehrt. Was der Messerschmied war, hat dann bloß Nußbeugeln backen dürfen in der Hofkuchl, ist dann bald aus Gram gestorben. War schad' um ihn, war'n delikat!«
Bald erhob sich Eynhuf, küßte der gnädigen »Frau Tant« die Hand und dankte für die gute, reichliche Jause. Noch etwas kauend, bat er schmeichelnd: »Darf ich heut wieder beim Leibstuhl die ›Papiergoldblumengavotte‹ studieren? Die is so scheen.«
»Ja, gehn S' nur«, sagte gnädig die Alte, der es stets sichtlich schmeichelte, wenn in ihren Augen talentierte Musiker sich lobend über die ehrwürdige musikalische Sitzgelegenheit, dieses wahre Schatzkästlein Apollos, äußerten. »Ja«, sagte sie, »da ist ein neuer Hoforganist – glaub', Peter Hofer heißt er –, dem tät's auch nicht schaden, wenn er ein bisserl beim

Leibstuhl lernet! Hab's ihm freundlich anboten ... Sie, den frechen Burschen hätten S' hören sollen! Kann gar nicht wiederholen, was er gesagt hat. Aber ich war gleich fertig mit dem rabiaten, undankbaren Menschen. Dem Bubenzopf selig hat er's genauso g'macht, wie er ihm die schöne Stell' als Bombardonbläser in der k. Hengstendepotkapelle hat zuschanzen wollen. Jetzt hat er's davon! Also hab' ich dem Paulus Bitterbier die fette Pfründe verschafft als Gesanglehrer im Taubstummeninstitut. Gewiß a angenehme Sinekur! Hat 400 Gulden, und bleibt ihm daneben viel freie Zeit.«

Kaum war Eynhuf verschwunden, stand Annerl Zisch auf, schielte verlegen und hatte den Finger im Munde. Leise sagte sie: »Mutter, ich möcht' was.« – »Was denn?« – »Bitt' scheen, Mutter, darf ich hinausgehen, biß'l Blumen pflick'n?« Niemand bemerkte das zierliche Intermezzo des wohlerzogenen Kindes.

Nach einigen Minuten bat auch Poldi, die den ganzen Nachmittag wortlos in die Luft oder ängstlich auf den unheimlichen Zeitungsmann gestarrt hatte: »Mutt'r, ich auch.«

Als beide draußen waren, wandte sich Mama Zisch an die alte Schosulan und sang das Loblied der Kinder: »Ich hab' eben die Mädchen fein erzogen. Nie, daß sie eine Sache beim richtigen Namen nennen würden! Oh, das gibt's bei mir nicht! Also, was die Annerl ist: hochbegabt! So was von musikalisch! Spielt die schwersten Etüden von Poprdatsch geläufig wie Butter herunter! No, und Tanzen lassen wir sie beim Crachefin lernen, und später kommt auch Reiten daran beim Hopjan, und ihr Ideal wäre: zum Ballett! Natürlich wenn's ein solides gäbe! Warum, frag' ich, kann nicht auch einmal ein wirklich anständiges Beamtentöchterballett gebildet werden, in langen Kleidern und mit Barchenthosen bis zu die Knöchel. Geschlossen, selbstverständlich!« fügte sie mit überaus ernster Betonung hinzu. »Und was die Poldi ist, also

die ist mehr ernst, der ganze Vater. Ja, mein! Wie gesagt, mehr kompletativisch.«

Annerl, die wieder erschienen war, bat schmeichelnd: »Mutt'rl, darf ich ein bisserl zum Leibstuhl zuhören?«

Es drangen aber auch zu verlockende Klänge aus dem Nebenzimmer. Eynhuf hatte zuerst ein wenig auf der Flöte präludiert, dann am Stuhl gebastelt, der anfangs bloß widerwillig knurrte und verworrene Töne von sich gab. Doch dann drangen voll und dabei wieder zart die entzückenden Klänge des Liedes:

»C'est trop facheux d'estre tousjours seulette,
mon Jehannot, t'attend ta petite filette«,

durch die Türe. Di dum, di dum, machte melancholisch die Drehleier dazu. Doch wenn die gläsernen Zimbeln und Triangeln erklangen, nickte der Reichsadler an der Spitze der Lehne und schlug majestätisch mit den Flügeln, was er auch konnte.

Die Schosulan, die es um die überreichen Jausenreste bangte, schlug vor: »Gehn mer alle hinein und mach'n mir a bisserl Musik!« Folgsam versammelten sich die lieben Gäste im Nebenzimmer, des kommenden Ohrenschmauses gewärtig. Frau Zisch begab sich ans Spinett und öffnete eine Notenrolle, die sie in ihrem winzigen, rotgefütterten Persianermuff getragen hatte. »Jubelhymne anläßlich der glücklichen 18ten Entbindung Ihrer Hoheit der Durchlauchtigsten Frau Fürstin Clementine Aurora von Luhatschowitch, gesetzt für 2 Clavecins von *François Poprdač, très humble serviteur«* konnte man unschwer am Titelblatte lesen. Den Herrn vom Mitternachtsblatt forderte Ursula huldvoll auf, die Baßgeige ihres seligen Gatten zu benützen. Doch er, dem lichten Reiche Apolls abhold, lehnte steif ab.

Bald hatte man das Vergnügen, die Damen in züchtigen Tänzen sich bewegen zu sehen. Die Kibissers drehten sich in steifen, lang verschollenen Gavotten und knicksten hölzern voreinander. Selbst Tante Schosulan nickte den Takt mit der mächtigen Haube; bloß Frau Beischl saß bleich auf ihrem Stuhle, seufzte sichtlich schwer: »Mein Herz, mein Herz!« und meinte den Magen, um plötzlich scheu zu verschwinden. Jäh unterbrach Mali, die hochrot vor Entrüstung unerwartet ins Zimmer stürzte, die vergnügten Tänzer. Draußen am Gang schlügen die Menscher, die Bubenzopfmädeln, zum Takte der Musik Rad, wie sie durch das Guckloch beobachtet habe. Herr Hofrat von Unklar stünde die ganze Zeit vor Empörung bewegungslos am Treppenabsatz und blicke unverwandt, vor Entsetzen starr, auf dieses schamlose Schauspiel. Nicht genug an dem, wäre der Frau Beischl ein furchtbares Malheur passiert, da die Zisch-Poldi sich natürlich schamhaft eingeriegelt habe und absolut nicht aufzuwecken sei. Die Tanzmusik verstummte, alles empfahl sich verstört. Mama Zisch ging einen Schlosser auf eigene Kosten holen, und man hörte noch die Schosulan streng zum Dienstmädchen sagen: »Nie mehr hereinlassen … In Zukunft wird für sie das blaue Nachtgeschirr vom Seligen in die Speis gestellt.«

Im Schluff der schmalen Stiege suchte Annerl Zisch die Ludersdorf, die den Hofsekretär schmachtend ansah, durch ein molliges Manöver zu verdrängen. Mit dem einen Auge wußte sie dabei den Sekretär mit zart verstohlener, schelmischer Zärtlichkeit anzublicken, mit dem andern dagegen die Ludersdorf verachtend und feindselig. »Merkwürdig«, dachte sich Eynhuf, »was für einen Zauber ich doch auf die Weiber ausübe. Selbst das scheue Tauberl da flattert mir auf den schützenden Finger! Vielleicht mecht's ein Nesterl drauf bauen! So sein halt alle Evastöchter.«

Als er dann sein gemütliches Stübchen betrat, gingen ihm mancherlei Beobachtungen durch den Kopf: »Also die Zischischen spitzen auf dich! Hab bis jetzt das Kind, die Annerl, gar nicht beachtet. Verflucht hibsch is sie geworden, bis auf das bisserl Schielen – was anderes wie die Hofzwergische … hibsch rosig und mollig … die Zwergische dagegen gelb im Gesicht und hager … und an Gang hat sie wie a kranke Kuh, sagt immer der Archivdirektor i. R., der Großkopf. Ja, die Zischischen! Vermögen haben s' wohl wenig, die Mutter war zwar Hofamme, da is sie also aus angesehener

Familie, und er, als pensionierter Kassier der Obersthofjagdkasse, hat auch nicht viel. Das bisserl Nebenverdienst, das er sich durch das Abstauben der dem Maria-Theresien-Orden angegliederten kaiserlichen Militärkäfersammlung macht, ist auch blutwenig. (Muß iebrigens einmal mit dem Kommandanten der Sammlung über ihn sprechen, mit dem Major Krachovina von Bombensprung.) Na, und was sie ist, die tut gar nichts den ganzen Tag, als mit denen Kindern spazierengehn. Du mein! Dabei ist die Kleine fast zu hibsch für eine Tochter aus guter Familie … Allerdings hat mich der gute Großkopf väterlich gewarnt; die Ehe mit einer Zwergtochter kann leicht ein bisserl zurückgebliebene Kinder nach sich ziehn –, aber dafür haben selbe einen Hofbeamten und treuen Staatsdiener als Großvater … das entschädigt für so manches.«

In diesem Zwiespalt griff er zum Schächtelchen mit den Milchzähnen (sein kleines Palladium), das ihm schon über manche trübe, sorgengraue Stunde hinweggeholfen hatte. Immer wieder malte er sich aus, was für eine Freude sein gütiger Landesfürst über die sinnige, noch nie dagewesene Überraschung haben würde. Immer wieder sieht er im Geiste den Freudenstrahl, der über das wohlwollende, doch ernste Antlitz des Monarchen huscht, wenn er das selbstverständlich in den Nationalfarben gehaltene Seidentuch von dem Tableau wegziehen wird. Dann würde Eynhuf kniend deklamieren:

1

Es lächeln *Dich,* o bester aller Fürsten,
Der Unschuld Perlenzähne an.
Sie sei'n ein Zeichen *Dir,* wie alle Herzen dürsten
Aus Lieb' zu *Dir,* wie es nur Herzen dürsten kann.

2

Ein treues Herz schlägt unter meinen Brüsten,
Drum flocht ich *Dir* die Jahreszahl mit Fleiß,
Wenn diese Zähnlein alle doch es wüßten,
Wie lieb ich *Dich, o* Fürst, zu haben weiß.

3

Wenn alle Zähnlein sprechen können würden,
Es sprächen alle, tiefbewegt, doch keck:
Wir beißen gern für *Dich Dir* alle Bürden,
Die etwa, Hohen, *Dich* bedrücken, weg!

4

Und würd' es sich für einen Hofbeamten schicken,
Ich möchte selbst als Millichzahn hier picken!

Gerührt würde ihn der hohe Herr emporheben und ihm sagen: »Baron Eynhuf – stehn Sie auf!« Ganz leise würden die Partisanen der gerade diensthabenden Hartschiere klirren, und der Erzbischof du jour hinter dem Landesherrn würde segnend die Hände auf sein Haupt legen.
Im selben Moment klatschte es auf seinen Schreibtisch, und empor fuhr er aus seinen Träumen. Was man nach ihm durchs offene Fenster geworfen hatte und was nun zerbröselt vor ihm lag, war eine vielfach mißachtete Kleinigkeit, durch die sich die treuen Helfer der Menschheit, die wackeren Pferde, bei ihrem allerdings geringen Ordnungssinn den kommunalen Straßenreinigungsbeamten so oft unbeliebt machen.

»Weiß schon, wer's war«, meinte der resignierte Träumer, »Herz sei ruhig, Manneswürde lodre nicht auf – die Rangen sind nicht wert, daß man ihrer achtet. Pfui über das verdorrte Reis am Hofbeamtenstamme!«

Der zweite Donnerstag von Scheibbs

Viel gab's im Amte zu tun. Das kam so: Die Stadt Scheibbs hatte rastlos, seit Dezennien schon, um einen zweiten Donnerstag in der Woche gebeten. Man war höheren Ortes nachgerade erstaunt, daß die Scheibbser schon wieder etwas wollten. Hatte man ihnen doch kurz vorher das zweite weiche kleine »b« im Stadtnamen bewilligt, da ein paarmal peinliche, sinnstörende Schreibfehler vorgekommen waren. Das war schließlich begreiflich und nicht unbillig. Aber der zweite Donnerstag! Schon unter Kaiser Joseph hatte es angefangen. Dieser aufgeklärte Monarch hielt es für Irrsinn. Doch die zähen Scheibbser (jetzt mit zwei weichen »b«) petitionierten wieder und immer wieder, hartnäckig, wie es eben nur Scheibbser sein können. Jetzt fing die Sache an, in weiteren Kreisen Beachtung, und zwar mißbilligende Beachtung zu finden. Dachte man doch allmählich tiefer über die Angelegenheit nach, und plötzlich sprang die Unvernunft des Scheibbser Wunsches in seiner ganzen grausigen Tragweite den Denkenden nackt vor die Augen. Es gab zwei Möglichkeiten, eine schreckhafter als die andere. Zuerst die, daß die Stadt Scheibbs allmählich in eine andere Zeitrechnung treten würde und daß es außer dem Julianischen und Gregorianischen auch noch einen Scheibbsianischen Kalender geben würde. Das »neue Jahrhundert von Scheibbs«

würde bald zur Weltsensation werden und einen ungeahnten Strom von reisenden Engländern und anderen unnützen Menschen in die stille Voralpenstadt führen. Diese Perspektive allein war dem fremdenfeindlichen Sinn der Epoche schon mehr als unerwünscht. Dann aber tauchten schlimmere, weit schlimmere Bedenken auf. Der unfromme Wunsch der frevlen Scheibbser müßte notwendigerweise, sagten die Moralisten mystischer Richtung, auch üble Folgen kosmischer Natur nach sich ziehen, und es wäre sonnenklar, daß die unglückliche Stadt allmählich, unmerklich zuerst, sich von der Erdrinde abheben würde, eine Erscheinung, die bei schweren Störungen der Weltordnung gerne vorkäme. Nach und nach würde sie dann anfangen, um die Erdkugel zu kreisen, ein entsetzlicher, tieffliegender Mond, der auf seiner Bahn tagtäglich grauenhafte Verwüstungen anrichten müsse. Der ganze Breitengrad, auf dem Scheibbs lag, fühlte sich in seiner Sicherheit bedroht. Deputation auf Deputation aus aller Herren Ländern wurden jetzt bei der obersten Behörde vorstellig. Da ritten Irokesen neben Korneuburgern, krummbeinige ungarische Magnaten in Trauergala, Kleinrussen, Mongolen, Chinesen, Franzosen, biedre Schwaben und Bayern, polnische Schlachzizen in reichen Prunkgewändern – hinter ihnen jammernde Juden mit großen Schirmen, da es sie um die entliehenen Prachtstücke bangte. Kurz alles, was am Breitengrad von Scheibbs lag, kam nach Wien und jammerte um Schutz von Haus und Herd.

Die Gelehrten malten das Grausige immer deutlicher aus. Etwas wie eine ungeheure, düstere Rübe, das untere Ende feuerflüssig, würde über die Erde schleifen, da die Juristen ganz richtig behauptet hatten, daß der Stadt Scheibbs alles Kubikareal bis zum Mittelpunkt der Erde gehöre. Andere Naturkundige warfen mit Recht ein, daß keine Rübe entstehen würde, sondern daß der harte Felsrand der nicht vom Zeitzuwachsschwindel betroffenen Umgebung sozusagen Wurstscheibe auf Wurstscheibe vom Scheibbser Massiv abschneiden würde. Kurz, die gedanklichen Perspektiven waren grauenhaft. Bittgänge wurden im ganzen Reiche abgehalten, an einzelnen Orten traten schon Geißler, Springprozessionen, ja selbst Adamiten auf, was besonders unerfreulich wirkte. Jetzt regten sich aber auch die verborgenen Logen aller okkulten Schattierungen und hielten die große Tagung am Wechsel, dem steirischen Grenzgebirge, unter drei knorrigen Rieseneiben. Der Großmeister der Templer in Antiochia, der Mahatma von Großwardein, der Superieur inconnu der Martinisten – ein goldbetreßter Marineur aus Triest –, der Inspecteur des endroits bizzares von der Wieden, der Hagelmeister von Tirol, die Herren vom Hl. Gral und von Rhodos, die Kronbewahrer von Trapezunt und Nikäa hatten sie einberufen. Den Vorsitz führte als einzige Dame die jugendschlanke Herzogin von Lians Court und von Mont Ferrat, kaiserliche Prinzessin von Byzanz. Sonderbare Züge pilgerten damals durch die tausendjährigen Wälder der Steiermark; da humpelten vergoldete Karossen die Almfelder bergan, modische Gecken zu Fuß und zu Roß trabten einher, auch täuschend würdige Spießer im Frack und gradkrempigen Hut, den goldenen Sporn in der Tasche. Was die erkannten, war auch nicht sehr tröstlich. Loslösen würde sich Scheibbs zwar nicht und zum Mond »luna secunda sive Scheibbsiensis« werden – zu solchen kosmischen Folgen sei die magische Kraft der dasigen Kommunalseele zu klein –, wohl aber würde Scheibbs im Raum-Zeitschwindel voraneilen, immer kleiner und kleiner werden, wie Häuslein in Nürnberger Spielereienschachteln, und schließlich im magischen Fluchtpunkt vernebeln!

Das hören und in Massen auswandern, war für die biederen,

aber materiell gesinnten Scheibbser eins. Die sonst so bedeutende Stadt sank allmählich zum kleinen Flecken von heute herab – der Rest der Scheibbser bat unter Tränen weiter um den zweiten Donnerstag. Endlich, nachdem noch der Hl. Stuhl durch die raffiniertesten diplomatischen Künste zu halber Beruhigung gebracht war, gab der gütige Landesvater nach und bewilligte traurig einen zweiten Donnerstag.

Ein Schrei des Entsetzens ging durch die ganze Welt. Man erwartete in dumpfer Resignation das Allerschlimmste. Es geschah aber gar nichts. Die Scheibbser hatten sich nur ungeschickt ausgedrückt und bloß einen zweiten Markttag gewollt, der in ihrem Sprachgebrauch mit dem Begriff Donnerstag identisch war. Jetzt gaben sie Ruhe und waren froh, daß sie das dritte weiche »b«, das man ihnen als Ablenkung hatte geben wollen, immer mannhaft zurückgewiesen hatten.

Dieser Gnadenakt und die daraus resultierenden Neuerungen sollten im ganzen Reich durch Trommelschlag verkündet werden. So ward denn das k. Hoftrommeldepot, in dem Eynhuf diente, mobilisiert und schuftete Tag und Nacht. Parallel dazu – die Duplizität der Fälle ist ja bekannt – bereitete auch noch die Idee einer hohen Frau, im Kriege besonders verdiente Trommeln durch Ohrringeln auszuzeichnen (so wie man Fahnen bereits des öfteren Tapferkeitsmedaillen verliehen hatte), dem Amte unerwartete Mühe. Wo anfangen? Oft starrte Eynhuf, stundenlang ratlos an der Feder kauend, durch das Fenster. Die Arbeit wuchs ihm schier über den Kopf. Kopf? Wieder so was, das bedenklich nach Umsturz roch! »Meiner Ansicht nach«, pflegte Hofrat Sauerpfister zu sagen, »sollen die Beamten gar keinen Kopf nicht haben, sondern höchstens eine bedenklich gerunzelte Stirne.« Natürlich teilte Eynhuf submissest die Meinung seines Vorgesetzten.

Seufzend langte er endlich den Einlauf her, aus dem er das k. k. Trommelverzeichnis hervorgriff. E. Z. Nr. 31788/III/7 vom 23. Hornung 1723 nach des Heilands Geburt, so lange war man im Rückstande! »Tambour de Chasse«, las er, »oder k. Hof-Jagd-Trumbel, vom Signore Cagnacci, genannt meist Canlassi, eigenhändig in Oglio bemalen, mit der Heidengötzin Dianen, der Ares einen Holzsplint aus dem Fuße zeucht. Zwo Hunde bellen daneben, ein Hirz fleucht durch marmorruinas eines Palazzo derutto sive distrutto, und etliche Wald-Teuffel passen im Gebüsche: Auf sotane Teuffel ein cupido mit dem Bogen flizzet. In diesem Stücke hat der Holzwurmb gar übel gehauset! ad reparandum!« Holzwurm? O weh, wie wird die aussehn! Ad referendum dem der k. Menagerie angegliederten Hofholzwurmamte. Wäre erledigt. Die Arbeit, die Arbeit! Dabei immer die quälende Frage: Wie verschaffst du dir den Milchzahn der gefeierten Bühnenschönheit? Daß sie mindestens einen noch irgendwo haben müsse, stand bei ihm außer jedem Zweifel. Denn welches Mädchen aus besserem Hause – und die Höllteufel war aus besserem Hause, wie er aus den ihm zugänglichen Polizeiakten entnommen hatte – pflegt nicht einige ihrer Milchzähne in Seidenpapier aufzubewahren?

Wie es schon so geht, sollte ihm der gütige Zufall bei der Lösung der schweren Frage in den nächsten Tagen bereits zu Hilfe kommen. Eines Nachmittags promenierte er am Graben, der prunkvollsten Straße des damaligen Wien. Er war heiter und frohgelaunt. Der sonnige Wintertag war einer von denen, die die Nähe des Südens ahnen lassen. In warmem Leuchten glänzten alle Fenster. Am apfelgrünen Himmel segelten goldgebortete Rosenwölkchen gleich phantastisch getakelten Elfengaleeren Ariels, und aus den engen Seitengassen, in denen die ersten blauen Abendschatten brüteten, blitzten die Lichter der Kramläden.

Mit Behagen mischte sich Eynhuf in die Menschenwogen, wußte er doch, daß manches Mädchenherz höher schlug, wenn es den eleganten jungen Mann mit dem hochinteressanten Kopf erblickte. Als er gerade das zarte Stöckchen mit der grünseidenen Quaste recht zierlich wirbelte, begegnete ihm Rat Großkopf, den er seit Jahren kannte. Rochus Großkopf, ein stattlicher Fünfziger, galt als schwer begütert, hatte zwei uralte, weitläufige Häuser in St. Pölten, wo er den größten Teil des Jahres zubrachte. Er, der als Lebemann, in St. Pölten sogar als Roué, galt, war im übrigen ein feinsinniger Sammler kostbarer Antiquitäten, ja noch mehr: war Mäzen. So steht es beispielsweise fest, daß Goethe, der freundlichen Einladung Großkopfs Folge leistend, einige Wochen in dessen St. Pöltner Heim zugebracht hat, wo der alternde Dichterfürst in der absoluten Ruhe der verträumten Bischofsstadt den Faust II beendet haben soll, wie Rat Großkopf bisweilen diskret durchblicken ließ.

Was er ebenso durchblicken ließ, war, daß Goethe ihm, der, wie kaum ein zweiter, in der Geschichte des Hebammenwesens zu Hause wäre, bezüglich der »Mütter« manches zu danken habe.

Von einem Stückchen Originalgoldspitze vom Grabe des hl. Ignatius von Loyola, dem besten Amulett für Erstgebärende, das er seinem illustren Hausgast geschenkt, wolle er gar nicht reden.

Auch einige Glanzlichter über die Alterstorheiten Faustens habe er, Großkopf, aus dem üppigen Füllhorn seiner Erlebnisse der unsterblichen Dichtung beigestreut.

»Aber, wo find't man denn an Dank, b'sonders wann man a St. Pöltner is … jo, jo.«

Die Herren führten einen lebhaften Briefwechsel, der uns aber leider nicht erhalten ist, da spätere Mißhelligkeiten den reinen Freundschaftsbund trübten und sowohl

Goethe wie Großkopf im ersten Zorn die Briefe vernichteten.

Von allen Vermutungen über den Bruch zwischen den beiden bedeutenden Männern hat folgende Version die meiste Wahrscheinlichkeit für sich:

Daß Großkopf in einer vertrauten Stunde beim feurigen Vöslauerwein, in der Meinung, sich das unbegrenzte Vertrauen des aufgeräumten Olympiers erworben zu haben, so weit ging, mit bereits stammelnder Zunge folgendes Geständnis zu beginnen: »Sö, Exzellenz, was eine gewisse Suleika betrifft, die was doch das Nachgeschwisterkind von meiner seligen Wetti-Tant' aus Linz is, so hat's da noch a jüngere Schwester geben, die was man Ihna nie g'zeigt hat! Hähä! Hat freilich später a böses End' g'nommen, 's Madel – aber a saubere Nudel is g'wesen. Waderln hat s' gehabt, gustios, wie s' als a Vierzehnjährige so z' mir ins Museumzimmer kommen is, mit die zyprischen Versteinerungen spielen ... No, Exzellenz haben ja d' Schwester g'nommen ... Waßt, du hast halt d' Suleika g'habt und i d' Finerl ... Sag' ma anander du! Gelt? Schani?« Diese plumpe Vertraulichkeit war Goethen doch zuviel. Er sprang auf und ließ sich in der ersten Erregung hinreißen, mit den brüskesten Worten – noch dazu in Gegenwart einer hohen Standesperson aus Kremsmünster – an Großkopf ein dessen Mannesstolz tief demütigendes Ansinnen zu stellen, das dadurch nicht gemildert war, daß er es vor langen Jahren dem edlen Helden seines Sturm- und Drangdramas selbst in den Mund gelegt hatte.

Welch ein Sturz in die Tiefe für den St. Pöltner Kunstfreund, der sich schon auf den Höhen des Helikon dicht vor dem Bruderkuß des Musenlieblings gewähnt hatte.

Dann hätte sich aber Goethe sofort zusammengenommen und mit der ganzen unnachahmlichen Würde eines herzoglich weimarschen Staatsministers und Kammerherrn die Stätte des so schrill ausklingenden Symposions verlassen.

Eynhuf hatte Rat Großkopf bei der Schosulan eingeführt. Der feinsinnige Amateur äußerte sich entzückt über die »seltenen Stückeln« der interessanten Frau; die Chaise, wie er sich dezent ausdrückte, hätte es ihm angetan. Wie gut würde die zu seiner Sammlung galanter Gefäße passen! War doch die chronologische Darstellung der weiblichen Toilettengeheimnisse seine größte Schwäche, und eine sehr geschätzte Monographie des Bidets hatte ihm, in den Ländern wenigstens, wo man dieses frivole Möbelstück kannte, den Ruf eines namhaften Privatgelehrten gesichert.

»A noch immer hübsche, gut konservierte Frau, die Schosulan«, eröffnete Großkopf das Gespräch.

»Ja«, meinte Eynhuf, »ist weit über die siebzig! Aber rüstig! Die tritt sogar jeden Herbst das Sauerkraut noch selbst ein; das läßt sie sich nicht nehmen.«

»Glauben S', daß man da noch hoffen darf?«

»Aber pfui, Onkel Rochus, wie können Sie so etwas auch nur denken?«

»Lieber Freund, Sie wissen: de gustibus! Seg'n S', meine erste Liebe war auch eine reife, sogar überreife Frau, und das bleibt einem immer. Leider hat die Sache nicht gedauert. Bei einem Bad in der Traisen hat sie der Schlag gerührt, das hat mich damals hart 'troffen.«

»Aber das ist ja grauslich, Großkopf, mir wird übel. Raten Sie mir lieber als erfahrener Lebemann, wie ich zu einem Milchzahn der Höllteufel komm'!«

»Von der Höllteufel a Milchzahn? Ja hör'n S', das hätt' ich Ihnen nie zugetraut, daß Sie so was sammeln! Na, wann er Ihnen so am Herzen frißt, der Höllteuflische Milchzahn, dann geh'n S' halt hin zu ihr«, erwiderte sichtlich geschmeichelt Großkopf, der sehr gerne Ratschläge in Angelegenheit der höheren Minne erteilte.

»Zu ihr gehen, unmöglich, kann ich nicht. Wenn die Schosulan und durch sie die Keuschheitskommission draufkäme, daß ich als Hofbeamter einen Besuch … nein, ausgeschlossen, das kann mich die sauer erworbenen Goldborten am Hosenbein kosten.«

»Da weiß ich was anderes«, replizierte Großkopf. »Benützen Sie doch die Maskenfreiheit des Faschings! Nähern Sie sich der gefeierten Künstlerin auf der Redoute!«

»Ja, Sie haben leicht reden! Ich habe ja noch nie mit einer solchen Person gesprochen – da werde ich viel zu schüchtern sein, und dann – wenn sie mich gar nicht bemerken wird!«

»Nicht bemerken? Ah, da muß man eben eine Maske wählen, wo sie einen ja bemerken muß. Wissen S' was, Eynhuf, ich hab da eine glorreiche Idee: Geh'n S' als riesengroßer Schmetterling, meinetwegen mit zwei Klafter hohen Flügeln, die macht Ihnen der Entletzberger gewiß; das heißt, das Dekorative und den Mechanismus, daß auch ordentlich damit pledern können, das macht Ihnen mein Freund Degen, der Hofuhrmacher in der Weihburggasse! – Sie, das wird ein Aufsehen werden! Beneide Sie eigentlich; wenn ich noch so jung wäre, in so einer Maske gehen und von Mädchenblüte zu Mädchenblüte flattern zu können! Sie Glückspilz, Sie! Und stellen S' Ihnen vor, wenn Sie sich dann bis zur Königin des Festes durchgewuzelt und gezuzelt hab'n – die Augen, die sie dann machen wird. Ein Hofbeamter und dazu noch ›Edler von‹ als Schmetterling – da wird ja der offizielle Galan, der Hofselcher Würstl, so klein.« Großkopf machte eine bezeichnende Gebärde.

»Das glaub ich beinah auch, daß ich den dummen Würstl ausstechen werde. «

»Ja, und das Schönste«, fuhr Großkopf fort, »wenn Sie die Flügel nach vorn stellen, hab'n S' es wie in an Schamber separeh drin, da kann Sie der ganze Festtrubel gern haben.«
»Großkopf, Sie sind ein Prachtkerl«, jubelte Eynhuf. »Das werde ich machen, und wenn es 20 Gulden kostet! Dafür steh' ich, der Eynhuf!«
Aber plötzlich ließ er die Mundwinkel hängen: »Bloß, wie komm' ich hin in den Ballsaal? He? Kann ja unmöglich einen Fiaker benützen. Und zu Fuß, die Flügel vielleicht mit Fetzen eingewickelt? Das geht nicht.«
Einige Minuten lang gingen beide Freunde wortlos nebeneinander.
»Ha, da hab ich einen Gedanken …« Großkopf pfiff durch die Zähne. »Sie ziehn sich ohnedies beim Entletzberger, in seiner Wagenschupfen vielleicht, an, denn im Querulantenhaus dürfen Sie doch so was nicht tun, bestellen den großen Kulissenwagen von den Hoftheatern hin, das ist ja bei Ihren enormen Verbindungen für Sie ein leichtes, fahren damit beim Apollosaal vor und schweben dann: Trara, trara, trara – lila, lala, bimbim, zur Königin des Herzens hin!«
»Pst! Wie können Sie …«
»Aber lassen S' mich aus, weiß schon, was Sie sagen wollen: die Hofzwergische! Schlagen S' Ihnen doch um alles in der Welt die dumme Idee aus den Kopf, so ein bildhübscher Mann wie Sie mit Ihrem schwermütigen Auge.«
Eynhuf errötete wie ein Backfisch …
»Und die Fußerln, wirklich schad', daß Sie nix als Milchzähn' und wieder Milchzähn' im Kopf haben.«
»Vor allem mein Amt!« Eynhuf unterstrich förmlich jedes Wort. »Ich reibe mich zwar im Amte auf – in serviendo consumor –, aber mir macht mein Amt Freide! Unlängst hat mich sogar mein gietiger Vorgesetzter, der Herr Hofrat Sauerpfister, da die anderen alle Patzer sind, um zwei Salz-

stangerln zum Greißler g'schickt. Ich glaub', das hat was zu bedeiten … und die Zähne – no, Großkopf, Sie wissen ja, nur um meinem guten Kaiser eine kleine Freude zu bereiten! Bleibt mir eigentlich bloß als Zerstreuung das biß'l Fletenspiel – das ist wieder wegen die Hochämter. Großkopf, Großkopf! Mich beißt das Gewissen und vergällt mir die ganze Freude am Schmetterlingsein! Wann die Schosulan was erfährt, dann bin ich ohne Gnade und Barmherzigkeit geliefert. Der Frau danke ich so viel. Schau'n S', ich war anfangs ein stilles, zurückgebliebenes Kind, von die Würmer gequält, besonders vom Peitschenwurm – einmal habe ich sogar einen Raketenwurm gehabt …« – »Na, servus, ich dank' schön!« warf Großkopf mit erschrockenen Augen ein. »… und bin nur schwer mit den Studien vorwärtsgekommen. Und als mein Vater selig starb, war ich schon sieben Jahre lang mit vier Kreuzer Tintengeld pro mese – sonst nix – in der böhmischen Hofkanzlei angestellt, zwar ehrenvoll, aber mit wenig Aussichten. Da will das Glück, daß ich eines Sonntags in Schönbrunn den hohen kaiserlichen Kindern im Reservatgarten beim Spielen zuschau'! Reizend waren die hohen kleinen Engerln, besonders ein kleiner hoher Herr gefiel mir ausnehmend, der in glänzender Generalsuniform spielte. Er geruhte, ein Steckenpferd zu reiten, aber plötzlich – mir wurde das patriotische Herz bei den kriegerischen Spielen wärmer – fiel der Ärmste, dem der enorme Tschako das Übergewicht gegeben, kopfüber zu Boden. Ein hundertstimmiger Angstschrei ertönte. Ich, allerhöchstes Blut fließen sehen, kann mich nicht halten, vergesse die Etikette und springe über das goldene Gitter. Bebend vor Erregung, hebe ich den hohen jungen Herrn auf – es war der Herr Erzherzog Nepomuk – und putze ihn mit dem Sacktuch ab. Der kleine hohe Herr hatte, wie ich später erfuhr, trotz seiner Jugend das gesamte Artilleriewesen unter sich und war ihm auch deshalb zum hohen Namensfeste, das an dem Tage stattgefunden hatte, von den drei rangältesten Feldzeugmeistern ein Speiteufel abgebrannt worden. Eine Hofdame, gietig wie ein Engel, kommt herbeigeeilt, frägt mich um meinen Namen und empfiehlt mich allerhuldvollst dem mächtigen Einfluß der Schosulan. Das blutbefleckte Sacktuch hab ich als heilige Reliquie unter Glas und Rahmen. Und das ist meine Geschichte, so habe ich meine Lebensstellung erreicht. Aber, aber, so wirklich befriedigt, was man sagt ›befriedigt‹, bin ich nicht. Denn wissen S', was noch heute der Traum meiner Nächte ist: Hofzwerg sein! Was hab ich als Jüngling mit dem Schicksal gehadert, das mich groß und schlank gewachsen sein ließ, das mir meinen Lebenswunsch grausam versagt hat! Ja, Hofzwerg gewesen sein dürfen zu können – das wäre der Wunsch meines Herzens. Gibt's denn ein schöneres Amt, frag ich, als stets um seinen Herrscher zu sein, stets sein geneigtes erhabenes Ohr zu besitzen, stets ihn erheitern zu dürfen?«

Stumm gingen beide Männer nebeneinander her. Dann schüttelte Großkopf seinem Freunde lange wortlos die Hand und verschwand in einem dunklen Gäßchen.

Hofsekretär und Herzensbrecher

Je näher der Fasching kam, desto mehr nahm die innere Zerrissenheit Eynhufs zu. Er war zerstreut im Amte, brachte oft seinem Vorgesetzten fehlerhafte Salzstangerln hinauf und hielt sogar einmal beim Anziehen dem Hofrat geraume Zeit den Ärmel vom Überzieher zu. »Weibergeschichten!« murmelte der erfahrene Beamte und fing an, Eynhuf scharf zu beobachten. Durch Wochen mied dieser das gastliche Haus Zumpis. Wie hätte er auch Crispine offen in die Augen blicken können? Einmal – im Lazenhof – rief ihn der alte Zumpi an. Er sah ihn nicht gleich, ein Umstand, der den eitlen Mann sehr zu wurmen pflegte. Ein Ausweichen gab es nicht, er mußte eine Einladung annehmen, so schwer ihm dies auch fiel. Als die Stunde gekommen war, lenkte er denn mit innerem Widerstreben seine Schritte dem Heime des Hofzwerges zu. Er öffnete die schwere Eichenpforte im gewaltigen Eingangstor, vom Alter wie Bronze poliert. Im Flur stand ein prachtvolles Marmorbildwerk, beim Bau des Hauses gefunden, ein im Tanzschritt erstarrter Faun, der eine Bockspfeife spielte, uralt, goldfarbener Marmor, vom hundertjährigen Staube schwarz bepudert, von den Hausmeistersgenerationen nie abgewedelt, da er ihnen verhaßt war als Liebes-Schirm der drallen Mägde der Gasse. Immer war dort der Boden naß von Bier oder den übergegangenen

Milchkrüglein der schäkernden Mädchen. Eilig hüpfte Eynhuf am Hausmeister, dem wild blickenden Herrn Kummeter, vorüber, die vier Stockwerke hinauf.

Er fand Frau Zumpi mit einem Dienstmädchen scheltend vor. Das verschüchterte Ding klopfte gerade auf dem Gange buntgewürfelte Kostüme, die schon lang eingekampferte Amtstracht des Hausherrn. Seltsam klangen die Schellen durch das neblige Zwielicht des grauen Barockhofes. Eine hohe, überreich eingelegte Flügeltüre führte in das Empfangszimmer der Familie, einem ernsten, solid möblierten Raum von feierlichem Halbdunkel. Die Wände waren mit sonderbaren Bildern in bizarren Rocaillerahmungen bedeckt. Da sah man buntfarbige Meisterwerke von der Hand Hieronymus Muzians, der es liebte, Zwerge als heilige Einsiedler zu malen, viele von ihren Ziegen tückisch bedroht. Manche Werke der Brueghel waren da, die der höfische Geschmack eines aufgeklärten Jahrhunderts aus den Galerien entfernt und Zumpi überlassen hatte. Wohl das abenteuerlichste Stück war eine Schöpfung Alaert du Hameels, den bethlehemitischen Kindermord durch große, gepanzerte Heuschrecken darstellend. Die Väter der Kinder figurierten bei dem Schreckensdrama als Tabulettkrämer, die die grausen Krieger durch Anbieten ihrer meist unerhört abstrusen Waren zu beschwichtigen suchten, während König Herodes aus einem Trichter gegen die kreischend verrenkten Mütter drohte – kurz ein Bild, das den nervösen Haustöchtern eine diabolisch vergiftete Kindheit bereitet haben mußte und, nicht genug an dem, ein drittes Töchterlein, das Papas Liebling hätte werden sollen, durch Versehen der Mutter zur Mißgeburt werden ließ, wie man im ganzen Haus versicherte. Gesehen hatte es niemand, weil die Hebamme den totgeborenen Sprößling gleich für die Katze nach Hause genommen hatte.

Ein in phantastischem, verwegenstem Rokoko geschnitzter Glasschrank, schimmernd in fuchsigem Gold, war gefüllt mit dem köstlichen chinesischen und sächsischen Porzellan, Ehrengeschenke fremder Potentaten aus Zumpis Glanzzeit. Einen mit dem Hausbrauch unvertrauten Besucher mußte es auch nicht gerade alltäglich anmuten, daß in die großen Flügeltüren allenthalben kleine Gehtüren eingeschnitten waren, deren Klinken etwa in Kniehöhe sich zeigten. Auch eine Kinderbank mit dazupassendem Tischchen und ein Schaukelpferd waren da. Letzteres benützte Zumpi alltäglich auf den Rat des langjährigen Hausarztes, Baron Rödersthal, der dem alten Pensionisten mäßige Bewegung empfohlen hatte. Aber all dies durfte niemand bemerken, und die Dienstmägde, die ein Kichern nicht unterdrücken konnten, flogen oft dutzendweise in einem Monat hinaus. Grimmen Haß hegte der Hausherr, außer gegen das Geschlecht der Hunde, vornehmlich gegen den Stand der Optiker. Lange dachte Eynhuf, daß dies bei dem streng konservativen Sinn des alten Mannes seinen Grund darin habe, daß ihm diese Leute als Einführer von Neuerungen verdächtig seien. Das war bloß zum Teil richtig. Der wahre Grund, den ihm Crispine in einer vertrauten Stunde verriet, war der, daß diese Leute Vergrößerungsgläser anfertigten, was Zumpi als eine speziell auf ihn gemünzte Bosheit auffaßte. Noch einige andere Dinge gebaren stets neuen Groll in seinem Herzen, zum Beispiel die Worte: Gewicht, wichtig, Winzer oder Zwerchfell. »Mikroskop« konnte ihn aber bis zur Raserei bringen, und niemand durfte dieses Wort in seiner Gegenwart aussprechen! Ebenso furchtbar regte es den alten Mann auf, wenn schlimme Buben bei seinem Anblick den häßlichen Vers sagten: »Das ist der Vater Zephises, nimm dieses Kipfel und friß es.«

Früher hatte der Zwerg die »Jausen« und besonders die

»Sonntage« geliebt. Vormittags zeigte er sich gerne mit den Seinen in der Messe bei St. Stephan, nach dem Hochamte trennte sich die Familie, die Damen promenierten am Graben und bewunderten die Putzmacherläden, während das Familienoberhaupt im Stephanskeller am Honoratiorentisch ein Seidel Grinzinger in geschliffenem Stutzen zu trinken pflegte. In Wichtels Bierhaus am Peter jedoch, das gerade sehr in die Mode kam, war er unter keinen Umständen zu bringen, soviel sich auch seine Freunde bemühten. Des Nachmittags trafen sich drei seiner ältesten Kameraden und Kollegen – die letzten Überlebenden – Foppelneider, Wimhölzl und Pipserling – in Zumpis Wohnung, um zu musizieren, wie sie es nannten. In Wirklichkeit spielte jeder auf einem kleinen Leierkasten – alle wild durcheinander – und rissen und wirbelten die Drehkurbeln möglichst rasch herum. Wer zuerst sein Stück zu Ende brachte, hatte »gewonnen«, erregte aber nur zu leicht den Neid der anderen, so daß es fast stets zu Mißhelligkeiten kam und die sonst so würdigen alten Herren sich pufften und zwickten. Oft mußte dann die Hausfrau dazwischenfahren und die heiser krächzenden Wichte trennen, was bisweilen nicht ohne »Kopfstückln« abging. Vor der großen Frau hatten sie Respekt, sie begnügten sich, einander tückisch anzuschauen, bis »zur Jause« gerufen wurde. Schokolade oder ein Gläschen Met versöhnte bald die Muffenden, die den Rest des Nachmittags meist brav bei einem Lotteriespiel verbrachten, bis sie abgeholt wurden oder allein nach Hause gingen, je nach Gewohnheit.

Doch gab's einen jähen Riß in die anregenden Sonntagnachmittage, als der Älteste des Freundeskreises, Pius Pipserling, im verflossenen Sommer von der Hühnercholera dahingerafft wurde. Der bedauernswerte alte Herr, der schon längst mit dem Leben abgeschlossen hatte – trug er sich doch, wie man mit Bestimmtheit erfahren haben wollte, sogar mit der Idee, Kartäuser zu werden –, sah getrost dem Sensenmann, der ihn in der harmlosen Maske eines Hendlmörders beschlich, ins beinerne Angesicht. Aber für Zumpi war es ein harter Schlag, der ihn noch grämlicher und verdrossener machte. So fiel nach und nach der Zwergenstand, diese amüsante Quaste am Purpurmantel des Fürstentums, dem Mottenfraß der Zeit zum Opfer, wurde, ein skurriles Kadaverchen, dem Misthaufen überlebter Einrichtungen zum Vermodern beigefügt.

Als Eynhuf eintrat, erhob sich Crispine von einem seltsamen Klavier in Pyramidenform, ließ dessen wimmerndes Saitenspiel verstummen und eilte dem geliebten Manne entgegen. Mit Schrecken bemerkte der korrekte Höfling, daß das Mädchen kaum mehr vor dem verführerischen Bilde Annerls bestehen konnte. Wie fahl und verfallen sie aussah! Auch der Mund war schief geworden! Wie unnatürlich groß die Nasenlöcher! Unwillkürlich fragte Eynhuf: »Ist Ihnen etwas?« Vorwurfsvoll sah ihn Crispine an und schwieg.

»Und da können Sie noch fragen?« antwortete Kiliane. »Da sieht man, wie lang Sie nicht mehr bei uns waren! Die arme Schwester ist noch nicht genesen! Was muß aber auch die verrückte Theatergretl die Silhouette von Czwaczek – noch dazu auf einem seidenen Sacktüchl gedruckt – am Butterbrot essen!?«

»Acht Tage haben wir die Madame im Hause gehabt«, nickte bekümmert die Mutter. »Das Gered' von die Leut! Na, Schwamm darüber, schenken Sie uns das Vergnügen zum Kaffee, die Damen werden gleich da sein.«

Richtig, ungeheures Geschrei im Vorzimmer bestätigte diese Prophezeiung. Herein wogten Madame Katzbaumer, ein Wunder in Orange und Violett, die himmelblaue Demoiselle Kordula Luft und die stattliche Frau Paradeyser, ein uner-

meßliches Paket von Fettwülsten, mit einem zimmergroßen Perserschal drapiert, vom Kampferduft umwoben. Sie legte auf den Kaffeetisch einen laut bellenden Pompadour, der sich unruhig hin und her wälzte. Strafend blickte die Hausfrau auf das Corpus delicti. Frau Paradeyser erbleichte. Immer wieder vergaß sie das Zumpische Hundeverbot! Ihr Liebling wurde sofort in der Küche versteckt – im letzten Moment, da der Zwerg schon im Zimmer stand. Die kurzsichtige Demoiselle Luft lief wieder einmal dem Hausherrn nach der falschen Richtung entgegen, obgleich der Bedauernswerte sich überlaut räusperte – kurz, die Sache fing so ungemütlich wie möglich an. Dabei war gerade heute der Zwerg kaum zu übersehen, hatte er doch einen mächtigen Turban auf dem Haupte, darunter einen Wasserumschlag – weil heute sein Geburtstag war. Als Festgeschenk hatte man dem Jubelzwerg nämlich sein Miniaturporträt von der berühmten Karoline Pincikovska, der taubstummen Malerin in der Paniglgasse, malen lassen – das Geschenk der Damen. Die Herren hatten ihm einen elfenbeinernen Nußknacker von uralter Arbeit verehrt – dem Nero habe er einstmals gehört, flüsterte man. Während sich der Jubilar darüber sichtlich freute, hatte ihm plötzlich der tückische Foppelneider – ehe ihm jemand in den Arm fallen konnte – damit von hinten auf den Kopf geschlagen … daher Umschlag und Turban. Zur Strafe durfte Foppelneider nicht mit am großen Jausentisch sitzen, und als er verstohlen nach dem Hausherrn das Zimmer betreten wollte, knallte das Stubenmädchen mit einer nassen Serviette nach ihm. Er mußte am kalten Gang jausnen und schon um 5 Uhr in seine Wohnung im Lazenhof zurückgehen.
Der Hausherr, der erst beim dritten Versuch auf den Stuhl gelangte, war verstimmt und wortkarg, schnupfte während jedes Schluckes, den er trank, und sah den Gästen mißgün-

stig auf die Teller. Dann verlangte er energisch herunter vom Sessel und verschwand. Jetzt öffneten sich die Schleusen der lange zurückgehaltenen Unterhaltung, die wie ein Hagelschlag auf die Mädchenblüten des Bekanntenkreises niederprasselte.

»Wissen S' 's Neichste«, schnarchte Frau Paradeyser los, »alsdann: die scheinheilige Heuchlerin, die Zisch, hat s' nit schon 's Madl an den Großkopf verkuppelt?!« Eynhuf gab's einen Stich ins Herz. Sprachlos saß er da, ein Powidltatschkerl quoll ihm dermaßen im Munde, daß er daran und an dem bitteren Geschmacke fast zu ersticken drohte.

»Ja, hören S' nur: der Vatter – a sauberer Vatter das – kriegt in St. Pölten dem Großkopf seine ganze Kostümsammlung zum Ausklopfen und d' Wanzen zum Zertreten. 's Madl kummt zu ihm scheen heimlich ins Haus, und die alte Sau, die Beischl ...«

»Was? Die Beischl?«

»Also hör'n S': die Beischl hat den Redakteur, der was allweil bei der Schosulan, dem weiblichen Leibstuhldragoner, eingeladen ist, schon in ihren Netzen verstricket! Ich hab's von der Erpelstecher Wab'n, die Kerzerln bei St. Rochus und Stachus verkauft – wissen S', die was ehender drittes Kuchelmensch war beim Grafen Kegelvich! Aber was die Schosulan ist, die hat sich schon an Trost g'schaffen. An Musikanten hat s' aufferbestellt, wegen dera ihren verdächtigen Leibstuhl – wann der reden könnt'!«

»Ja«, mischte sich die Katzbaumer ins Gespräch, »schöne Leut hat's oben bei der Keuschheitskommission! Daß ich nicht lach'! Also: die Ludersdorf. Allweil stockbesoffen. Die hat a zarte Beziehung mit an Branntweiner und feiert ihre Orschien, ja Orschien, in Gaudenzdorf, daß S' es wissen, dö Heimliche, dö. Dabei soll s' eine Agentin von die Jakobiner sein oder was. Jetzn baut s' am Braunhirschengrund eine

Rosogliofabrik – der englische Gesandte, der Lord Hobbs – so viel ein unruhiger Herr – hat auch Geld drin stecken, ums christliche Volk zu vergiften.«

»Aber das ist noch gar nichts«, ließ sich Demoiselle Luft vernehmen, »ich weiß was Furchtbares. Niemals nie nicht wird aber dasselbige über meine Lippen kommen!«

Voll Spannung hingen aller Augen am üppigen Mund der schönen Kordula.

»Niemals nie nicht« – wiederholte sie feierlich –, »nur soviel kann ich andeuten: der Skandal, der einmal bei die Kibissers ausbrechen wird!«

»Wie? Wie? Was? Wo? Mit wem denn?«

»Mit 'n Devotionalienhändler, dem Harfenrichter, natürlich.« »Was net sagen, die alten Schachteln?«

»Ah, nein, die nicht – aber schweigen wir. Nur soviel kann ich sagen: So feine Arbeiten können doch nur junge Augen verrichten. Na also! Na – wo hat er die Lehrmädeln her! Aber was – von mir erfährt niemand nichts, das heißt, das wissen S' doch, daß er sein Hauptgeschäft macht mit die gewissen Abziehbilderln, wo die Damen rot werden, wann sie s' sehen.«

Finsteres Schweigen brütete im Zimmer. Bloß der Sessel der Paradeyser krachte bei jedem Atemzug hörbar. Diese Pause benutzte Eynhuf, sich zu empfehlen. Er sei mit Arbeit überhäuft und bringe ganze Nächte im Amte zu. Ungern sah ihn Crispine scheiden, um so mehr freuten sich die Geladenen, den Sekretär nach seinem Abgange zu zerfleischen. Im Vorzimmer wurde er noch durch ein Getümmel aufgehalten. Der »gnä Herr« sei in ein Lavoir gefallen, kreischten die Mägde. Das war Eynhuf zuviel. Ganz verschüchtert huschte er aus der Türe und galoppierte die Treppen hinab. Im ersten Stock blieb er unter dem roten Öllämpchen stehen, das ein Bild der sieben Schmerzen Mariens schmückte, zur

Erinnerung an einen Unfall, der vor Jahren an dieser Stelle geschehen war, und blickte seufzend zu dem Gnadenbilde auf. Bittere Vorwürfe machte er sich. Hätte er nicht eine Lanze als Ritter der Zisch-Annerl brechen sollen? Aber schon einmal die Suada der Damen! Kann man ein Mühlwehr hinaufschwimmen? Nein! Na also! Als vorsichtiger Beamter hätte er auch nie Partei ergreifen dürfen für die Tochter eines Mannes, der offenbar eine Staatswürde, in dem Falle das Abstauben der mariatheresianischen Militärkäfersammlung, zugunsten schnöden Liedlohnes bei einem Privaten hintansetzte.

Weiß der Himmel, was er dort alles zu tun hätte! Vielleicht die Erzeugnisse einer die Sinnenlust aufpeitschenden Schandpresse fein säuberlich zu registrieren! Der Großkopf besaß – das war ein offenes Geheimnis – eine erkleckliche Anzahl solcher Bilder, von denen wohl das schrecklichste war: »Die Memoiren eines Linzer Voyeurs« oder »Die gründlich gelüfteten Alkovengeheimnisse von Urfahr«, mit imp. fol. großen Kupfern von Löschenkohl, alles sauber mit der Hand koloriert und in den höchsten Lichtern schändlicherweise sogar noch vergoldet! Kannte doch Eynhuf das Buch ganz genau, da sein Inhalt zur Erläuterung des Konfiskationsbefundes im dasigen Amtsblatte ohne Auslassung abgedruckt erschien, während anderseits die beanstandeten Kupfer drei Wochen lang auf den Pranger am Hohen Markt geklebt, bei Trommelklang und stündlich wiederholtem Trompetengeschmetter als abschreckendes Beispiel öffentlich von jedermann besichtigt werden konnten. Noch nie war die Abonnentenzahl des langweiligen Blattes so hoch gestiegen, und eifrig fahndete die öffentliche Gewalt nach weiteren unzüchtigen Publikationen. Das muß zu ihrer Ehre gesagt werden. Deutlich erinnerte sich Eynhuf, daß täglich dieselbe durch ihre auffallende Frömmigkeit bekannte

Dame der polnischen Aristokratie in tiefster sittlicher Entrüstung die schmachvollen Bilder stundenlang betrachtete und dann jedesmal unter Weinkrämpfen davongetragen werden mußte und daß es einem Herrn von der französischen Gesandtschaft nachträglich ehrlich leid war, der hohen Dame so viel Schmerz bereitet zu haben. Denn er war es, der die anonyme Anzeige erstattet hatte, da einige seiner Freunde, die heimlich mit Pariser Artikeln und dergleichen handelten, sich in ihrem glänzenden Erwerb durch einheimische Produkte bedroht sahen. Aber weh tat es Eynhuf doch, daß die Jausengäste die ihm so liebe Mädchenblüte zuerst so schrecklich mit dem Speichel der Lästerung begeifert und dann durch den Staub gezerrt hatten. Heimlich saß der Stachel, während das sakrosankte Bild der Schosulan den Giftspritzerinnen der Hofzwergischen Kaffeekorona unerreichbar erschien. Ursula, du Keusche! Du wirst dereinst in einem von Einhörnern gezogenen, juwelenstarrenden Stellwagen im Paradiesgarten umanandfahren dürfen – im Damencoupé für weibliche Heilige natürlich – St. Aloisius als Kutscher am Bock!

Wenige Tage später begegnete Eynhuf dem Aktuar Staubmayer vom Militärfindelhaus, einer Schöpfung des unvergeßlichen Kaisers Joseph. Staubmayer, ein netter junger Mann, der als Cousin des Fräulein Luft über alle Vorkommnisse im Hause Zumpi wohlunterrichtet war, lächelte fein, als er Eynhuf just am »Stoß im Himmel« begegnete.

»Nette Sacherln stellen Sie an! Nette Sacherln! Sie Vokativus Sie! Schickt sich das für einen Mann wie Sie, die Blüte seines Standes, der allen Leuten zum Vorbild dienen sollte, he?«

Ein neckischer Rippenstoß folgte. »Das glaub ich, das schmeichelt Ihnen, einen Eiertanz zwischen gebrochenen Herzen zu exekutieren!«

»Was? Ich ein Eiertänzer? So was würde sich nie mit meinen Goldborten und dem Federhute vertragen, mein Lieber! Bitte, machen Sie auf der Straße und noch dazu in der Nähe eines k. k. Hofgebäudes« – Eynhuf deutete auf die oberste Finanzstelle – »keine solchen Witze!«
»Ja, ich bleibe dabei«, erwiderte Staubmayer, »gebrochene Herzen! Nett haben S' es hergerichtet, die Zumpische! Wie Sie von der Jausen fortgegangen sein, hat mir die Kordula erzählt, ist eine gewisse Crispine, wann S' s' kennen sollten, lange schweigend dagesessen und hat gar nicht gemerkt, daß die den Finger im heißen Kaffee hat. Auf einmal springt s' auf, daß die Tassen nur so geflogen sein, und röhrt gradheraus, daß alle ganz erschrocken aufgesprungen sind, so hat's ausg'schaut. Und röhrt und röhrt und schreit in einem fort: sie geht zu die Urschulinerinnen! Die Mutter hat s' gleich zu Bett 'bracht und ihr Fenchelumschläg' aufg'legt und heißen Powidl auf die Fußsohlen, aber das hab'n alle g'sehn, daß die hysterische Schraub'n – 'tschuldigen schon – wegen Ihnen so g'röhrt hat. 42 Jahre is jetzt! Ja, da begreift man's schon. Wann S' an Einsehen haben, dann heiraten S' es bald, sonst, fürcht' die Kordula, wirft sich die noch dem Czwaczek an den Hals... 'mpfehl' mich – muß ins Igeltheater zur falschen Pepita!«
Ganz verdattert stand Eynhuf da. Dann rang sich's ihm aus tiefster Brust: »No nein! Das darf nicht sein, daß das reine Wesen am End' gar dem lüsternen Czwaczek zum Opfer fällt! Der soll ja, hör ich, ein wahrer Faunus sein mit seiner verschnörkelten Wollust ...« Im selben Augenblick prallte er mit der Mutter Zisch und deren Töchtern zusammen.
»Oh, guten Abend, trifft man Sie auch einmal?« Sie reichte ihm die Hand aus dem aufreizend roten Futter des schwarzen, ringfelligen Müffchens hervor. »Wirklich ein Wunder! Wo soll ich das hinschreiben? Ja, Sie sind eben zu fleißig!

Gewiß Weihnachtseinkäufe machen?« Dann zu den Mädchen: »Grießts doch den Herrn Hofsekretär!« Annerl stand brennrot da und knickste bloß, den Finger an den Lippen, Poldi starrte ins Leere und verkörperte mit schwer nachzuahmender Virtuosität ein beklemmendes Nichts.

»Lassen Sie sich doch auch einmal bei uns anschau'n«, lud ihn Frau Zisch freundlich ein. »Kommen S' doch auf ein Stückel Weihnachtsstriezel, Rat Großkopf wird auch da sein, Sie wissen doch, er ist über die Kraxlerische verwandt mit meinem Mann und schenkt den Mädeln immer so hübsche Heiligenbilderln. Nicht wahr, Annerl?«

»Kschiksch«, machte Annerl und schwang die molligen Hüften rapid nach links. Poldis Atem rauchte nicht einmal in der Kälte.

»So viel Indischestionen hat es, das arme Kind«, erzählte im Weitergehen Frau Zisch. »Wir gehen in die Bärenapotheke, ein Fiakerpulver für sie kaufen, damit das arme Hascherl auch eine bescheidene Weihnachtsfreude hat. Für die Annerl gibt's ein Paar neue Hausschuhe – bitt' Sie, mit dem Wirtschaftsgeld, das mir der Meinige gibt, kann ich keine großen Sprünge machen.«

Unter solchen traulichen Gesprächen durchwanderte das vierblättrige Kleeblatt den Christkindlmarkt mit seiner billigen Pracht, von traumhaft bunten Laternen oder rötlich schwelenden Ölfunseln magisch beleuchtet. Prozessionen von Marktweibern in Röhrenstiefeln, von heiser quakenden Vorbetern geführt, zogen singend in die Kirche »Zu den neun Chören der Engel«, ihnen folgten im Bittgang die konzessionierten Ameiseneierhändler, deren summendes Gebet vom schrillen Singsang der Zinnkrautausrufer abgelöst wurde. Der melodische Chor der bürgerlichen Lavendelweiber fand einen tiefernsten Nachhall im brummenden Baß der Aschenmänner. Die Laternenanzünder trugen auf

prunkvoller Bahre einen leuchtenden St. Florian mit sich, die Brezelbäcker hingegen unter reschem Gesang einen hl. Erasmus – bezeichnenderweise den Patron der Darmleidenden. Das zirpende Singen der beeideten bürgerlichen Grillenhäuselerzeuger – wackere Männer, deren streng katholische Gesinnung über jeden Zweifel erhaben stand – war über dem Ganzen verstreut wie Katzensilber im Sande.
Eynhuf empfahl sich, um zu Hause ein bescheidenes Abendbrot beim Scheine eines Wachsstockes zu verzehren und dann das Gebetbuch mit dem Monogramm, aus Totengebein geschnitzt, aus dem Schreibtisch zu nehmen.
Das getan, holte er die würdige Schosulan ab, um mit ihr in die Pumpermette bei St. Stephan zu gehen, welch frommen Brauch Eynhuf sich nicht nehmen ließ, ebensowenig wie den, daß er zu Ostern beim »Feinschmecker« kaltes Lämmernes naschen ging – mit geweihtem Kren. (Am besten schmeckte der vom Pater Theobald bei den Kapuzinern benedizierte.)
Überall eilten Menschen durch die eisglänzende Mitternacht und drängten in den tiefernsten Dom, dessen tausend glitzernde Kerzen das Geheimnis der gotischen Wölbung nicht zu entschleiern vermochten. Das halblaute Beten der Menge murmelte den Priestern zu, dann jubelten Kinderkehlen in diamantenem Schmelz unirdisch schön zum Silberklang der Posaunen und dem dumpfen Wirbel der Pauken … und die Schosulan nickte in seligem Schläfchen. Neckische Punschgeister schenkten ihr das bleierne Sperrsechserl, das Einlaß gewährt ins Paradies der Vergessenheit.
Dieses Weihnachtsfest sollte dem einsamen Spatzen, dem Hofsekretär, eine sinnige Überraschung bringen. Zwergs Crispine hatte lange ihr bescheidenes Nadelgeld zusammengespart, um dem geliebten Manne einen heißgehegten Wunsch zu erfüllen, wie sie wohl wußte, einen Stiefelknecht

in Form eines großen, gußeisernen Käfers, eine kühne Neuerung, die damals allgemein berechtigtes Aufsehen erregte. Auch als Briefbeschwerer war der schmucke Gegenstand nicht übel zu verwenden.
Überglücklich nahm Eynhuf Hut und Wintermantel und schlenderte gemächlich der Hundsturmstraße zu, wo die Zischischen eine billige, aber behagliche Wohnung innehatten. Ein dünner Christbaum war mit viel ordinärem Zuckerwerk behangen. Der Besuch mußte auf einem der lyralehnigen, wichsleinwandbezogenen Kirschholzstühle Platz nehmen und bekam ein dampfendes Glas Punsch vorgesetzt, auf dem eine faustdicke Striezelschnitte voll Zitronat und Rosinen duftete. Welche Freude er ins Haus brachte! Eynhuf kam nicht mit leeren Händen, schenkte er doch dem lebhaften Annerl ein lustiges Gesellschaftsspiel, »Die Reise von Dingsda ins Pfefferland«, während er die mehr sinnige Leopoldine mit »Übelhörs kleinem Zeitvertreib« beglückte, Ausgabe B für geistig etwas zurückgebliebene Kinder, ein Geduldspiel, das unter Garantie niemals ein Resultat zeitigte. Mutter Zisch wußte, was sich gehörte, und rief den Mädchen zu: »Singts doch dem lieben Onkel Jaromir das Weihnachtslied, an dem ihr so lange gelernt habt!« Und »O Weihnachtsbaum« erklang es.

»O Weihnachtsbaum, wie grien sind deine Zweige,
Du bliehst nicht nur zur Winterszeit,
Nein, auch im Sommer, wenn es schneit …«

Aber Annerl sang jetzt ganz allein. »Ich mag nicht singen«, war das einzige, was man von Poldi hörte.
»Ein Kreuz hat man mit dem Kind, es ist so viel scheu und vergeßlich«, klagte die Mutter. Dann zu Eynhuf gewendet, sagte sie leise: »Voriges Jahr hab ich das Kind aus gewissen

Gründen – Sie verstehen mich schon – über nun schon einmal natürliche Vorgänge aufklären müssen. Und jetzt glaubt sie schon wieder an den Storch! Was soll man da machen? … Aber sonst hat das liebe Christkind recht viel Schönes gebracht. Den Mäderln die reizenden Geschenke vom Onkel Großkopf: der Leopoldine die Kirche von Maria-Taferl, ganz aus Wachs gegossen (›Österreichs Myrrhenberg‹ steht drauf, ›auf welchem die jungfr. Mutter Gottes im schmerzhaften Bildnis die Zähren ihres mütterlichen Mitleids in weitentlegene Landschaften vergießet‹) – und du, Annerl, zeig den Fotzhobel her, den was dir der gute Onkel Rochus geschenkt hat! Den ganzen Tag unterhält sie sich damit und kann schon die Volkshymne ganz nett darauf fingern! Ja, das Talent! Dem Meinigen – der düstere Mann war inzwischen unhörbar ins Zimmer getreten – die schöne neue Stelle, die ihm ein nettes Taschengeld einträgt – er ist, müssen S' wissen, Konduktansager beim ›Nährvater Josef‹ geworden, der was der feinste Leichenbestattungsverein ist am ganzen Grund – da gibt's amal nichts. Na, und was seine Freistunden sind, da geht er ins Hühneraugenschneiden. Ist ja keine Goldgrube, aber manchmal bringt er ganz hübsch was nach Haus!«

Hupf zwei drei, hupf zwei drei

Die glitzernde Eispracht dieser Weihnachten wurde fast noch vom Juwelengefunkel der Höllteufel übertroffen. Die herrlichen Brokate, die ihr die Lebemänner vom Brillantengrund zu Füßen legten, wetteiferten mit dem blauen und milchweißen Mittagshimmel und der pfirsichfarbenen, goldnen und topasnen Dämmerpracht der durchsichtigen Abende über der hunderttürmigen Stadt an der Donau. Welchen Prunk und Luxus verbreitete man um die gefeierte Künstlerin, die in Raimunds neuestem Singspiel »Das Zauberwagerl von Jedlesee« unerhörte Triumphe feierte. Toll ging's um das dämonisch schöne Mädchen mit den nachtschwarzen Locken zu.

Matthias Würstl, der Selcherfürst vom Schottenfeld, der, sonst ein geschworener Feind jeder Bildung, nur etwas »fürs Thiater« übrig hatte, ließ sich den Kult dieser Sängerin ungezählte Tausender kosten. Er liebte, wie alle ordinär veranlagten Menschen, die Treibjagd und war vom Schnelligkeitswahn besessen, diesem Kennzeichen minderwertiger Subjekte. So pflegte er denn seine feurigen Jucker durch Schampusklistier und Kaviarfütterung zu höchster Kraftentfaltung anzuspornen.

Die goldene Jugend des Höllteufelschen Hofstaates wußte sich in den »feschesten« Einfällen nicht genugzutun. Man legte der Abgöttin im Prater für ihren alleinigen Gebrauch eine Schlittschuhbahn aus dem besten Riesling an, stellte »Am Hof« einen Schneemann aus gefrorenem Powidl auf und bombardierte bei den lustigen Schlittenfahrten die gaffende Menge mit Knackwürsten, in die funkelnagelneue Zwanziger »eingeselcht« waren. Wie mancher Papa vom »Grund« mußte dabei bluten, wenn Nehemias Hühnerfänger, ein Patriarch vom Schulhof, die Wechsel der Herren Söhne präsentierte. Ein Widerschein dieses Festglanzes stahl sich selbst bis zum korrekten Hofsekretär Eynhuf, dergestalt, daß derselbe eifrig seine Vorbereitungen zur Zauberredoute traf, betitelt »Die Nymphen der Hippokrene haben ein Rendezvous mit die Faune vom Berge Ida«, eine der glänzendsten Veranstaltungen der Saison, die im Apollosaale stattfinden sollte, und zwar unter der Leitung des berühmten Ballettmeisters Horschelt.

Es war die höchste Zeit, die Sache in Angriff zu nehmen, denn der sonst überaus gewissenhafte Beamte war so abgelenkt, daß er die unverzeihlichsten Fehler machte. Zum Beispiel warf er den kaiserlichen Depotkatzen statt der üblichen Neujahrsremuneration von acht Kreuzern Schein eine solche von sieben Kreuzern Münz aus, was vielen derselben eine Herzverfettung brachte. Ja, er vergaß sogar das Stichwort für den Eintritt in den Schlüsselaufbewahrungsraum zum Reservataktenzimmer des Hoftrommeldepots, das dem dortigen Wachtposten dreimal zugeflüstert werden mußte. Da unglücklicherweise auch dem Hofrat Sauerpfister das Wort entfallen war, gab's eine grenzenlose Konfusion, denn dem Posten, einem Veteranen aus dem Siebenjährigen Krieg, war der Verrat des Losungswortes bei Todesstrafe, verschärft mit dreizehnjährigem Nachdienen vor der Hinrichtung, verboten. Anders war der fürchterliche Zustand nicht zu beheben, als daß man durch einen von skrupelloser

Avancierglut erfüllten Herrn einen Einbruch verüben ließ. Siehe! Es gelang. Alles atmete erleichtert auf, und der junge Mann avancierte wie toll. Als Schmetterling also sollte Eynhuf auf den Ball gehen. Gut. Aber die Oberflächlichkeit vom Großkopf, haderte er bei sich. Der macht sich's leicht, einen so allgemeinen Rat zu geben! Für ihn als korrekten Beamten galt es, zuallererst einmal sich zu überzeugen, ob etwa eine oder mehrere Schmetterlingssorten höheren Ortes unbeliebt oder anstößig, vielleicht sogar – behüte! – staatsgefährlich seien. Auf Befragen erfuhr er vom Hofrat Gimpelzäumer, dem Generalprokurator der k. k. Familienfideikommißschmetterlingssammlung, auch Kammerlepidopterologen des Heiligen Stuhles, daß der Kohlweißling, der Weinschwärmer und die – leider! – von der glaubensfeindlichen Wissenschaft so genannte Nonne Schädlinge seien. Also die waren ausgeschlossen.
Des weiteren stand bei ihm fest, daß er natürlich nur als besserer Schmetterling, der seinem Rang als Hofsekretär angepaßt sei, gehen dürfe: zum Beispiel als Ordensband. Hm, vielleicht eine zu unzarte Anspielung, die höheren Ortes verstimmen könnte. Als Seidenspinner? Nein, riecht zu sehr nach Professionist. Als Admiral wäre er sehr gern gegangen, aber das wäre unbescheiden gewesen, denn dieser Schmetterling rangierte naturgemäß in der 6. Rangklasse mit den Hofräten. Als großer Frostspanner (Hibernia defoliaria)? … Als Queckeneule (Hadena basilinea)? Oder als Apfelgespinstmotte … nein, das alles war zu unansehnlich. Oder sollte er gar als Rübsaatpfeifer gehen (Bootis margitalis), als Holzbohrer, als Hornissenschwärmer? Da seien aber 2 bis 5 Paar Afterfüße, auch Bauchbeine genannt, nötig, und das machte zu viel Arbeit und Unkosten. Tagelang brütete er, wie ihm der Entletzberger, ein in seiner Art gewiß einzig dastehender Fachmann, die für das Kostüm notwendigen

verkümmerten Oberlippen und vor allem den spiralförmig aufgerollten Rüssel (die sogenannte Rollzunge) fabrizieren sollte. Wie schwer würden doch die gesägten beziehungsweise gekämmten Fühler und die großen halbkugeligen Facettenaugen zu machen sein! Halt! Da haben wir's! Und er hopste plötzlich vor Freude: Ich geh als Schwalbenschwanz – die Natur hat sich da ja fast übertroffen, indem sie ihm die Farben des Allerhöchsten Hauses verliehen hat. Aber dann kamen wieder die Würmer des Zweifels gekrochen; nächtelang wälzte er sich schlaflos auf seinem einsamen Lager. Es schien ihm für einen Mann, der ein wichtiges Staatsamt bekleidete, platterdings ausgeschlossen, einen öffentlichen Ball ohne Frack am Leibe zu besuchen. Endlich kam ihm die Erleuchtung auch hier. Ein Kind der »Frielingsblitendifte« im Frack mußte er werden, so sprach die innere Stimme, wie immer in intimen Momenten leicht böhmelnd, zu ihm. Somit war diese Frage geregelt. Manchmal machte er sich jetzt vor dem Spiegel ein Kompliment. »Also, du schelmischer Honigdieb mit dem goldenen Kragen, wie werden dir die Herzen der feinsten Bürgersmädchen entgegenschlagen, wenn du mit ihnen im Walzertakte dahinschweben wirst! Prinzen und Grafen werden dich um dein originelles Kostüm beneiden, und dein ist der Milchzahn des verwöhnten Lieblings der Kaiserstadt!« Da geschah es, daß der sonst so steife Herr zwei Dosendeckel als Tschinellen benützte und vor dem Spiegel eine feurige Polka oder Tänze voll slawischer Schwermut und verstohlener Leidenschaft exekutierte. »Hupf zwei drei, hupf zwei drei«, kam es da seltsam von seinen Lippen, und gut war es, daß niemand im Amte von diesen Vorgängen Kenntnis bekam. Das nächste Abenddämmern sah den in solch liebliche Träumereien versponnenen Eynhuf zum Meister Entletzberger in die Strozzigasse tänzeln. Welch ein Staunen malte sich auf dem Gesicht des trefflichen Künstlers, der die zartesten Gratulationskarten aus Seidentüll, Spinnweben, Gold und Perlmutter herzustellen wußte, als der junge Kavalier ihm etwas von oben herab zurief: »Nehme Er mir Maß zu einem Schmetterling! Schwalbenschwanz, natürlich auf Seide gearbeitet! Flügel zwei Klafter hoch … Einen Zylinder mit Fühlhorn besorgen Sie mir auch … Die sonst bei Schmetterlingen vorschriftsmäßig vorhandenen sogenannten Afterfüße können Sie weglassen …« Dann ging's zum Schneider. »Sie, Netschek, passen S' auf: Machen S' mir einen eleganten Frack ganz aus Jett, Beinkleider aus gelbem Samt, mit lauter Jettknöpfen besetzt, schmale Goldborten müssen auch vorhanden sein. Die Hosentaschen hübsch groß machen, da kommen Honigzuckerln hinein für die Katzerln! Aber ein bissel presto, wenn ich bitten darf!«

Der Gaulschreck im Rosennetz

War das ein Drängen und Stoßen vor dem Apollosaal, dieser Stätte feinbürgerlichen Frohsinns! Endlose Wagenburgen schoben sich in dichten Reihen zusammen, manche hochadelige Karosse darunter, die Lakaientritte besetzt, eine Augenweide für die gaffende Menge. Aber das größte Aufsehen, ja selbst Kopfschütteln erregte ohne Zweifel der rigoros verschlossene, haushohe Kulissenwagen der Hofbühnen, der gleich den andern sterblichen Fuhrwerken Queue bilden mußte. Das Geheimnis sollte bald, und zwar von hoher Hand, gelüftet werden. Es war Erzherzog Ignaz, der mit seinem vergoldeten Achtspänner vorgefahren kam. Ihm war selbstredend der Vortritt vor allen anderen Equipagen gewahrt. Jedoch ließ der hohe Herr sofort halten, als er das Ungetüm in der Wagenkolonne gewahr wurde. Erzherzog Ignaz, der es unter keinen Umständen leiden mochte, daß jemand anderer in einem auffallenderen Vehikel als Höchster zu fahren sich erdreistete, sprang mit bekannter Elastizität ab und fuhr ziemlich unsanft den Kutscher der monströsen Arche an:

»Was führt Er da? Will hoffen, bloß Dekorationen!«

»Bitte, nein, halten zu Gaden, Kaiserliche Hoheit«, erwiderte zitternd der Rosselenker, »bitte, nein, bloß einen

Schmetterling!« »Was? An Schmetterling! Ist Er des Teufels? Wozu eine so große machine – dazu genügt ein Dienstmann mit an Grillenhäusl im Hosensack! Heraus mit dem Vieh!« Zitternd nestelte der Kutscher, vom Leibjäger unterstützt, die Plachen auseinander, und der hohe Herr traute höchstseinen Augen kaum, als er der ungewohnten Maske ansichtig wurde. Eine peinliche Pause entstand. Dem unglücklichen Hofsekretär schlug das Herz so heftig, daß die Jettstücke klimperten. Verlegen nahm er den seltsamen Zylinder mit den nickenden Fühlhörnern vom Haupte, fing ganz unerwartete Flatterbewegungen an, denen der hohe Herr nur mit Mühe ausweichen konnte, und schlug, noch immer wortlos, dem rasch herbeigeeilten Ehrenkavalier Sr. Kais. Hoheit so mächtig auf den Kopf, daß es weithin dröhnte. Wortlos winkte der hohe Herr ab, bei dem die Lachlust den Zorn besiegt hatte, und der fassungslose Sekretär hüpfte schwebend, in tödlicher Verlegenheit Entschuldigungen summend, die zwecklos ins Leere gerichtet waren, dem Saaleingang zu, in dem er bald lautlos, nicht ohne schwierige Verrenkungen, verschwand.

Donnerndes Hallo begrüßte den prächtigen Falter. Ein Kerzenmeer beleuchtete im riesigen Saale die schwirrende, jubelnde Menge, auf die ein Olymp steif gemalter Götter niederblickte. Auch unten gab's Göttinnen und zahlreiche Nymphen, ein staatliches, wohlgenährtes mythologisches Gesindel, dem Schwechater Nektar und geselchter Ambrosia nicht abhold. Welch entzückender Blütenstrauß der schönsten Mädchen und Frauen, mit starrender, blumiger Seide und duftigem Musselin geschmückt, deren anmutige Lebensfreude als unbewußtes Preislied zum Throne Aphroditens emporstieg, der geheimen, gnadenreichen Schutzherrin, der mystischen Rosenkönigin von Österreich!

Was gab's da alles für den scheuen Sekretär zu sehen: Harle-

kine und Nymphen, feiste Pompadoure und groteske Ritter einer mißverstandenen Schnupftabakgotik, sich behend zu den Weisen drehend, die der beliebte Dirigent Flohhirt dem Orchester abzujagen wußte. Jakobäa Guckeisen, die ewig junge Tragödin, war als kapriziös gekleideter Fasan gekommen, mit barock nickendem, goldnem Federschmuck am etwas zu kleinen Haupte. Ihre weit auseinanderstehenden Augen blickten seltsam starr, wie aus Horn geschnitten, auf einen Herrn, der, als Nachtkastl maskiert, sie unablässig verfolgte, den Kopf als Lampe drapiert, daneben ein Glas Wasser. Kammersänger Czwaczek war richtig als Faun erschienen, Jalowikar trug einen meerschaumblonden Frack, eine Weste aus Kanarifedern, veilchenblaue Beinkleider und weiße Atlasschuhe, hochgestöckelt mit klirrenden Tanzsporen. Der Bierbrauer Bamstl war vorzüglich als Backhuhn verkleidet und legte ab und zu gackernd einen Dukaten, den er großmütig den Nymphen spendierte. Die schönste Gruppe war ohne Zweifel der römische Kaiser Leopoldus mit ungeheuer schwarzer Allongeperücke aus gekräuseltem Roßhaar und seine Gemahlin Eleonore von Gonzaga, die dünnen Lippen mit Granatapfelsaft blaurot geschminkt. Würdig schritten sie einher. Sooft sie stehenblieben, spielten zwei Cellokünstler rechts und links von ihnen eine Kavatine aus dem »Cigno d'oro«, während hinter den Majestäten der Marquis von Obizzi auf einem silbernen Bombardon, das ganz mit geätzten Liebesszenen aus Ovids Metamorphosen bedeckt war, ein dröhnendes Rondo amoroso blies. War er fertig, goß er das Instrument aus, blickte sich streng um, ob auch alle richtig zugehört hätten, und schnupfte funkelnden Staub aus einer kostbaren Dose von Goldemail, verziert mit Götterbildern, aus Edelsteinen kunstvoll geschnitten.

Plötzlich schlug Eynhufs Herz höher. Auf einer Estrade bemerkte er das Ziel seiner Wünsche, die Herrin des Milchzahnes. Wie schön war sie doch, als Rosenbukett kostümiert, ein Märchen in Sonnenaufgangsfarben, schillernd und seideraschelnd, von großmaschigen Schäferinnen und ihrem männlichen Hofstaat umgeben. Da war Würstl, der Schmalzprotz, der nicht von ihrer Seite wich, da war der steinreiche Pumpelgruber, daneben Bizzotti, der Seidenkönig von der Andreasgasse, und die Schar der jungen Schweißhunde der Bühnenkönigin, die ihretwegen zum Theater zu gehen gedachten.

Mühsam steuerte der Falter der Sonne zu und war ihr schon recht nahe. Da geschah etwas Furchtbares. Aus dem Maskengewühl sprang ihm die bildhübsche Helena Kollokotronis mit den dunklen Pagenlocken entgegen, zu deren bubenhafter Grazie das Kostüm eines silbernen Brezelbuben reizend stand, und saß ihm rittlings auf dem Hals, ehe der empörte Eynhuf es verhindern konnte. Jubelnd spornte sie ihn mit den schimmernden Stöckelschuhen und lenkte ihn vergnügt an den Fühlhörnern. Hinter ihm krachten Champagnerstöpsel, Parfümwolken und Juwelengeflimmer verwirrten ihn vollends. Geschoben, gedrängt, gepufft und geritten, kam er endlich zur Estrade. Schallendes Gelächter empfing den geschundenen Ballgast. Wütend verbeugte er sich, wobei es ihm wenigstens gelang, den übermütigen Fratzen abzubeuteln, der auf dem teuren Zylinder davonritt. Da stand er denn ohne Hut, murmelte etwas von »Spenadelarie« und »Hofbühne«. Belustigt trat ihm die Gefeierte entgegen. Lächelnd klopfte sie ihm mit dem Fächer auf die schwarze Kalotte mit den Facettenaugen, die er glücklicherweise unterm Zylinder getragen hatte, und fragte ihn: »Möchten S' wohl bei mir Honig naschen, weil S' mich für ein Bukawettl anschaun? Ha?«

»O nein, behüte, behüte, würde mir nie erlauben, aber eine große Bitte hätte ich wohl … Fräulein Höllmauer, nein! Pardon! Fräulein Höllbeißer … ja … ich … nämlich, müssen wissen … es handelt sich nämlich um ein Opfer am Altar des Vaterlandes …«

»Was«, entgegnete ihm entrüstet die Diva, »sein S' am Ende gar a Agent von die überschwemmten Wäschermadeln vom Himmelpfortgrund, die was vom Eisstoß erwischt worden sind? Da wird nix teilt …«

»Aber bitte, belieben mißzuverstehen, werden lachen … bitte« – er wurde blutrot – »bitte, bloß Ihre Milchz … ahn …«

»Meine Milch … was?«

»Ja! … Bitte! … « Flehend und abwehrend erhob er die riesigen Flügel und kehrte mit ihnen die starr gewordenen Zuhörer förmlich weg.

»O bitte, Ihre Milchzahnderln« – jetzt brüllte er – »nein, bloß einen Milchzahn, den was Sie gewiß irgendwo aufgehoben haben, möchte ich, so hören Sie doch … aber bitte, fürs Vaterland … für'n guten Kaiser!«

Eisig sah ihn die Höllteufel an: Wohl ein Irrsinniger. Dann sagte sie mit grausamer Schärfe: »Meine Milchzähne habe ich zu was G'scheiterem, als sie am Altar des Vaterlandes niederzulegen. Übrigens habe ich noch nie einen Schmetterling gesehen, der so nach Leim stinkt. Schweben Sie gefälligst weiter! Adiö, verdufte!«

Zerknirscht ließ der Hofsekretär die Flügel hängen.

»Was Schmetterling? … A Roß sein S', verstengen S'«, knurrte Würstl. »Ziag'n S' ab, Sö g'flügelter Milchmeier, Sö verdächtiga! Ihren Millihahn möcht er! Ja, dös schmecket eahm … dös glaub i …«

»Aber bitte, irren«, wehrte Eynhuf ab, »wie kann ich denn das wollen, was es gar nicht gibt! Bitte, *Milchzahn,* Zahn, nicht Hahn.«

Lange sah ihn Würstl vernichtend an. Dann murmelte er: »I schamet mi, Saumagen, quadrillierter!« und kehrte ihm den monumentalen Rücken. In elender Stimmung schlich Eynhuf von dannen. Wahrlich, der Abend hatte sich schlecht angelassen. Bloß eines Milchzahnes wegen war er gekommen – den hatte er nicht gekriegt, wohl aber statt dessen etwas verloren, das war ihm klar – sein Herz. Ein noch nie gekanntes Gefühl wonnigen Schmerzes durchglühte sein Inneres … ja, es wurde nicht anders: er, ein Eckstein des Staatsgefüges … oh, es war nicht auszudenken … sein Herz an eine Höllteufel zu verlieren! War sie schon auch in allerhöchsten Hofdiensten – sie war und blieb doch immer in seinen Augen ein Geschöpf, das in irgendeinem dunklen Zusammenhang mit den Fleckerlbajazzos und der Vagabundenordnung für »das Viertel unter dem Wienerwalde« stand. Fahrendes Volk! Zigeuner! Oje, je, je.

Er wankte, nicht ohne Mühe, einer Palmengruppe zu, in der er wie eine Windhose hauste, ehe es ihm glückte, seinen müden Gliedern etwas wohlverdiente Ruhe zu verschaffen. Eynhuf war es bitter zumute, und grimmig fluchte er Großkopf im Innern seines Herzens. Tanzen konnte er nicht, sah sich überall als lästiges Möbel behandelt, ja, eine neckische Damengruppe fragte ihn gar, ob auch Schmetterlinge am Pips erkrankten ... Dazu litt er physisch bittere Qualen, da ihm der ungewöhnlichen Ausdehnung seines Kostüms wegen nicht alle Türen offenstanden. Deshalb beschloß er, bald zu verschwinden. Zu Fuß mußte er gehen! In dem Aufzug stand ihm sicher ein harter Leidensweg bevor! Die Angst vor dem Bewerfen mit Pferdeobst! Hu! Aber was blieb ihm übrig? Der verschreckte Kulissenwagen war feig geflohen.

Kaum hatte der Bedauernswerte seinen Fuß vor die Türe des Saales gesetzt, von den Fiakern höhnisch mit: »Fahr'n ma, Euer Gnaden« begrüßt und sprachlos von den sonst so geräuschvollen Wagentürlaufmachern angestaunt, sollte er so bald nicht mehr den Boden berühren.

Ein kräftiger Weststurm erfaßte den bejammernswerten Schmetterling und jagte und rollte den Stolpernden, Schwebenden, ob er wollte oder nicht, die Mariahilfer Straße hinunter. »Halts 'n auf!« und andere wirre Rufe tönten durch die Nacht. Toll gewordene Komfortabelgäule rasten hin und her, mit gleichsam flehend emporgestreckten Vorderhufen trampelten Fiakerrosse die Hauswände in die Höhe, rollenden Irrsinn in den Augen. Fluchen verzweifelter Kutscher ertönte und hilfloses Kreischen aus den rasselnden Wagen. Einen

schreienden Würstelmann schleifte der surrende Falter mit sich, um ihn bald gegen einen diensthabenden Kanalräumer einzutauschen. Aber o weh, o weh, was gab's für eine fürchterliche Szene, als der steife Hofbeamte, wirre Entschuldigungen stotternd, in eine Gruppe heimkehrender Herren und Damen hineinflatterte! Jetzt bekam er wohl festen Fuß – aber um welchen Preis! Die Gesellschaft glaubte sich angerempelt, und hageldicht sausten die Schläge auf den

frierenden Honignipper. Da war's Gott Boreas, der ihn gnädig befreite. Im Nu verschwand der Unselige, sich überkugelnd, in der Dunkelheit, ein Urheber neuer irrer Schreie und Patron einer sich immer weiter ausbreitenden Pferdepanik. Am Glacis sollte ihn sein Schicksal erreichen. Von dem hier immer herrschenden Wirbelwind gepackt – leider gerade vor den Hofstallungen –, schlug er grausige Räder, einen klirrenden Hagel von Jettstückchen verstreuend, um schließlich strampelnd in einem wirren Gebüsch hängenzubleiben.
Die atemlos herbeigeeilte Wache klaubte ihn vom Gebüsch und brachte den vor Kälte und Aufregung zitternden Festgast in die Wachstube.
»Melde gehorsamst«, berichtete der Wachmann, »ein nächtlicher Ruhestörer!«
»Was, Sie Esel«, schnaubte ihn der Kommissär an, »seg'n S' denn nöt, daß dös gar ka Mensch nöt ist, sondern ein Fuhrwerk!«
»Aber bitte«, verwehrte sich Eynhuf.
»Sein S' ruhig, bis g'fragt wer'n«, schnauzte ihn der unhöfliche Beamte an. »Sö san a Fuhrwerk, weil S' über vier Schuch breit san, und hab'n laut kaiserlicher Verordnung vom 14. Mai 1796 stets die Lizenz bei Ehna zu haben, ausgenommen Sie san a Hofewibasch! Aber da müsseten S' vergoldete Radeln haben und den Bock mit Tressen! – Bemmerlfeind«, wandte er sich zum anderen Wachmann, »schirr'n S' ihn ab, und marsch in den Kotter!«
»In den Kotter! Nie!« brüllte jetzt Eynhuf und rasselte schauerlich mit den Skeletten der Flügel. »Ich bin kein Fuhrwerk, sondern ein als Schmetterling …«
»Ja, dann muß ich Ihnen ins Tierspital abschieben …«
»Aber hören Sie doch: ein als Schmetterling maskierter hoher Beamter!«

Das erlösende Wort war gefallen, bald war eine Einigung getroffen, und Eynhuf wurde, in einen alten Dienstmantel gehüllt, nach Hause gebracht. Da er seinen Torschlüssel hatte, bemerkte die Hausmeisterin, die gefürchtete Frau Laushäubl, nichts vom Zustande des unseligen Ballbesuchers.

Demoiselle lassen bitten

Acht Tage lang wälzte er sich, ein bedauernswertes Opfer der Faschingslust und harmlosen Mummenschanzes, in schwerem Schnupfenfieber, die lichten Momente düster durchgrübelnd oder verbittert mit dem Schicksal hadernd, das ihn statt in die molligen Arme der Geliebten – wie er sicher gehofft – fast ins Tierspital gebracht hätte. Aber auch wenn er gesund geblieben wäre, hätte ihn keine Gewalt der Erde so bald dazu bringen können, die Straße zu betreten, da er fürchtete, als der in den Zeitungen genau beschriebene »Gaulschreck von Mariahilf und der oberen Laimgruben« erkannt zu werden.

Im Amte mußte aber, leider!, doch was durchgesickert sein. Mit bitterböser Miene empfing den kaum Genesenen sein Hofrat, der an diesem Tage zu allem Unglück noch dazu von einem Einspännergaul angeniest worden war, und ließ ihn hart an, als er dienstfertig den besudelten Zylinder reinigen wollte.

Durch verdoppelten Fleiß und musterhaftes Betragen suchte der treue Eynhuf, seine Stellung wieder zu festigen, aber das Thermometer der amtlichen Gunst war tief gesunken. Sogar das vom Sekretär besonders weichgeriebene Klosettpapier ließ der gestrenge Vorgesetzte kalten Blickes liegen

… Dazu der quälende Liebeskummer! Abend für Abend konnte man jetzt den jungen Mann mit dem bleichen Gesicht auf einem Sperrsitz der Hofoper sehen, teils mit einer elfenbeinernen Lorgnette, teils mit einem kleinen Fernrohr unter Seufzern jede Bewegung der pikanten Künstlerin verfolgend, die Zwischenakte mit verschränkten Armen durchbrütend. Das beginnende Frühjahr steigerte seine Schwermut bis zur Erkenntnis, daß er das schöne Weib würde freien müssen, sollte er nicht dem Wahnsinn in die zottigen Arme eilen. Einen Zweifel an einem freudigen Jawort der Künstlerin gab es für ihn keinen Augenblick. Mit welch herzinnigem Jubel würde sie in seine Arme sinken, die er als Schild ausbreiten würde gegen den Unflat, mit dem das schutzlose Mädchen sich bisher hatte abfinden müssen! Ja, mit diesen stolzen Männerarmen würde er sie aus besagtem Kotmeer herausrudern, das versprach er sich! Aber, aber, die Mesalliance! Nun ja, sie ist ja K., auch K. K. – wild knurrte ihn ein vorübergehender Hund an –, ja sogar I. I. Ka-Ka-Ka-Ka Ha-Ha Kammerkünstlerin. Aber dennoch! Was würde seine adelsstolze und sittenstrenge Familie zu diesem Schritte sagen! Da war einmal Rücksicht zu nehmen auf den Onkel Aloisius Ohnschweiff von Leerenstall mit seiner verbitterten, resigniert dreinschauenden Gemahlin Amöna, ein kinderloses Ehepaar, das überdies an seinem herabgewirtschafteten Gute keine Freude hatte und sein kümmerliches Los mit vornehmer Schäbigkeit trug. Auch Onkel Hospodarewitsch, ein griesgrämiger Junggeselle, war da zu berücksichtigen und vor allem die Erbtante Amalia Huzzulini von Schrattenau. Sie war sehr knauserig und hatte ihren einzigen Sohn, als er sich zum 21. Geburtstag um 4 Kreuzer Maroni kaufte, verstoßen. Bei dieser strengen Gesinnung hatte Eynhuf nichts Gutes zu erwarten.

Wenn er all dies bedachte, kam es wohl vor, daß er zu sich selbst sagte: »Jaromir! Flieg nicht so hoch! Weg mit der Romantik! Bescheide dich! Wenn auch dein armes Herzerl blütet, denk nimmer an sie, die Höllteufel! Bau' lieber dem Annerl ein Nest! Was hätte sein gutes Mutterl gesagt – eine geborene Rybiczka aus Brünn –, wie oft hat sie dir als Kind die Geschichte vom Knaben Gurko erzählt, einem Christenkinde, von den Türken entführet, und dieser leistete hartnäckigen Widerstand gegen den Islam ... die gelehrtesten Mollas, selbst Scheiche waren machtlos. Später gelang ihm als Belohnung die Erfindung des Slibowitzes; seine Mutter, eine gewisse Wondracek, aber handelte mit Heiligenbilderln, die hinten mit Hühneraugensalbe bestrichen waren, und wurde, wenn auch nicht reich, so doch wohlhabend ... Siehst du, so wird es auch dir gehen! Sei bescheiden, entsage, und die Belohnung wird nicht ausbleiben. Weg mit dem Champagner, auch der Slibowitz ist ein Floh ins Bett!« Dann wieder packte ihn der Hochmutsteufel doppelt bei der – leicht verzeihlichen – Eitelkeit. Malen müßte er sich lassen! Natürlich! Lebensgroß, etwa an eine Urne gelehnt, das Auge ernst in die Ferne gerichtet, die linke Hand in den Westenausschnitt gesteckt, mit der rechten tändelnd eine Papierrolle – etwa ein Aktenstück – haltend. Im Hintergrund vielleicht der Fiskus, mit Apollo scherzend, oder so was? Na, der Ferracutti oder Lampi (tüchtige Leute!) würde schon was Passendes finden. Dann das Bild schön heimlich dem gewissen Fräulein ins Haus gestellt ... also die würde Augen machen! Deliziös, deliziös! Würde freilich viel Geld kosten und Monate dauern. Ah was! Dem Wagemutigen lächelt das Glück. Los auf die Höllteufel! Frau Fortuna auf blauer Kugel rolle voran! Sein junges Blut war wohl schon durch den Aktenstaub etwas verdickt, aber noch nicht so weit, daß er Tinte schwitzte und sich die Glatze mit Streusand trocknen mußte wie sein vermurrter Vorstand.

So kam es denn, daß er sich eines Nachmittags in Gala warf und beim Hause seiner Angebeteten in der Rauhensteingasse vorfuhr. Die enge Straße mit ihren hohen, finsteren Häusern war schon in nächtiges Dunkel gehüllt. Der blaue Abendhimmel mit einem funkelnden Stern lag in kristallener Klarheit darüber, die obersten Fensterreihen der vielstöckigen Häuser leuchteten noch in fahlem Glitzern des letzten

Dämmerlichtes, während in den unteren Stockwerken da und dort ein verschleierter rötlicher Lichtschein gloste. Dienstmädchen in Goldhauben huschten hin und her, aus den spärlich beleuchteten Gewölben roch es gut nach Käse, Salami und Salzgurken. Grüne Flammen aus einer Spenglerwerkstätte brachten eine geisterhafte Note in das anheimelnde Straßenbild. Auch hier kam Eynhuf nicht mit leeren Händen, als er eine mächtige, hallende Stiege zur Wohnung der Diva emporstieg. Knecht, der kunstreiche Zuckerbäcker, hatte ihm ein ellenhohes Wunderwerk aus Tragant geschaffen, einen Putto mit purpurner, goldverbrämter Tunika, der ein blaues Füllhorn trug. Zehn Pfund der köstlichsten Leckereien faßte es sicher. Was gab's da nicht alles! Verzuckerten Ingwer, viel Bärendreck, versilberte Ohrwürmer aus Lakritzen – der dernier cri der Saison –, dann Mausseufzerlein, so nannte man damals die zarteste Sorte des spanischen Windes, und Schokoladenplätzchen, mit buntem Streuzucker beschottert.

Er zog eine heiser bimmelnde Glocke. Eine Eisentür aus Blumen und Bandelwerk öffnete sich ihm, der im nächsten Augenblick einem neckisch kichernden Zöfchen gegenüberstand. Ein leichter Duft von Lavendel, Patschuli und Pelzwerk wehte ihm entgegen.

»Ist die Demoiselle Höllteufelin wohl zu Hause?« Eynhuf nestelte bei diesen Worten eine grüne Visitkarte aus Froschpergament, das Neueste, was es gab, aus seinem Perlmuttertäschchen mit silbernen Affen darauf, die um einen flötenblasenden Apoll Ball spielten.

»Gebe Sie dies der Demoiselle.«

»Demoiselle lassen bitten.«

Da stand er in einem großen Gemach, in dessen samtenes Dunkel bloß zwei Kerzen den Goldstaub ihres spärlichen Lichtes streuten, doch genügend, um ihm das schöne Bild seiner Herzallerliebsten zu zeigen. Sie saß vor einem Nähtischchen voll bunter Seidenknäuel – so wollte es die Sitte der Zeit – und blickte schweigend bald auf Eynhuf, bald auf die ungeheure Attrappe, die er sorgsam auf einem Tischchen ihr gegenüber aufgestellt hatte. Sie nahm das Kärtchen in die Hand. »Herr Edler von Eynhuf?«

»Zu dienen, Demoiselle.«

»Was verschafft mir das Vergnügen? Ja, täusche ich mich nicht, Sie sind ja der Schmetterling von der Redoute! Nette Sachen haben Sie angerichtet mit Ihrer machine. Sieben unschuldige Kanalräumerswaisen, denen Sie den Vattern erschlagen haben, sollen wegen Ihnen nach Brot schreien, habe ich im ›Journal für Mode und geselliges Vergnügen‹ gelesen. Wehe Ihnen, wenn das wahr ist und ein Mörder mein jungfräuliches Gemach mit seinem blutigen Fuß entweiht!«

»Aber wo denken Sie bitte hin«, wehrte indigniert der Sekretär ab. »Um Gottes willen, welch grauslicher Irrtum!« Verstört blickte er bald in die unter nachtschwarzen Wimpern vor Entrüstung funkelnden Augen der Sängerin, bald in die saphirenen Kegel der Kerzenflammen. »Oh, über die Sudelblätter! Nicht der ›Gaulschreck von Mariahilf und der oberen Laimgruben‹, nein, der Hofsekretär Jaromir Zdenko Maria Alois Johann von Nepomuk, Franz von Assisi, Edler von Eynhuf vom k. Hoftrommeldepot steht vor Ihnen, im Sommer auch zugeteilt dem k. Obersthofsilberlöffelbewahrer von Kärnten und der windischen Mark! Und als Fürsprech habe ich diesen tragantenen Gott da mitgebracht, daß er ein gutes Wort bei Ihnen einlege, Demoiselle! Oh, blicken bitte nicht zur Seite, wegen Ihnen, nur wegen Ihnen ist ja all das Unheil über mich gekommen!«

»Wegen meiner?« fragte die Diva. »Ich weiß nur, daß Sie furchtbar nach Leim gestunken und immer was von einem

Milchzahn gefaselt haben. Kommen Sie am Ende wieder wegen dieses geheimnisvollen Milchzahns? Das sage ich Ihnen gleich, daß ich für solche Verrücktheiten nicht zu haben bin … Denn was die Leute alles von mir wollen, das ist kaum zu glauben.«

»Nein, nichts will ich, und niemand soll mehr was von Ihnen wollen, ich werd's nimmer dulden!« Eynhuf war aufgesprungen und schrie die letzten Worte geradezu heraus. Sein drohend erhobener Zeigefinger mit dem Siegelring warf einen grotesken Schatten auf die Wand. Einen Moment sah ihn seine Partnerin schweigend an, dann brach sie in ein nicht enden wollendes, übermütiges Lachen aus, dessen silbernes Glöckchen nicht zum Schweigen zu bringen schien.

»Lachen Sie nicht, oh, lachen Sie nicht, Demoiselle!« rief Eynhuf. »O betrachten mich bitte als die Arche Noah, in der was Sie fliehen können vor dem Greuel dieses Gomorra, wo zur Zeit bitte zu leben geruhen, hinieber nach den Gestaden Elysiums, wohin ich Sie mit diesen meinen eigentlich nur dem Kaiser geweihten Händen hinieberrudern werde durch den Sumpf des Unflates, der wo was bitte Fräulein leider umgibt … wie gesagt, hinieber nach Elysium, wo mit rosenbekränzter Fackel Hymen, ja Hymen Ihrer harren soll.« – »Aber lieber Herr Erbtrommelvogt oder was Sie sind«, unterbrach ihn lachend die Künstlerin, »ich denke gar nicht daran, Ihre poetische Schinakelwirtschaft zu benützen … da sollen vielleicht dressierte Schwimmkäfer auf der Glasharmonika spielen und die Karpfen Kranzljungfern werden … nein, ich fahre lieber mit dem Vielerzug in die Krieau oder in die Einsiedelei und zieh ein Pirutschaderl aufs Hameau Ihren hymenäischen Elysiumsgestaden wohl gern vor, wenn ich offen sein soll. Aber nix für ungut, sein S' g'scheit und nit bös – das Engerl da mit die schön roten und blauen Zuckerln war lieb von Ihnen –, bitte bedienen Sie sich.«

Neckisch knabberte sie an einem Stänglein Ingwer, das mit seinen funkelnden Zuckerkristallen aussah wie ein Bergwerksprodukt aus einem Gnomenreiche.
Totenstill war's im Zimmer. Die Rosenholzmöbel knacksten fein, und ein vorbeifahrender Wagen ließ die Flußgötter, hohe Porzellangruppen aus der Zeit Raphael Donners, leise erklingen. Dann brach Eynhuf die Stille: »Mir scheint, hier habe ich nichts mehr zu suchen.« Knapp und förmlich verbeugte er sich, die Höllteufel knickste hinter ihm und wies ihm eine lange Nase, als er steif, wie die Leiche eines Gehängten, das Zimmer verließ.
»Weggeworfen hast du dich«, knirschte er bleich vor Zorn und blieb schwer atmend unter einem finsteren Schwibbogen stehen, der in die Weihburggasse führte. »Du hast dich, Perle, vor dieses rosa Ferkel, vor diese Selchersgeliebte geworfen! Nein, ein Glück ist's, daß mir die Schuppen gleich zentnerweise von den Augen fallen, sie hat leichtfertiges Kunstpfeiferblut in den Adern, nichts ist die für dich, weg mit den ungesunden Träumen!«
Sichtlich erleichtert atmete er auf. Seinen guten Namen hatte er opfern wollen, vielleicht sogar seine glänzende Laufbahn. Hatte er sich doch schon manchmal mit dem Gedanken getragen, um Transferierung vom Trommeldepot zu der Hofweihnachtskrippenwache – als Kommandant natürlich – einzukommen. Die schöne Uniform, zinnoberrot und golden, himmelblauer Dreispitz mit Straußfedern, hatte es ihm angetan. Nur drei Tage im Jahre hätte er zu tun gehabt; dabei war es ein schön dotiertes Hofamt mit Sommerwohnung in Laxenburg, allerdings mit wenig Aussichten auf Beförderung. Er hätte die Stelle hauptsächlich deshalb genommen, um sich ganz seinem reizenden Frauchen und einem traulichen Familienleben widmen zu können. Kurz – die größten Opfer hätte er der Undankbaren bringen wollen!

Aber die schmachvolle Frechheit, ihm einen Korb zu geben! Jetzt stand es sonnenklar vor seinem Auge: Zurück zur Hofzwergischen! »Schnöde hast du dieses treuliebende Herz betrogen, reumütig kehre zurück zu ihr! Der feinfühlige Zwerg wird dich verlorenen Sohn liebreich zu sich emporziehen, man wird dir freudig ein Kalb, diesfalls beziehungsweise eher einen knusperigen Gugelhupf schlachten.« Lieblich anheimelnde Familienabende bei der trauten Öllampe würde es geben. Der alte Herr würde seine kunstreichen Kleinarbeiten in den weitbauchigen Flaschen basteln oder ein Quodlibet aus altertümlichen Kupfern, Spielkarten und Augsburger Goldpapier kleben. Wie würde er dem lieben, leider schon recht gebrechlichen Zwerg den Lebensabend versüßen! Gleich heuer würde er für ihn als billige Überraschung im Gnadenwege um eine ärarische Sommerfrische – womöglich in der Nähe eines k. k. Hoflagers – einkommen. Er dachte da an den aufgelassenen Röhrenteich Nr. 14 der Salinenleitung zwischen Ischl und Ebensee, wo den müden Gliedern Schwiegerpapachens die wohlverdiente Erfrischung eines kräftigenden Seebades ohne Übertretung des Salzgefälles werden könnte. Allerdings war vor Jahresfrist genau dort der greise Gubernialrat Tobias Sechter Edler von Echtensenft infolge eines bedauernswerten Irrtums hochadeliger Jagdlust zum Opfer gefallen. Hatte man ihn doch, als er schlammbedeckt der vorüberfahrenden Jagdgesellschaft seine untertänigste Reverenz machte, für den sagenhaften Moormann vom Neusiedlersee gehalten und durch einen Blattschuß zur Strecke gebracht. Übrigens, welch schöneren Tod kann sich ein devoter Staatsdiener wünschen? (Dabei hat die Familie als Schmerzensgeld den Freiherrnstand taxfrei bekommen.) Aber ach! Kaum bog Eynhuf in die Kärntnerstraße ein, als wie ein Gigant aus Safran sich das Gespenst der Eifersucht vor ihm auftürmte. Mußte da

nicht die Würstlsche Equipage herangebraust kommen? Zwei galonierte Vollmondgesichter am Rücktritt, drinnen lässig hingegossen der verhaßte Todfeind, einen zierlich aus Topas geschnitzten Schinken als Berlocke am Bauch, mit korallenen Knackwürsten in den Manschetten. Aus einem üppigen Weiberschenkel aus Elfenbein rauchte er, das hochgeknöpfte Bernsteinschuherl im Munde, und spuckte in großem Bogen am Sekretär dicht vorbei klatschend gegen die Mauer. Wütend ballte Eynhuf hinter dem speckigen Unhold die Faust. Wegen so wem verschmäht zu sein! Ein glühender Stachel bohrte in seinem Herzen, das lichte Bild Crispinens verschwand hinter blutroten Schleiern, um wieder der verführerischen Vision »Höllteufel« Platz zu machen. Das Silberglöckchen ihres Lachens tönte ihm immer in den Ohren, verhöhnte seinen Schmerz und trieb den Unseligen einem finsteren Schicksal entgegen. Widerwillig verschlang er im Gasthaus »Zum weißen Rauchfangkehrer« als Abendbrot das melancholische Gericht: Schwarzwild mit Knödel, so recht ein Sinnbild seiner düsteren Stimmung, die ihn noch auf die Straße begleitete. Seine Nerven bebten. Ein gerupftes, bleiches Huhn in einem Auslagefenster, geschmackvoll als Steiermärker verkleidet, trieb ihm die Tränen in die Augen. Wie bald würde vielleicht auch er so auf der Bahre liegen, still und kalt, ein Opfer des Grames.
In seinem Stübchen angekommen, öffnete er das Fenster, nahm die Ebenholzflöte aus dem Kasten und lehnte, vom silbergrünen Mondschein umflossen, im Fenster. Schließlich blies er seinen Schmerz in die Nacht hinaus. Da schlug es erst zehn. Mit einem wimmernden Schnörkel beendete er sein Spiel, goß das Instrument aus und versank in ein tiefes Brüten. O Eynhuf, Eynhuf, warum mußtest du dich musikalisch so gehenlassen! Die nächtlichen Klagetöne waren im »Kleinen Querulantenhause« etwas ganz Ungewohntes.

Frau Laushäubl spitzte die unsauberen Horchwerkzeuge, und die Schosulan litt es nicht im Bette. Eynhuf, Eynhuf, was für Fallstricke wird man dir noch aus deinen klagenden Flötentönen drehen!

Im Fegefeuer der Höllteufelin

Was jetzt begann, war in den Annalen des Hofbeamtentums wohl noch nie dagewesen. Die Eifersucht quälte Eynhuf dermaßen, daß er täglich – selbstredend nach den Amtsstunden – die Wohnung seines Idols umpirschte. Das Kommen und Gehen aller Personen, die mit ihr zusammenhingen, belauerte er und sah sich genötigt, so peinlich das seinem korrekten Empfinden auch war, zu allerhand Verkleidungen Zuflucht zu nehmen. So kam er zum Beispiel als türkischer Zuckerwarenverkäufer in enormem Turban und einen Krummsäbel an der Seite, als Mann mit einem Essigfäßchen, als syrmischer Teppichkrämer. Als Slowak mit einem Korb voll Holzwaren sang er sein: »Gulöffl kafts, Spilalei, helzerna Steggpferd, was frißte nix, Lauskampl, Gurkahackl, Kastl, was fallt am Maus …« Dideldidi, widlwidlwidlwidlwidlwiwi machte er dabei auf der Flöte. Einmal überwand er sich sogar so weit, als fliegender Mehlwurmhändler seine ekle Ware anzupreisen. Die Vogelliebhaber machten kopfschüttelnd Gelegenheitskäufe zu Schleuderpreisen und wußten wohl nicht, welcher schwarztoupierten Nachtigall sie dies zu danken hatten. Wer nur der schlanke Savoyardenjüngling mit dem tiefschattenden Hute und den pfeifenden Murmeltieren sein mochte? Wer war der vornehm aussehende Wanzentinkturenverkäufer mit der gramvollen Linie um den Mund? Eine Zeitlang saß er als blinder Harfner mit grünem Augenschirm stundenlang auf einem Prellstein der Blumenstockgasse und sandte sein klagendes »Zimmzimm« zu den Fenstern der Angebeteten empor. Damals geschah es, daß sie ihm einen Kupferkreuzer in den Hut warf, den er als heiligen Talisman aufhob und inbrünstig küßte. Die Harfe war übrigens nichts für seine nervösen Hände, deshalb griff er zum Dudelsack und wußte bald das schwermütige Liedchen: »Alidali, powidali, wisch, wisch, wisch« gar artig zu hummeln. So erwarb er sich zwar mancherlei schätzenswerte Kenntnisse, war aber genötigt, ein Doppelleben als Hofbeamter und vagabundenhafter Repräsentant aller möglichen Berufszweige des Straßenhändlers zu führen, ein Doppelleben, das ihn zwang, am Hafnersteig bei einem anrüchigen Trödler ein Absteigequartier zu halten, in dessen von einem finsteren Hof aus beleuchtetem schwarzen Steingewölbe es nach rostigem Eisen, Schimmel, Moder und Grünspan roch. Dort wurde er mit den nötigen Kostümen und Waren versehen und teils vom Inhaber, Herrn Schloime Feiwel Spazierstock, teils von allerhand anderen verdächtigen Gesellen im jeweiligen Tagesmetier unterwiesen. Am tiefsten sank er wohl, als ihm ein triefäugiges Fetzenweib Unterricht im »Miststieren« zu geben begann. Wer weiß, wie lang dieses halb traurige, halb neckische Bockspiel noch gedauert hätte, wenn ihn nicht eine unverhoffte Hilfe aus dieser schiefen Stellung befreit und um einen großen Schritt vorwärtsgebracht hätte.

An einem hellen Tag im Vorfrühling war es. Schnelle, weiße Wolkenknödel zogen über den leuchtendblauen Himmel, Sonnenreflexe tanzten am Pflaster, irgendwo klirrte ein Fenster, und in einem leeren Faß, an dem er lehnte, hatte sich eine frühe Hummel eingefangen. Eynhuf ließ gerade die dünnen Klänge eines Vogelwerkels aufjammern, als Rat Großkopf die Gasse entlangstolzierte. Jetzt galt es, zu fliehen. Doch war's zu spät. Großkopf starrte ihn an und machte stumm ein Zeichen, ihm zu folgen. Sie gingen bis in die einsame Blutgasse, die um diese Zeit menschenleer zu sein pflegte, und erst dort sprach der Rat zu ihm:

»Ja, sagen S' mir, sind Sie verrückt geworden? Am hellichten Tag so eine Maschkerad! Mensch, um Gottes willen, Sie bringen sich um den goldenen Kragen – jeder hat Feinde. Was machen S' denn?«

Eynhuf gestand dem erfahrenen Freunde alles. Wie wohl tat es ihm, endlich den wochenlang einsam gefressenen Schmerz seinem mitfühlenden Freunde wieder vorzukauen und sich den Jammer von der Seele zu reden.

»Aber, aber«, unterbrach ihn nach zwei Stunden Aufundabgehens der alte Lebemann, »aber Eynhuf, was haben S' denn da angerichtet? Warum haben S' denn nicht mich gefragt? Ein so netter, hoffnungsvoller junger Mann und in so einer Fäkaliengasse – erlauben schon den derben Ausdruck. Ziehen S' Ihnere beste Kluft an, reiten S' vor der Höllteufel ihren Fenstern spazieren, kaufen S' Ihnen a Traberzeugl, fahren S' ihr allweil in der Nobelallee vor, tragen S' an apfelgrünen Gotfriedl und seidene Modewesten, mit Entenjagden oder so was bestickt, auch an Kastorzylinder, das sehen s' gern, die Damen ... oder warten S'! Ziehen S' Ihnen a polnische Gala an mit Quastenstiefeln und an vergoldeten Säbel, das ist noch besser. Und vor allem: kaufen S' ihr an Türkisschmuck oder böhmische Granaten! Kurz – gehen Sie's von vorn an!«

»Nein, nein, das kann ich nicht«, entgegnete Eynhuf, »zu einem offenen Vorgehen werde ich mich nie entschließen, ich bin zu so etwas viel zu schüchtern und würde mich nie als Mann, der in der Öffentlichkeit steht, so exponieren dürfen.«

»Aber, so wie bisher gehn S' ja immer um Ihr Ziel im Kreis herum, und am Schluß werden S' mit Ihrer eifersüchtigen Selbstquälerei noch an Ehebund schließen, und nicht mit der Höllteufel!« schrie jetzt Großkopf. »Und am End' werden S' noch als steinaltes Mandl da Kolatschen oder Planeten verkaufen, währenddem daß die Höllteufel schon längst in Tripsdrill Großmutter ist …«

»No, ich bin doch kein Trottel«, grollte Eynhuf.

»Das hab ich nicht gesagt, aber geben S' das auf, heiraten S' lieber die Zwergcrisperl.«

»Kann ich nimmer«, greinte der Sekretär, »ich bin verworfen! Großkopf, die Höllteufel muß mein werden, oder ich geh in die Donau. Aber wie, wie …?«

»Eynhuf«, sagte jetzt tiefernst Großkopf zum trostlosen Amanten, der jammervoll verfallen neben ihm daherschlurfte, »geben S' vor allen Dingen das blöde Vogelwerkel da weg, stellen S' es wo bei einem Hausmeister ein und hören S' mich an. Ja, es gibt noch ein Mittel.«

Flüsternd neigte er sich zum Sekretär … sie kamen gerade beim Basiliskenhaus vorüber. »Ich sag's nicht gern. Es ist a nachtseitige Sach! Greifen Sie zu den geheimen Künsten der mittelalterlichen Magie …«

»Meine Seele dem Höllenfürsten verschreiben …«, drang es aus Eynhufs Brust. »Nie!«

»No, das nicht, das nicht. Sie Tschapperl«, sprach Großkopf weiter, »nein, Kontrakte mit Seiner höllischen Majestät sind bei den jetzigen, halbwegs anständigen Notariatsverhältnissen kaum mehr möglich – aber ich weiß da auf der Laimgrub'n a Hebamm', Funzengruber schreibt sie sich – Sie« (er flüsterte), »die kann Ihnen an Liebestrank sieden! Sie, einfach: ›dla‹.« Großkopf leckte mit der Zunge die Lippen, unwillkürlich leckte Eynhuf mit – wie das Gähnen wirkte es ansteckend. »Soll auch früher« – er sah

sich scheu um – »Kuchelmadel beim Cagliostro gewesen sein! …«
»Aber gehn S'…«
»Ja, wie ich sag'. Also die Wirkung ist effektiv, hab erst unlängst an lieben alten Freund in Horn zwei Maßflaschen voll zugeschanzt, 75 Jahr' is er, aber …« Passanten unterbrachen das interessante Gespräch.
»Also, wenn Sie wirklich glauben, könnte man ja einen Versuch machen«, sprach Eynhuf mit einem leichten Hoffnungsschimmer in den eingesunkenen Rehaugen. »Aber wie ihr beibringen? Ob sie überhaupt einnehmen wird? Und wie? Auf Zucker?«
»Jetzt, das«, riet Großkopf, »müssen S' so anfangen: Sie müssen die Zofe von ihr gewinnen, das kann man machen. Der schicken S' a Billetdoux durch d' Millifrau oder wem, und die schütt' der ihrigen Herrin das Saftl in den Kaffee. Nach einer Stund' gehn S' hinauf, 's Zofl laßt Sie einer und Ihre Angebetete packt Sie z'samm' – nicht umgekehrt … dann können Sie um Ihr Junggesellentum weinen. «
»Großkopf, wenn das wahr ist! Meiner Seel, ich muß zur Funzengruber, wenn ich auch auf einem Bein bis hin hupfen müßt'.«
»Also wünsch' angenehmes Hupfen! Theobaldgasse 731, ebener Erde, links.«
Keine 24 Stunden später, es war, im Gegensatz zum Sonnenschein von gestern, ein melancholischer, trüber Sonntagnachmittag, schritt der Hofsekretär den altertümlichen Häusern der Theobaldgasse zu. Es war eine Gegend reich an Mauerfraß, verwitterten Haustoren und ausgetretenem Straßenpflaster. Die Kirchenglocke der Barnabiten klang bald lauter, bald wieder windverweht über die hohen, dunkeln Ziegeldächer, geputzte Kinder in Schäferkostümen, die damals sehr in Mode waren, wurden von Dienstmädchen

in Umhängetüchern und glattgefetteten Scheiteln zu Jauseneinladungen begleitet, sonst war niemand in der stillen Gasse. 731 war ein finsteres, winkeliges Gebäude, mit bemoostem Dach, auf dem übermäßig klobige Rauchfänge thronten. Eynhuf trat in den Flur. Die Tür links führte in eine dämmerige Küche, aus der ihm ein Geruch, gemischt aus Sauerkraut und dem Dunste, der Kinderstuben anhaftet, entgegendrang. Er klopfte an. Ein zahnloses Weib in schmutziger Haube mit einer vor Alter irisierenden Brille saß über ein abgegriffenes Traumbuch gebeugt und murmelte, ohne aufzublicken: »Ohrgehänge, Maultrommel, Hemd gehen, Verhaftung und Damenschuhe 84, Dukaten, Geist, Schaumtorte, Pferdefliege und Ungewitter 43, großer Mann, Affe, Hundebiß, Spinnen und Fächer 88, Linsen, Fisolen, Trompeten blasendes Hündchen, Ausziehen und Senf 27, krummes Milchweib, Zylinderhut, Mistgabel, Ofen und Käfer 47, in den Abtritt fallen, Harfenkonzert, Hühnersteige und Kinder säugen 18 … was wünschen S' denn?« Großkopf habe ihn herempfohlen.

»So, der Rat Großkopf aus St. Pölten, mit die erfrörten Füß' und den zwei großen Wimmerln im Gesicht?«

»Ja.«

Lang wog sie den Besuch mißtrauisch mit den Blicken. »So. Haben S' auch an Refmativisimus?«

»Ich? Nein. Hat denn der Großkopf einen?«

»No«, erwiderte die Alte, »der Herr Rat kommt dreimal d' Wochen her, sich a Jungfernöldämpfung machen zu lassen. Dös hat er gar so viel gern, s' tät ihm gar so viel gut, sagt er, und bringt ihn wieder in die Höh'.«

»Sie«, rief da Eynhuf und stach mit dem Finger nach ihr, »wär' das was gegen Zahnweh? Da geben S' mir gleich eine Maß voll mit für meinen Hofrat, der was so darunter leiden muß.«

»O mein«, bemerkte die Alte, »i man', der jauket ihnen schön zur Tür außa – aber dees verstehen S' nöt.«
»... aus der Türe ... jagen? ... Mein Hofrat mich? ... Sie, da is was dahinter, heraus mit der Sprache!« Eynhufs Stimme klang drohend. Die Alte aber schwieg verbissen. Vibrierend vor Neugierde tänzelte jetzt der Sekretär, der absolut kein Geheimnis bei anderen dulden konnte, um die unsaubere Partnerin herum. »Nochmals, um was handelt sich's denn? Können S' mir's nicht wenigstens ins Ohr sagen?«
Brummig folgte die verdächtige Hebamme seiner inquisitorischen Aufforderung und flüsterte murrend dem tief zu ihr Niedergebeugten ein altehrwürdiges, wirksames, aber vor den offiziellen Wissenschaftlern bis jetzt mit Glück verborgen gehaltenes Hausmittel zu, in dem der junge Teil des schönen Geschlechtes eine bedeutende Rolle spielt, wenn auch es sich diesfalls nicht gerade um das Flechten von himmlischen Rosen ins irdische Leben handelt.
»Pfui Teufel, pfui Teufel«, fuhr es dem Sekretär heraus, »für die Kur mecht' ich mich schönstens bedanken!«
»Möchten S' also lieber g'stoßene Schwabenkäfer in Essig und Öl schlucken«, grunzte giftig die Alte, »oder 'brannten Katzendreck schnupfen gegen g'schwürige Augen – was möchten S' denn überhaupt, weil S' herkommen?«
Eynhuf setzte ihr die Sache mit dem Liebestrank auseinander. Die Alte wurde sehr wichtig, bedeutete ihm, daß es für sie eine Kleinigkeit wäre, daß man aber das Mondviertel wissen müsse, unter dem das Subjekt geboren sei, und daß er selbst an einem Freitag mit ungeradem Datum – am besten sei freilich der schmerzhafte Freitag – eine Alraunwurzel kaufen, aber über die rechte Schulter mit der linken Hand – mit verflochtenen Fingern natürlich – in Empfang nehmen müsse. Dann sei es unerläßlich, ihr die Wurzel in der umgekehrten Stellung zu geben.

Darauf würde sie den Trank kochen, durch einen Nonnenschleier durchseihen und ihn vier Wochen lang im Keller digerieren lassen. Das sei aber alles sehr teuer, weil man zum Heizen bloß morsche Bretter von Selbstmördersärgen, mit getrockneten schwarzen Pudelschweifen gemischt, verwenden dürfe. Auch müsse man den Kot einer unschuldigen weißen Taube dazutun. Der verfaulte Zahn einer Kindesmörderin sowie ein Lot trockenes Krokodilshirn seien als Beigabe sehr zu empfehlen. Letzteres wäre aber selten. Ob er vielleicht wo eines wüßte? Früher hätten die Venedigermandeln einen schwunghaften Handel damit getrieben, aber heute … die verfluchte neue Apothekerordnung …«
Eynhuf sah sie streng an. Er setzte dem Redeschwall, der ihm peinlich wurde, ein Ende mit der Frage, ob er eine Angabe leisten müsse. Sieben Vierundzwanzigkreuzerstücke, lautete die Antwort.
Er zahlte seufzend, nahm die Adresse des unheimlichen Dürrkräutlers und trabte von dannen.
Der nächste Tag sah den Hofsekretär bereits auf der Suche nach dem wunderbaren Kraute. Kühl und trüb war das Wetter, so recht für den etwas lichtscheuen Zweck seines Ausfluges geeignet, empfand er. Leichenwagen rasselten hintereinander die unregelmäßig breite Straße entlang. Der Wind wirbelte Strohhalme und Papierfetzen auf. Von den Kaminen wehten dünne Rauchfahnen steil abgebogen weg. Hinter grauen Fenstern sah er Äpfel liegen, ab und zu quetschte sich ein rotznasiges Kindergesicht an trüben Scheiben breit. Eynhuf kämpfte gegen den Wind, der ihm den Hut vom Kopf zu reißen drohte und in dem vielfältigen Kragen seines Capottes wühlte. Mechanisch las er die Ladenschilder, über denen bisweilen blecherne Zuckerhüte baumelten oder messingene Rasierbecken im Winde klapperten. Matthias Speibenweins Gasthaus »Zu den zwei

weißen Schimmeln« stand da, Lambert Mummers Maskenleihanstalt für einen hohen Adel und die besseren Stände, dann: Nachtglocke zum bürgerl. Pfeifenmaler Ignatz Maria Dünstköpfl. Hier wieder: Bartholomäus Glühpfeils priv. Kinderstupperzeugung mit Pferdegöppelbetrieb. Zwei alte Jucker, die beim Fürsten Esterházy ausgedient hatten, hielten das Werk im Gang. Unwillkürlich kratzte er sich und ging weiter. Da war es endlich, was er suchte: Wiesböcks Dürrkräutlerei und beh. Conc. Ameiseneierhändler, auch papierener Bienenwabenerzeuger mit allerh. Privileg, und dem Schilde: »Zu die 3 hl. Eismänner: Pankratius, Servatius und Bonifatius und der kalten Sophie.« Eine schrille Türglocke erklang wie der zitternde Sopran eines Metallgeistes.
Ungewöhnlich duftete es in dem niederen Laden. Da standen Holzteller voll Stephanskörnern, Hundsveilchen, Akelei, getrockneten Kohlröserln, Speik und Koriander. Scheu sah er sich im Laden um und flüsterte fast sein Begehr. Mit kropfiger Stimme forderte ihn der Dürrkräutler auf, sich in den ersten Stock zu bemühen, wo die feineren Waren und Raritäten aus beiden Indien lägen. Über eine ausgetretene Ziegeltreppe kam man in ein kaltes, unfreundliches Eckzimmer mit vier niederen Fenstern, vorhanglos, durch die man über die dicht bebaute Niederung des Wienflußtales, die steil ansteigenden Häuserburgen der Mariahilfer Vorstadt sah, unzählige Dächer und mächtige Kirchtürme, alles in einen feinen blauen Rauchschleier gehüllt, ein düsteres Stadtbild unter windigem Himmel. Ein Wermutbüschel voll getrockneter Fliegenleichen hing von der niederen Decke. Der Kräutergreis kramte lang unter seltsamem Geschnarche seines Kropfes in einem alten Tabernakelkasten, dessen Einlegearbeiten wunderliche Figuren zeigten: Verteidigungen einsam in Teichen gelegener Schlösser gegen feuerspeiende Greife, Affen mit geraub-

ten Wickelkindern und Sphinxe neben rauchenden Opferpfannen. Auch ein kurzer, hoher Hengst war zu sehen, der vor einer marmornen Fliege wild ausschlug. Nach langem Bemühen war der Alraun gefunden. »Springwurzeln! Vorsicht!« stand in steifer, ungelenker Schrift auf dem Paket, mit einem kleinen Bildnis der hl. Walpurga beklebt. 2 Gulden 24 Kreuzer mußte der liebeskranke Mann bezahlen und unter seltsamen Verrenkungen das Palladium ergreifen. Wie ein eckiger Pas de deux zweier Veitstänzer mutete die Szene im einsamen, zugigen Zimmer an.

Zwei Herzen und ein Ringelspiel

Welch launiges Geplänkel sahen die Veilchentage dieses Frühlings! Der zierliche Sekretär nützte die Zeit, die der Liebestrank zur Reife brauchte, gut aus, seine nötigen Vorbereitungen zu treffen. Wie ein feiner Diplomat knüpfte er Knoten um Knoten am Netze, das die ahnungslose Sängerin umgarnen sollte. Zuerst versicherte er sich des Namens des Zöfchens. Ludmilla hieß es, Ludmilla Steigenfierer. Dann sprach er mit Frau Barbara Pimeskern, der Milchmeierin. Deren Gunst gewann er durch ein gelbes Kopftuch, mit talergroßen roten Punkten bedruckt. Er spielte ihr gegenüber einen schmachtenden Amanten, dem es die Ludmilla angetan hatte. Mit viel Verständnis und Freude am Kuppeldienst versprach das gefällige Milchweib, ein rosa Briefchen ohne Unterschrift der Zofe zuzustecken und selbe, deren Neugierde gereizt sein würde, ihm zu einem Stelldichein ins Hinterzimmer des Ladens zuzuführen. Die Stunde kam. Ludmilla erstaunte nicht wenig, als sie den Herrn wiedersah, der den tragantenen Engel vor Wochen zur Herrin gebracht hatte. Ein heißes Triumphgefühl trieb ihr das Blut in die Wangen: der schöne, feine Herr sollte seinen Blick auf sie geworfen haben – sein Herz würde ihr gehören, sein Herz, das für die stolze Dienstgeberin geschlagen! Der Triumph des Weibes regte sich in ihr, die Freude am

Wegschnappen der Beute – o Futterneid der harmlosen Liebesungeheuer!
Dem Eynhuf tat's weh, seiner eigenen Liebe eine Komödie vorspielen zu müssen, doch war es nötig, das Mädchen zu kirren, um seinen Zweck zu erreichen. Sie bloß zu kaufen – neben klingenden Goldstücken der überfeinerten Venus auch kupferne Scheidemünzen banaler Liebe im Beutel – schien zu gefährlich. Sie hätte bestimmt geplaudert. Die kurzen Viertelstunden bei der Milchmeierin – Ludmilla hatte wenig freie Zeit, da sie die Herrin auch in der Oper bediente – stellten seine Verstellungsgabe auf keine zu schwierigen Proben. Auch war er überzeugt, daß das leichtfertige Ding an einem kleinen Liebesgetändel sein Begnügen haben werde. Aber zu seinem Entsetzen sollte er bemerken, daß ihm seine Männerschönheit einen bösen Streich spielte und er eine Glut entfachte, die ihm noch bittere Stunden bereiten und in ihm den Wunsch gebären würde, ein Zwitter aus Don Juan und St. Florian, dem Löscher des Brandes, zu werden, ein noch nie dagewesener Janus im Tempel Kupidos.
Eines Tages, er war gerade aus dem lauen Abenddufte der finsteren Gasse in das feuchtkalte, verschwiegene Hinterstübchen getreten, über dessen Türe ein Heiligenbild, die Dienstbotenmuttergottes, mit dunkelrotem Öllämpchen prangte, streichelte Ludmilla zärtlich seine Hand und flüsterte beglückt: »Jaromir, morgen habe ich Ausgang, da gehen wir zwei in den Wurstelprater! Je, wie ich mich freu'!«
Eynhuf glaubte zu spüren, wie das Herz in seiner Brust einen Purzelbaum schlug. »In den Wurstelprater!« Wo er sich doch vorgenommen hatte, obschon ein kleines Tänzchen bei der Cholerakapelle im Helenental ihn auch sehr gefreut hätte, den freien Pfingstsonntag dem lieben alten Freund seines Vaters zu widmen, dem Nadir Baron von Semlin, Sohn des Schahs von Persien, Nadir, der 1747 von seinem Neffen Ali

Kulikan ermordet worden war. Besagter Sohn flüchtete nach Semlin, wo ihn Maria Theresia taufen und erziehen ließ. Sein hoher Vater Nadir hatte seinerzeit den Großmogul besiegt und in Delhi 100 000 Leute niedergemetzelt. Schon als Knabe kam Eynhuf mit dem seligen Papa oft zur Jause zu ihm. Zähnefletschend zeigte der alte Baron gerne den Gästen in seinem Garten die Totenschädelvorräte aus besseren Tagen der Familie. Nadir war übrigens kein böser Mann. Allerdings munkelte man von Mödling bis Petersdorf, ja noch weiter, daß er orientalische Gewohnheiten habe. Nun wohl, einen kleinen geheimen Harem besaß er, dem eine gewisse Kaltenbrunner Anna, eine resolute Dame, vorstand. Manchmal ging's festlich zu. Da mußte Pantaleon Hebenstreit, der beste Cymbalspieler, der sich an der nahen ungarischen Grenze, dem Heuboden, und bei Eisenstadt gerne herumtrieb, herhalten und, von seinem Freunde, dem Dudelsackvirtuosen Hieronymus Schebesta begleitet, den greisen Baron mit wilden Liedern umtanzen. Das zog alles lockere Volk an: Bettler mit ihren räudigen Hunden kamen, nach den Brosamen des Festes zu haschen.

Aus Dankbarkeit für das Mödlinger Refugium wollte er aus den Delhier Totenschädelpyramiden einen Biedermeierpavillon errichten, wo er den guten Kaiser Franz öfter zum Kaffee zu sehen hoffte. Es wurde dankend abgelehnt. Seitdem grollte der Alte, denn sein Lebensabend war ihm verbittert. Wie nett hatte er es sich doch vorgestellt, wenn zwischen den weißen Schädelsäulen die dunklen Kiefern des Brühltales und der strahlend blaue Himmel mit den lichten Federwolken durchschauten. Festlich geputzte Leute würden hinaufstarren, gelbe Zeiselwagen vorbeihutschen, wenn, von Odalisken bedient und von Hieronymus Schebesta kunstvoll umpfiffen, das lange Antlitz des gütigen Monarchen mit den wasserblauen Augen und dem dünnen, farblo-

sen Haar, über das geschliffene Kaffeeglas gebeugt ... doch verweht waren seine Träume.
»Geh zum guten Alten ... Mach' ihm die Freid'!« So sprach die Stimme des Gewissens zu Eynhuf. Doch nein! Der kommende strahlende Morgen sah ein anderes Bild.
Jaromir und Ludmilla traten aus dem Dämmer dunkler Straßen der alten Kaiserstadt hinaus in den grüngoldenen Frühlingstag, dessen Herrschaft an den Basteien voll begann. So weit das Auge reichte, Sonnenglanz und Blütenjubel. Selbst die bronzenen Kartaunen mit den Delphinhenkeln schienen sich wohlig zu sonnen, mit sterilisierten Vögeln, Obstkörben, Blumenwerk, selbst nackten, übertriebenen gerundeten Mädchenleibern aufs üppigste verziert. Die steifen Wachtposten – weißer Waffenrock, enge blaue Hose und enorme Bärenmütze – litt es nicht in den barock behelmten Steinkäfigen, die als Schilderhäuser dienten. Das Licht funkelte auf der kupfernen Kuppel St. Karls, die wie ein Schnitzwerk aus altem Elfenbein vom Himmelskristall sich abhob. Über dem Schwarzenberg-Palast und in den Fenstern der phantastischen Silhouette des Belvederes leuchtete und glitzerte es. Es war so klar, daß man den verschnörkelten Teppich seines Gartens mit den vielen Kegelbäumchen, den Kaskaden und die marmornen Sphinxe erkennen konnte. Equipagen rasselten vorüber, braune, blaue, fliederfarbene. Leibjäger mit goldenen Hüten am Bock, weißstrumpfige Lakaien in eitel Zinnober, Waldgrün oder gar Purpur hintauf, geputzte Wunder von Damen und ernstnasige Herren darinnen. Auch Eynhuf hatte sich fein gemacht, viel feiner, als er sollte. Paßten denn zu seiner gefährlichen und verschwiegenen Eskapade der neue zwetschgenfarbene Anzug, der hohe perlgraue Seidenhut und gar die polnischen Schuhe aus grünem Saffian mit den goldenen Troddeln? Eynhuf, Eynhuf, wie soll das enden!?

Noch dazu über die breite Jägerzeile will sie gehen, die im brennendsten Sonnenglast daliegt. Mochte sie schmollen, das tat er doch nicht. Wie atmete der Hofsekretär auf, als der Leidensweg beendet war und er den Volksprater vor sich sah, in dessen wenig vornehmem Menschengewühl er unauffällig unterzutauchen hoffte, da dieser Teil von den Angehörigen seiner Kreise sorgfältig gemieden wurde.
Lärmen und Tosen erfüllte die Gänge zwischen den Buden. Ein schwüler Hauch lagerte über der Menge, die auf dem staubigen, groben Kies scharrte; nur ab und zu kam ein Lufthauch von der Donau herüber und erfrischte die erhitzten Gesichter. Es roch nach Bier und billigen Speisen, nach frischem Anstrich und dann wieder nach dem feuchten Humus der Praterauen, zwischen deren modernem Laubteppich ordinäre Veilchen wucherten. Glückshafen gab's da und Ringelspiele, eine große Rutschbahn und Schießbuden, und alles, alles mußte das unglückselige Opfer Kupidos durchkosten, nichts blieb ihm erspart. Ludmilla war unersättlich. Er mußte mindestens viermal jausnen, Unmengen Bier, Käse, Wurst, Zichorienkaffee und schließlich kandierte Früchte verspeisen, Früchte, die unkandiert wohl nie gegessen werden und selbst gewiegten Botanikern unlösbare Rätsel bleiben. Endlich fand es Ludmilla am Platz, ihr körperliches Wohlbehagen durch einen flotten Ritt auf einem Ringelspielpferde zu krönen. »Zu die zwei silbernen Ritter« hieß die Unglücksstätte. Als er sich weigerte, wurde sie heftig, und er fürchtete schon, seine Autorität bei ihr zu verlieren, sintemalen er zu bemerken glaubte, daß dem jungen Mädchen heftige Seelenkämpfe gegenüber dem doppelten Tuch nicht erspart blieben. Also die Zähne zusammengebissen – hopp, aufs Pferd! Lanners unsterbliche Weisen ertönten. Eynhufs Rößlein, ein Apfelschimmel mit teuflischem Blick, begann, sich knacksend zu schaukeln. Da,

um Himmels willen, ist das nicht die Frau Beischl? Frau Beischl, ihre unwahrscheinliche Fülle in ein spangrünes Seidenkleid gestopft, einen Hut mit wallenden, eingeweidefarbenen Straußfedern über dem unbeschreiblich ausdruckslosen Antlitz, welches schon aus geringer Entfernung so viel Details verlor, daß es verzweifelt unanständig anzusprechen war. Ein kleines, zurückgebliebenes Ding ohne Schneidezähne schob sie schützend vor sich her, der Kleidung nach ein Mädchen, mit uraltem Ausdruck im Gesicht und müden Augen, die wie kleine Mauslöcher aussahen. Auf dem straff zurückgezerrten, fahlen Haar trug es einen Kranz aus giftgrünen Blättern, mit welken Leinwandblüten untermischt. Firmzeit! Ja, richtig, das hatte er ganz übersehen. Eine Zeitlang glotzte ihn die Selcherswitwe verständnislos an, dann blieb ihr Mund lange offen, während der unglückliche Sekretär, der wie gelähmt auf seinem jammervollen Spielzeug saß, grotesk auf und nieder wippend, immer wieder bei ihr vorbeigezerrt wurde. So viel Geistesgegenwart aber hatte er noch, sein Gesicht durch Schiefstellen der Nase arg zu verzerren, damit die Beischl auf diese Art vielleicht in ihrem Urteil unsicher gemacht würde. Das Schlimmste kam noch. Ludmilla, die neben ihm trunken vor Seligkeit ritt, legte bei der letzten Tour unerwartet, ehe es der entsetzte Eynhuf hindern konnte, schmachtend ihren Arm um seinen Nacken und blickte ihm, sich breit und üppig wiegend, verheißungsvoll ins grämlich verzerrte Antlitz.

»Hast Zähndweh, armer Häuter?« fragte sie innig besorgt. »Kumm, gehn mir zu mir z'Haus, ich richt' dir an Salbeitee … is niemand in der Wohnung. D' Köchin is weg, 's Extramadl is a weg, und d' Gnädige is in der Hinterbrühl eing'laden – der junge Herr von der Famili hat s' heit früh mit 'n Jagdwagen abg'holt.« Eynhuf blickte sie an mit einem Ausdruck wie ein abgestochener Ziegenbock und zuckte weinerlich mit der Unterlippe.

Willenlos folgte der zerbrochene Sekretär, willenlos betrat er mit ihr in der Stille des goldigen Spätnachmittags von der sonntäglich leeren Straße das kühle, herrschaftliche Haus, in dem es so angenehm, aber undefinierbar roch, vielleicht nach dem Edelmoder weitbauchiger Weinfässer in den vielgeschossigen Kellern, vermischt mit dem leichten Wachsduft der weitläufigen vornehmen Wohnungen, die nur mit

Kerzen beleuchtet wurden, übrigens selten genug, da die Insassen sich wenig in der finsteren, gewaltigen Stadt aufhielten. Oder waren es die Räucherkerzen aus Ambra und Myrrhen und das kostbare Linnen, oder waren es die Kobolde, die gewiß hier, wie in allen uralten Häusern, wohnten und sich sonntags vertrocknete Jerichorosen als Knopflochbukette ihrer Spinnwebkostüme leisteten? Eynhuf konnte dies schwer entscheiden, dazu war sein seelisches Gleichgewicht heute zu sehr gestört. Wenn die Beischl ihn tatsächlich erkannt haben sollte und die Schosulan alles erführe – nicht auszudenken, was dann geschah!

Ludmilla ließ ihn mit glänzenden Augen vorausgehen.

Verwirrung der diesbezüglichen Gefühle

Bald kamen die heißen, melancholischen Abende des Frühsommers, Tage, an denen es nicht Nacht werden will, Abende, an denen man durch den heißen Dunst der Straßen mit ihrem wogenden Menschengewühl wie einen glühenden Dolomitenzinken das in der Abendglut leuchtende Spitzenwunder des Stephansturmes sieht. Noch lange funkelt dann sein goldenes Hagalkreuz weit über Schlösser und Wälder und blitzende Teiche, bis zu den Kalkriesen des Hochgebirges, schneegekrönt, alpenrosenumwuchert, wo die Wildbäche rauschen, während in dumpfigen Höfen der Stadt schwermütig Nachtigallen flöten. Bis tief in die Nacht bleiben da finstere Wohnungen mit ihren weitgeöffneten Fenstern im Dunkel liegen; ihre Bewohner essen ohne Licht zu Abend. In den Vorstadtgassen sitzen dann wohl auch hemdärmelige Leute vor den Haustoren, trinken ihr Bier auf der Straße und rufen den wurstholenden Mädchen Scherzworte zu. Ab und zu fällt der Blick durch ein breites Einfahrttor auf eine Glastür mit bunten Scheiben, und wenn sie offensteht, in ein schattiges Hausgärtchen mit hölzerner Laube, von Oleandern in grünen Kübeln umstanden. Diese Bilder übten einen unbeschreiblichen Eindruck auf das verwundete Gemüt Eynhufs aus. Wenn er im gelben Mondlicht von seinem Abendbrot heimkehrte, das er in einem kleinen Wirtshaus in einem der Höfe des gewaltigen Freihauses auf der Wieden einzunehmen pflegte, wo an ordinär gedeckten Tischen bei flackernden Windlichtern fröhliches Volk unter lärmender Heiterkeit tafelte, wo man durch offene Fenster in die fettprasselnde Küche mit ihren hochroten, schwitzenden Mägden und dickbusigen Köchinnen sehen konnte, dann fühlte er einen solchen Ekel vor diesem unfeinen Lebensschauspiel, daß er beschloß, um den ersten Urlaub seiner ganzen Dienstzeit einzureichen, um auch einmal die viel verlästerte Modetorheit einer Sommerfrische zu verkosten. Baden oder Gutenstein schwebte ihm vor, oder sollte er gar nach Mariazell, weit hinten in der Steiermark pilgern? Ja, fort aus dem Babylon Wien, diesem Sündenpfuhl, wo erst jüngst ein leichtfertiges junges Ding ihm die so lang gehütete Blume des Junggesellentums entrissen hatte! Aber das waren alles törichte Gedanken! Wie konnte er denn den Bannkreis seines Idols verlassen, seiner engelsschönen Höllteufel, die jetzt häufige und unberechenbare Ausflüge in die nächste Umgebung machte, in fröhlicher, glänzender Gesellschaft im Prater oder in Hietzing soupierte oder gar der Mittelpunkt rauschender Feste auf den üppigen Sommersitzen des Adels und Patriziats war, Feste, bei denen in den dunklen Parks Lampions glühten und Feuerwerke die steinernen Götter, Vertumnen und Pomonen in blauen, karmoisinroten oder smaragdgrünen Lichtern badeten und prasselnde Raketengarben mit dem Gekrach eisgekühlter Champagnerflaschen und donnernden Hochrufen auf die graziöse Schönheit der gefeierten Primadonna wetteiferten. Wie oft wartete vor ihrem Stadtpalaste, dessen altersgraues Portal stirnrunzelnde Karyatiden trugen, ein tulpen- oder fliedergeschmückter Wagen, von Schusterbuben und anderem Volk der Gasse bestaunt, das Ziel mancher Blicke aus quietschend geöffneten Fenstern oder hinter verblaßten Gardinen hervor. Dann geschah es manchmal, daß der Liebeskranke in einem Einspänner mit elendem Klepper ihr nachfuhr, stundenlang um den Sitz ihrer Lustbarkeit herumstrich, um dann in tiefer, schwüler Sommernacht, schweiß- und staubbedeckt, einen endlosen Heimweg zu haben, durch kanalduftende Gassen, die er früher niemals gesehen. Alles mögliche passierte ihm dabei. Betrunkene baten ihn, sie nach Hause zu führen, da sie die Adresse vergessen hätten, herumschlupfende Dirnen nickten ihm vertraulich oder spöttisch zu, und einmal hatte der friedliebende Eynhuf sogar ein Rekontre mit besseren Nachtschwärmern, weil er über ihr schönes Lied gelacht hatte, unter dessen Klängen sie, einen dicken Herrn an der Spitze, heimmarschierten:

Ich bin der Ba-,
Ich bin der -ron,
Ich bin der Baron Scharl von A-
    dlersburg,
Der Sohn vom Herrn Papa.

Ich bin der Ba-,
Ich bin der -ron,
Ich bin der Baron Scharl von A-
    dlersburg,
Der Sohn der Frau Mama.

Ich bin der Ba-,
Ich bin der -ron,
Ich bin der Sohn,
Ich bin der Baron Scharl von A-
    dlersburg,
Der Sohn vom Herrn Papa.

So brüllten sie ohne Unterlaß. Ja, die Liebe! Was die für eine Macht hat! Der sonst so ernste Eynhuf stürzte sich in einen Strudel von Vergnügungen! Scheinbar! Blutenden Herzens konnte er sich stundenlang als Zuschauer bei Wettläufen auf der Simmeringer Heide die Füße plattstehen. Der feuchte Nobelprater sah ihn als ständigen Gast bei allen animierten Veranstaltungen; da und dort genehmigte er einen Harlekin nach dem anderen – so nannte man das aus Vanille und Erdbeer gemischte Gefrorene –, dazwischen würgte er löffelweise an einem Eiskaffee mit kalten Kolatschen herum, obschon er all dies Zeug nicht vertragen konnte, verdarb sich den Magen, und beim großen Feuerwerk: »Des Confuzius Lustgebräu« wäre er fast zusammengetreten worden, was gerne bei solchen Veranstaltungen vorkommt. Aber das störte ihn nicht. Ächzend, schon ganz abgemagert, schleppte er sich von Fest zu Fest, ein Liebestantalus aufs Ixionsrad des Vergnügens geflochten.

Immer zerrissener wurde das wunde Herz des Verschmachtenden. In den holden Qualen ward ihm die geliebte Flöte zum Ventil seiner tiefen Schwermut, und ein Büchlein, das er bei einem kleinen Vororteträdler gefunden, spendete seiner wunden Seele köstlichen Balsam: »Lieder eines im Gebüsche Sitzenden« war der Titel, »von Tobias Löffler gesungen«. Seufzend las er:

Möcht' ich als Pappel mich neigen
Auch an den silbernen Fluß,
Um meine Stirne zum Kuß
Den Lüften zu reichen.

Tief ergriffen schloß er das Büchlein und starrte mit den Lackaugen in die Ferne. Dann las er weiter:

Möcht' ich als Blüte mich schaukeln
Über dem Bächlein so klar,
Nieder aufs lockige Haar
Cybeles gaukeln …

Da kam er nicht weiter. Vor Rührung ließ er das Büchlein fallen und schluchzte minutenlang in das Schnupftuch. Schließlich machte der ungeduldige Pegasus, der schon längst angeschirrt im Dämmer seines Unbewußtseins wartete, seine Rechte geltend. Eynhuf schneuzte sich und sang seinerseits:

Wenn sich der Abendgott
Leise flötend
Im Röhricht verliert,
Und auf
Nachtigallbespanntem Wagen
Hin zu dem Schmause fährt,
Der, wo was sich rangentsprechend
Bloß mit Ambrosia nährt,
Dann kommst als Ritter du und Schmetterling
zugleich
Auf deinem Liebeskahn
Hin zu dem Strand geschiffet,
Auf dem Cybele lieget,
In leichtem Schleier bloß,
Auf eine Blumenstreu geschmieget –
Oh!
Sieht sie dich, der seinen Kahn an eine
Pappel band,
So lodert auf in ihrem Herz
Ein heißer Liebesbrand!
Wenn Philomenen dann
Aus Flötenklang Buketten winden,
Und ordnungshalber auch mit Veilchenbaste
binden,
Ja, wie sich dann im Liebesrausch
Die wunden Seelen finden!

So ward ihm süßer Trost durch die Leier Apolls, und oft flüchtete er ins Feenreich der Poesie, denn hier auf Erden, wo gerade jetzt vielen das Paradies der Gurkensalate, Backhühner, üppigen Kohlrabi und der ersten Hasen blühte, fühlte er sich immer weniger zu Hause.

Das kam so: In seinem über alles geliebten Hoftrommeldepot, wo er sonst als würdegeblähter Amtsgockel zu stolzieren und in Gesetzen und Verordnungen nur so zu scharren pflegte, daß der Staub von Jahrhunderten aufwirbelte, behandelte man ihn eigenartig fremd, gab ihm sogar schlechtere Tinte und staubte sein Pult nicht mehr ab.

Auch Ludmilla machte ihm das Leben sauer. Er wich ihr nach Tunlichkeit aus. Eines Tages fand Eynhuf zu seinem Entsetzen einen rosa Brief im Bureau auf seinem Schreibtisch, auf den ihn der Amtsdiener Hrntschirsch mit subalterner Bosheit aufmerksam machte. Bleich vor Wut riß der Sekretär den Umschlag auf. Da stand auf einem Glückwunschbogen, dessen Titelkopf ein dick mit schmutzigen Farben bemalter Papageno war: »Eintsigk gelipter Man, mein herzbünkerl! Oh waruhm läsest du mich schlang schmagten? ferdin ich daß du scheener Man ich dräuhme Dahg und Nacht fon dir oh Jaromir ich laß dich nicht, eher göhn wir peide in den bidren Tott, in die reusende Thonau wo sie am düfsten ist ich störbe vor Sehnsugt o komme zu mir sonst fliehe ich auf deine starke Männerhand wir werden noch peide gliglich in einer kleinen Greislerei, entsag dem Forurdeil deines Stahndes ich kise dich das einsame Blimlein in der Rauchenstoingasse.

B. S. Gom heite zu mir bei der Bimesgern oder um 3 bei der Pöstseile am Kraben einen Sbrung machen.« Es war zum Verzweifeln.

Das wirre Treiben fing allgemach an, Unordnung in seine sonst so streng geregelten Lebensverhältnisse zu bringen. Er streute das Geld mit vollen Händen aus, die Fahrten kosteten ihn viel, desgleichen die Entrees zu den Festen und nicht wenig Arzt und Apotheke.

Da beschloß Eynhuf wieder einmal die reine Luft der Schosulanischen Jausen einzuatmen. Vielleicht würde ihm dort Linderung seiner wunden Seele. Als er in seine Wohnung ging, um zu innerer Sammlung zu kommen, bemerkte der Vergrämte Lichterglanz bei der Schosulan; Stimmengewirr und Sesselrücken war deutlich zu vernehmen. Feierlich klang des Leibstuhls ernste, würdige Weise durch die Nacht:

Plaisir d'amour dure q'un moment – chagrin d'amour dure toute la vie. Diese Klänge mahnten ihn daran, daß er recht lang die gute Alte, bei der jeden Sonntag offenes Haus war, vernachlässigt hatte. Leider mußte er heute mit leeren Händen kommen. Vielleicht würde sie es diesmal aus Freude über das Wiedersehen nach so vielen Wochen nicht bemerken. Klopfte also an – die Schosulan hatte keine Türglocke, eine Einrichtung, die sie als leichtsinnige Neuerung haßte, und bekam Einlaß. Mehr Menschen waren heute da als gewöhnlich. Mit Unbehagen musterte Eynhuf die fremden Gesichter. Als er ins Zimmer trat, wurde gerade, begleitet von einer Ansprache, durch drei weibliche Wesen der Gastgeberin eine Huldigungsgabe überreicht. (Der Leibstuhl spielte einen Tusch.) Es war ein nicht alltäglicher Gegenstand. Unter Glas sah man eine stattliche Anzahl ausgestopfter Kanarienvögel in flatternden Stellungen, die mit ihren Schnäbeln einen Jungfernkranz stützten, den wiederum eine buntfarbig gestickte Schrift umrahmte: »Dir, fromme Jungfrau, dies. Du Keuschheitshort in Tat und Wort, die Sodalinnen vom hl. Aloisius.« Ein goldener Ochsenaugenrahmen gab dem Ganzen einen prunkvollen und dabei keineswegs leichtsinnigen Abschluß.

»Wie geschmackvoll«, sprach entzückt die Gefeierte, »die lieben Hascherln! Gleichsam, als ob s' lebeten!« Alle stimmten gerührt bei.

»Und sein sich lauter Kanari von geistlichen Stand«, erläuterte eine der Spenderinnen, eine heftig böhmelnde Dame unbestimmten Alters, die das falsche Haar in einem braunen Netz hatte, Zeugschuhe trug und mit bösen, stechenden Äuglein blitzte. Franziska Zwitschera hieß sie und war Vorleserin bei »Ihre firstliche Gnaden« der Frau Prinzessin von Kladrup.

Ihre Freundinnen, die ehrbaren Jungfrauen Babette Weisschüler und Rosalia Finkenstümmler, fixierten bissig den Hofsekretär, der heute recht wenig Beachtung bei »Tanterl Schosulan« fand.

Um so intensiver beschäftigte sich Frau Zisch mit dem Vernachlässigten. Sie schenkte ihm Kaffee ein und achtete darauf, daß er bedient wurde und mit lieblichen Genüssen versorgt sei. Wußte sie doch, daß bei den Männern die Liebe durch den Magen geht, und selbst ein strenger Blick der Schosulan, der es wie immer um die Kuchenreste bangte, schüchterte sie heute nicht ein. Auch Annerl schien merkwürdig erregt, brachte ihre üppigen Formen ins beste Licht, kicherte viel und schien es darauf abgesehen zu haben, die Sinne des zugeknöpften Beamten in Flammen zu setzen. Ihre Manöver gingen endlich so weit, daß sie mit der Fußspitze ein Hühnerauge des Partners traf, so daß der Überraschte leise aufschrie. Wie auf Kommando blickten die drei Sodalinnen auf die üppige Gruppe. Dann tuschelten sie weiter.

»Wir müssen uns jetzt empfehlen«, sagte Frau Zisch zu Eynhuf. »Nein, Sie brauchen uns nicht zu begleiten, bleiben S' nur noch da.« Und er blieb da. Blieb aber so auffallend vereinsamt, daß er bald pikiert heimging.

Der so schlecht angebrochene Abend sollte noch seine Krönung finden. Kaum war Eynhuf einige Schritte gegangen – er wollte noch seinen Unmut ein wenig auslüften, ehe er schlafen ging –, holte ihn Freund Staubmayer ein, der in gewohnt süffisanter Weise dem Sekretär seine Zufriedenheit damit aussprach, daß er sein allmählich stadtbekannt werdendes Liebesleid durch rauschendes Gesellschaftsleben zu betäuben suche.

»Recht haben S', recht haben S'«, sprach der zu ihm. »Nur ein bisserl denen pakschierlichen Mondscheinnympherln nachsteigen – so g'fallen S' mir!«

Eynhuf wehrte indigniert ab.

»Aber gengan S'«, beschwichtigte der andere. »Schau'n S', Sie haben schon amal mit den legitimen Vorstößen kein Glück ... Die Höllteufelein werden Ihnen noch 's Gnack brechen, und daß S' die Hofzwergischen los sein, da können S' Ihna gratulieren.«

»Oho!«

»Ja, net wegen dem alten Zephesis, nein, Hut ab vor ihm, aber der Bruder! Da hört man Sachen! Da hört man Sachen! Sachen, sag' ich Ihnen!

Also der Melchisedeck, der Ohrlöffelschmied! Unsinnig reich ist er, das stimmt! Aber sonderbare Gspaß treibt er! Alchimist ist er und Geheimbündler! Der ›Silberne Floh‹: Loge der Carbonari! Jawohl! Und was der alte Kracher jährlich allein für die geheimen Trottelzüchtereien herauswirft, da könnt' einer leben davon wie ein Kavalier! Jawohl, mein Lieber! Und wissen S', wo er 's Geld her hat für das knorpelhafte Treiben? He? A Freudenhaus hat er in Salzburg hinterm St. Petersfriedhof, jawohl, wo die Mägde Goldhauben tragen und giftgrüne Mieder aus Tarlatan und Wadelstutzen, kunstvoll mit antikischen Schandszenen bestickt – sonst nix. Als finsteres Bergwerk ist das Haus gehalten, nie kommt Tageslicht in die Räume. Bloß die Ölflämmchen auf den Kronleuchtern, kunstreich in Venedig geschliffen, spiegeln die bunten Erzkristalle der Wände wider, und von fern hört man finstere Wasser rauschen. Wenn die erzählen könnten! Auch eine nackte Musikbande frierender Bergknappen soll da aufspielen, bloß mit vergoldeten Rutschledern angetan – kurz, 's ist ein Greuel! Solch ein Gomorra im Schatten des Glockenspieles! Hab alles vom Baron Schmitz gehört, der reichsstädtisch frankfurtischer Gesandter war am erzbischöflichen Hofe. Der lebt jetzt noch dort als Kammerastrolog Sr. Erzbischöflichen Gnaden! Bewohnt im Schlambräu eine Flucht düsterer Zimmer und trägt einen Schlafrock aus Papageienfedern, den er einstmals in Mexiko von Donna Inez Bermudez y Medina-Truxillo, der Vizekönigin de las Indias, für einen verschwiegenen Nachmittag zum Liebespfand bekommen hat. Auch vom Paumgartner weiß ich's, der die Castrati singen lehret, so er aus Rom kommen läßt. Wie Cherubime können die schmettern! Gar ein sonderbar Bild, wenn der baumlange Herr an der Spitze der wohligen Kinder zum Dome schreitet, beim Scheine des Alpenglühens! Auch Pater Kubin, der päpstliche Kämmerer, hat mir's bestätigt. Er duldet das Treiben – hat wohl auch nicht viel freie Zeit. Muß die Gespensterhäuser registrieren im Salzburgischen und Umgebung. Und jetzt: addio!« Der Liebestrank war noch immer nicht fertig. Eynhuf traute der Alten nicht und fragte Großkopf öfters, ob das lange Destillieren oder wie das heiße, wirklich nötig sei.

»San S' schon a so ungeduldig?« neckte ihn der launige Rochus, »können ja den Tag des sicheren Triumphes gar nicht erwarten. und haben doch so a lieb's Schatzerl erobert, das Zoferl! Sie Glückspilz, Sie, so a saubere Zuwag' vom Fleischmarkt der Liebe zu holen – wann mir amal so was blühet! Aber mein – ihr jungen Leut' habts halt gut lachen, ihr erringts da leichte Siege, wo unsereins kostspielige Belägerungen vonnöten hat.«

Die beiden ungleichen Freunde gingen jetzt öfter zusammen spazieren. Eynhuf hoffte, dem erfahrenen Freunde noch mancherlei Geheimnisse der Liebesstrategie abzugucken und folgte ihm zu all den Vorortträdlern, die Großkopf zu besuchen pflegte, so langweilig ihm das auch anfangs erschien.

Eines Tages begegnete den beiden, als sie gerade nach Fünfhaus wandern wollten, um dort »in einer Goldgrube zu schürfen«, wie Großkopf sich ausdrückte, der Gubernialrat von Horraker, ein eleganter Herr, der als tadelloser Weltmann bekannt war und als sehr aussichtsreicher Beamter galt. (Man munkelte sogar etwas wie rechte Hand Metternichs.) Großkopf empfahl sich mit auffallender Hast und ließ den verdutzten Eynhuf stehen. Horraker nahm ihn sofort unter den Arm, schaute mit finsterer Miene dem davoneilenden Großkopf nach und sprach mit ernst väterlichem, dabei wieder mildem Ton zum jüngeren Kollegen: »Sie, Eynhuf, das ist kein Umgang für Sie!«

»Aber ...«

»Nix aber, der Mann is ja gewiß äußerst gescheit, gilt aber als Libertiner, den heit oder morgen sein Schicksal ereilen wird! Er ist Freigeist und Philosoph! Schon lang haben wir ihn durch Vertraute beobachten lassen. Da ist einer, der sich sogar als Kanalräumer bis in seine Wohnung gezwängt hat. Und was glauben S' hat er in dem gewissen Raum, den er zuerst betrat, für eine Inschrift gefunden? Passen S' auf: ›Der Held ersteige das Ehrengerüste auf getürmten Leichen! – Ich ersteige den Thron meiner stillen Genügsamkeit allhier.‹ Die abgekartete Sprache kennt man! Aber wir werden noch alles herausbringen, glauben S' mir, und dem sauberen Vogel aus dem Spott, den er mit dem Erhabensten treibt, eine Schlinge knüpfen, daß er seinen frevelhaften Schnabel nicht länger an Thron und Altar wetzen soll. Blasen S' mir ja nicht ins Horn von dem lockeren Zeisig, dem Großkopf, der hupft von Futternischerl zu Futternischerl – natürlich bildlich gemeint. Trotz seiner Frostballen (Sie sehen, auch das wissen wir) ist der hinter jeder Schürze her, und Schweinereien hat er in seiner Sammlung – schon die galanten Zugbelderln allein könnten ihm das Genick brechen – ich tat' sie alle von Henkershand verbrennen lassen. Um sich bei uns einzutegeln, hat er der Allerhöchsten Sammlung für Naturalienkunde nebst einer Affenmißgeburt in Spiritus einen sogenannten Schneeschuh, den was die Lappländer benützen, geschenkt, was ja an und für sich ganz löblich wäre, aber der salva venia Schneeschuh brachte kein Glück, weil derselbe dem Kronprinzen Ferdinand mit Gepolter auf den Kopf gefallen ist. Darauf hat er sich bei der Schosulan, was seiner Eminenz Geschwisterkind ist, dadurch einweimperln wollen, daß er ihr einen hohlen Stockzahn des heiligen Johann von Nepomuk, in Gold gefaßt, von seiner Uhrkette herab zum Präsent gemacht hat. Besagter Zahn aber war, wie sich später herausstellte, eine grobe Fälschung und auch das Gold pures Messing, was besonders mißliebig bemerkt wurde. Nicht genug an dem, erfuhr man später aus sicherer Quelle – lassen S' mich ausreden –, daß der teuflische Großkopf in gewissen Zirkeln, die wir wohl kennen, geäußert habe, daß es der Zahn eines wegen Kirchenraubs hingerichteten Israeliten sei! So. Jetzt zu Ihnen. Eynhuf, Eynhuf! Lassen S' mich Ihnen beim Andenken Ihres seligen Vaters, der noch unter meinem Exzellenz Vater zu dienen die Ehre hatte, sagen, daß Sie mit dem einen Fuß auf einer abschüssigen Bahn, auf der es sausend nach abwärts geht, wandeln, während Sie mit dem anderen eine goldene Frucht pflücken wollen, die für Sie zu hoch hängt! Blicken Sie nicht finster drein! Dem wimpernlosen Auge der Staatsgewalt – es zuckt niemals – bleibt nichts verborgen! Sie sind schwer, leider sehr schwer kompromittiert. Man hat Sie an einem gewissen

Ort, den ich lieber nicht nennen will, als schamlos johlenden Bacchanten beobachtet, eine Lustdirne am Arm – na schweigen wir! Heiraten S' doch die Ludersdorf! Die hat Bim-Bim im Kasten! Ich kann Ihnen noch mehr sagen: Sie missen sich sogar anderweitig versorgen! Ihre Stellung ist schon so gut wie verloren. Ja, erbleichen Sie nur! Also, wenn Sie's hören wollen: Eine Dame von hohem Rang, die Frau Fürstin Kladrup, Erlaucht, savoyische Ehrenstiftsdame und so weiter, braucht Ihre Stelle! So, jetzt wissen Sie's. Wie mächtig die Dame ist, möge Ihnen aus folgendem klar werden: Sie wissen, die hohe Dame hat einen Sprachfehler, wirbt aber dabei mit aller Macht für die Verbreitung der jetzt mit Recht wegen ihres wunderbaren Wohlklanges in allerhöchsten Kreisen so beliebten böhmischen Sprache! Was leider die sonst vornehme und wohlerzogene Dame aus dem Wort ›Powidl‹ gemacht hat, ist allerdings höchsten Ortes als gegen die gute Sitte verstoßend empfunden worden. Alle Erzherzoginnen verließen indigniert den Saal, und Seine Majestät bemerkten kaustisch: ›Sie hat eine unglückliche Hand mit dem Mund!‹ (Hier räusperte sich der Rat diskret.) Jede andere wäre in Ungnade gefallen. Jetzt lernt sie bei einem böhmischen Reitknecht – sind ja alle so hoch musikalisch – Singen gegen das Stottern. Sie hat im Park, hör' ich, hinter ihrem Palais eine künstliche Grotte aus Kork und Siegellack oder was weiß ich, ein sogenanntes Nymphäum, wie man mir im Hofbauamte versicherte, und da übt sie, als Venus verkleidet, unter der Anleitung des überaus tüchtigen Burschen beim Gemurmel des Wassers das gewisse Mundfertigkeitskunststückel des Demosthenes, hab ich mir sagen lassen. So. Und für den Reitknecht – Krschiwoschschkralek schreibt er sich – sprechen Sie's fehlerfrei nach, wenn S' in Österreich Karriere machen wollen – ist Ihr Posten in Aussicht genommen. Denn daß der Mann irgendwie gesellschaftlich eingefügt werden muß, müssen Sie selber einsehen, und Sie kommen vielleicht aus besonderer Gnade im Viehtaxamt unter oder bei der Hofleimsiederei in Siebenhirten! Und jetzt spielen S' Klavier gegen den Wind, wenn S' können. Wünsch' angenehme Verrichtung!«

Eynhuf war kalkweiß geworden und nagte die Lippen. Horraker fuhr mit stechendem Blick fort: »Aber glauben S' nicht, daß Sie der einzige sind, der unter die Räder kommt. Alle enden schlecht, die was sich Extravaganzen zuschulden kommen lassen. Merken S' das Ihnen, Eynhuf!

Schaun'n S' Ihnen zum Beispiel den Czwaczek an! Der ist heuer, hör ich, auf einen Maskenball gar als Pan verkleidet gegangen, als Nymphenstrizzi! Arg genug. Aber daß er sich die Hufe beim Hofschuster Nastopil hat machen lassen, das hat man ihm nie verziehen. Noch dazu Saffianhufe mit Ebenholzstifteln! Übermut, purer Übermut. Der ist gestürzt worden! Gelt, da schau'n S'! Der Liebling der Wiener! No, frag' ich, haben Sie sich früher einen baufälligen Czwaczek vorstellen können? Ich nicht. Dasselbe Schicksal hat auch 'n Jalowikar ereilt, der in seiner unseligen Tanzleidenschaft den Aschermittwoch geschändet hat. Jetzt hat der Osbelkaus die Stelle. Aber ihm ist recht geschehen. Können Sie sich zum Beispiel den Sauerpfister herumhupfend denken, vielleicht gar mit kleine, vergoldete Flügeln oder so?« (»Behüte, behüte«, murmelte Eynhuf.) »Und daß ich zum Schluß komm': Die Guckeisen ist auch endlich pensioniert worden. Was muß sie auch, einer langverschollenen Mode Rechnung tragend, am Faltenwurf einen Nabel angedeutet haben? Da gibt's nur ein Wort: Pfui Teufel! Also ich wiederhole: Sunt exempla!« Mit kurzem Gruß empfahl sich der Gubernialrat.

Eynhuf stand da, verdattert wie ein Hund, dem der Blitz ins Wassernäpfchen geschlagen hat. Also so sah es mit ihm aus, das war ja weit schlimmer, als er sich gedacht hatte. Und dazu wurde erst vor acht Tagen die unberechenbare Exzellenz Zloděj von Zirkelgriff wegen ihres seltenen Patriotismus, und der geglückten Öffnung des Geheimarchivs zum Gouverneur des Hoftrommeldepots ernannt! Was sollte er nur tun? Seinen Fleiß, seinen Übereifer verdoppeln? Ja, wer das Glück hätte, sich durch eine gute Idee unentbehrlich zu machen, wie Kollega Ungwisch von Unken-Stall! Was hatte der doch für Staub aufgewirbelt mit seiner Broschüre »Wehmütige Betrachtungen eines Kais. Beamten über das jüngste Gericht und den damit verbundenen Ausfall an fiskalischen Liquidationsgebühren.« Hm! Ähnliches würde unbeachtet bleiben, aber was tun?

Um sich seine Stellung zu verbessern, beschloß er, den Hofrat Sauerpfister als angenehmer Gesellschafter zu erheitern, und schaffte sich das Büchlein »Nossek, der englische Spaßvogel« an. Doch kam er niemals dazu, einen Witz passend ins Amtsgespräch einzustreuen. Also weiter denken! Die tollsten Ideen durchflatterten sein armes Hirn. Einmal war er schon allen Ernstes daran, für ein Jahr auf Wartegebühr Urlaub zu nehmen, um nach Westindien zu fahren und plötzlich auf den noch herrenlosen Guanoinseln die kaiserlich erbländische Flagge zu hissen und durch solch kühnes Beginnen seinem Kaiser unentbehrlich zu werden. Aber weiß Gott, was inzwischen mit der Höllteufel geschehen würde. Zum Schluß kam er zu folgendem Kalkül: Unter allen Umständen die Sache mit dem Liebestrank beschleunigen! Fällt er, bleibt ihm immer die Höllteufel als reizender Notanker! »Du Glückspilz in spe!« jubelte er in plötzlichem Stimmungsumschlag. »Sie ist nicht nur eine Venus auf Erden, nein, eine mehr als glänzende Partie und kann dich von ihrer hohen Gage allein schon standesgemäß ernähren. Also, alte Hexe, braue zu!«

Im Häusergewirr bei St. Ulrich herum, dort, wo die Nelken

vor dem grauen Gerümpel verträumter Rokokohäuser feilgeboten werden und buntgemischtes Volk durch die feuchtglitzernden Straßen sich windet, begegnete ihm Frau Zisch. Eynhuf stand gerade versonnen da und sah die Blumenpracht nicht, auf die Sonnenstrahlen durch leichten blauen Holzrauch staubten, sah das Aufflammen der Goldlichter nicht auf den rostigen Kronen verschnörkelter Heiliger in den Nischen der grauen Kirchenmauer, sah selbst seinen Lieblingspatron St. Nepomuk nicht, der in verdrehtem Tanzschritt erstarrt war und stirnlos – ein taubenbesetzter Vollbart bloß – zum Himmel starrte. Er sah auch Frau Zisch nicht, trotz dem blaugestreiften Zitzkleide, dem weinroten Schal und dem ellenhohen Ebenholzkamme, auf welchem der gute Hirt in Messing eingelegt war, ein Lamm auf der Schulter.

Munter bot ihm Frau Zisch einen guten Tag. Im Arm trug sie eine Pendeluhr, die sie dem wackeren Meister Peregrin Unruh, der dort herum wo hauste, zur Reparatur zu geben gedachte. Es war ein ungewöhnlich schönes Stück, stellte es doch einen vergoldeten Mann in antiker Tracht dar, der einen Löwen an einer Kette immer und immer wieder aus einer Höhle heraus- und hereinführte.

»Da könnte ich stundenlang zuschau'n«, bemerkte endlich der verlorene Träumer. »Wer so was nur erfinden kann! Ich könnte das nie und nimmer zustande bringen, und wenn ich tausend Jahre nachdächte.«

»Ja, ein schönes und seltenes Stück, Pate Großkopf hat sie unserm braven Annerl zum fünfzehnten Geburtstag geschenkt! Das wißbegierige Kind hat sie gleich zerlegt und mit feinstem Prowanzeröl geputzt. Leider fehlt jetzt wohl dieses oder jenes Stückerl, aber der Unruh wird's schon richten! Überhaupt, mein Annerl, sag' ich Ihnen, wirkliche Freud' hab' ich an dem Kind, so praktisch, alles greift sie an, schon heute eine kleine Hausfrau! Der Mann kann sich gratulieren, der was sie heute oder morgen bekommt. Ja, ein Segen für die Eltern, die was brave Kinder haben! Wie leid mir da zum Beispiel der arme, arme Herr von Zumpi tut! So viel auf einmal, das ist eine Bürde, die auch einen großen Menschen niederdrücken würde!«

»Herr Zumpi? Was ist denn geschehen? Ein Unglück? Behüte!« »Was? Sie wissen das Gräßliche nicht, und pfeifen's doch alle Spatzen von die Dächer! Ist doch schon vor vierzehn Täg im Diarium gestanden! Auch das Mitternachtsblatt, das der Meinige liest, hat sich der Geschichte bemächtigt und selbe breitgetreten … also horchen Sie!«

Eynhuf glotzte. Seine Augen glichen zwei Wagenschmierflecken auf einem schlaffen isabellfarbenen Hosenboden.

»Also horchen S': Was den Zwerg seine Schwester war, die was das schöne Haus in Krems gehabt hat, mit den Malereien das … ich glaub', die heiligen drei Könige sind's, die was sich gerade verirren … also, die hat doch ein Mäd'l aufgezogen fürs Kloster oder so … ein rothaariges Ding war es Ihnen, ein guckerscheckertes. Also, das war ganz eine Schlechte, voll heimlicher Lüste. Die hat doch einen Fleischerburschen verdorben, daß er ihr Herzallerliebster wurde. Florian Bihander hat sich derselbe immer geschrieben. Dann einmal, in finsterer Nacht und die Donau hat schaurig gerauscht und ein einsamer Brand war wo am Himmel – weit hinter Göttweih –, haben s' die Greisin im Bett geschlachtet und sind durchgegangen mit Säcken voll Talern und Zwanzigern, und bloß ein blutiges Messer hat man gefunden und ein ausgerissenes Ohrwaschl mitsamt einem silbernen Ohrring, was aus einem Salzburger Gnadenpfennig gemacht war. Und die Leich' von der armen Zwergin, an der der Kropf das Größte war, haben die herzlosen Mörder in den Rauchfang gehängt, und kein Mensch hat s' vom übrigen G'selchten auseinandergekannt. Auch der Kreisarzt hat s' für ein geräuchertes Spanferkel gehalten. Und die Zumpischen aus Wien haben alles geerbt. Aber die Fleischwaren und so haben s' verkauft, und beim Greißler haben die Frauen rein die Fraisen bekommen, wie s' beim Aufschneiden gemerkt haben, daß es die Leich' von der armen Seligen war. Und dann haben s' es feierlich begraben, und das Aufgeschnittene, was schon in Papierln gepackt war, dazugelegt. Die ganze Geistlichkeit ist mit, sogar der Herr Bischof von Sankt Pölten, der grad auf der Sommerfrisch' in Viehofen verweilte, ist eigenhändig hergekommen. Erhebend und herzergreifend soll es gewesen sein.« Sie wischte eine Träne aus dem Auge. »No, die reiche Erbschaft ist den armen Haschern ja zu gönnen, nach all dem noch viel Traurigeren, was haben tragen müssen.« Sie seufzte tief und schnupfte dumpf auf.

»Was denn noch?«

»Das wissen S' auch nicht?« Kopfschüttelnd betrachtete die neuigkeitsschwangere Dame den Hofsekretär. »Das haben Sie auch nicht gehört? Das, was einer jeden Mutter das Herz brechen muß, vor Gram und Kummer. Der Riesenskandal mit der Tochter, der Crispine! Die hat sich als Verschmähte an anderm an den Hals geworfen, und da hat der gestrenge Papa, der was so heikel ist, sie aus dem Elternhaus verstoßen. No, und da ist sie doch schlecht geworden. Geht – oh, ich kann es gar nicht sagen –, geht, allerdings nur in den finstersten Nächten, auf die Straße! Der Bemmerlfeind, der Grundwachter, hat sie schonend angehalten und dem Vattern alles mitgeteilt, und der alte Mann – schrecklich soll er gewesen sein in seinem Zorn – hat die Person verflucht. Kellnerin is sie jetzt, nein, so a Schand', bei der ›Goldenen Latern‹ in der Spittelberggasse, wo der schändliche Verein

›Die Feigenbrüder‹ seine Gelage feiert und das gewisse Lied Nacht für Nacht ertönt:

> Bei der Gigeritschen,
> Bei der Gageratschen,
> Bei der ›Goldenen Latern'‹,
> Da hat s' es Trikot zerrissen,
> Da hab'n s' es aussag'schmissen …

Ja, unglückliche Eltern gibt's trotz Geld und Ehren! Wie glücklich darf ich mich da nennen! Schau'n S' mein Annerl an! Ich will sie gewiß nicht loben – aber das wäre eine Frau für Ihnen!«
Verlegen bemerkte Eynhuf: »Gewiß, gewiß, aber noch ein bisserl sehr jung.« – »Jung?« erwiderte die stolzgeblähte Frau. »Jung, das ist ja kein Fehler, dafür ist sie aber auch noch so unschuldig wie ein Tauberl. Erst neulich bei der Jausen – wir haben Mohnbeugeln gehabt, die Annerl hat s' gebacken, delikat! – fragt sie, das Engerl: ›Mammi‹, sagt s', ›nicht wahr‹, sagt s', ›die kleinen Kinder kommen aus dem Brunnen weit hint' im Schmecketen Wurmhof? Die Angestellten von der städtischen Hebestelle heben s' heraus, gelt?‹ Weil s' einmal was von der Hebamme gehört hat, ist s' auf diese süße Idee gekommen. Mein Mann hat vor Genugtuung die Hände gefaltet – hat gerade seine schwarzen Diensthandschuhe angehabt –, no und ich hab' geweint vor Freude und hab' mir gedacht: Wie glücklich bist du, nicht die Zwergische als Tochter zu haben! O pfui, die schlechte Person, was ihrem alten Vattern so viel Kummer bereitet! Eisgrau soll er über Nacht g'worden sein und ganz gebrochen, der sonst – verhältnismäßig – stattliche Mann! Ja, so was tut weh. Wissen S' – daß ich's Ihnen nur sag' –, ich glaub', wir dürfen schon ganz aufrichtig miteinander reden, nicht wahr,

kleine Geschichten gibt's ja in jeder Familie. Wissen S', mit der Nichte von der meinigen Schwiegermutter haben wir auch viel Sorge und G'frött gehabt. Also, die war Ihnen so eigen, so eigen – no ja, der Ärmsten haben s' einmal bei einer Hochzeit am Land einen Nagel in den Kopf geschlagen, und seit der Zeit, ob Sie's glauben oder nicht, ist sie ein bisserl g'schupft, wie man sagt. So roh, was auch die Leut' am Land sein müssen! Jeden Spaß gleich übertreiben, so a dummer Scherz das. Sie war wohl ein wenig angeheitert wie alle – ist ja nix dabei –, und da is ihr immer der Rosmarinkranz vom Kopf gerutscht, den was sie als Kranzljungfer hat tragen müssen! Aber gleich annageln, wie ungeschickt! Und jetzt« – Frau Zisch sprach unter Tränen – »hebt sie sich immer so auf. Bis über die Knöchel! Damit die Mannsbilder schauen! Wer muß es ausbaden? Wir! Besonders gern in die großen Warenhäuser. Unlängst beim Fürsten Ypsilanti! Der Skandal! Und bei der ›Schwäbischen Jungfrau‹ (gut bedient wird man dort!) vor ein paar Tagen – das kann ich Ihnen sogar nicht erzählen. (Wir haben ihr grad eine Brautausstattung aussuchen wollen, daß s' endlich amal auf andere Gedanken kommt.) Herentgegen mein Annerl! Wenn die sich die Strümpfe wechselt – sie hat wohl üppige Waderln –, deckt sie den Kanari zu, weil er a Manderl ist, so feinfühlig ist die Ihnen! Aber ich verplausch' mich da! Lassen S' Ihnen doch bald einmal anschau'n!« Verschwand, und ließ den erschütterten Eynhuf stehen. Der starrte wie verloren in eine Preßwurst im Fenster eines Metzgerladens und glaubte, in dem Gewirre des leichenschänderischen Mosaiks bald das verzerrte Gesicht des unglücklichen Zwerges zu sehen, bald das der Verworfenen, der er seinen Namen hatte schenken wollen, bald die Mordszenen in Krems … Schaudernd wandte er sich ab von dem magischen Spiegel aus Sülze und Schwarten, die ihm wie gesottene Seufzer geschundener, kälberner Unschuld erschienen. Doch die Erinnyen, die überall zahlreich nisten, waren auf und verfolgten ihn mit weiteren Gesichtern.

Eine kleine, aber bezeichnende Szene, die er einst in einer seiner zahlreichen Verkleidungen belauscht hatte, zauberten sie vor sein geistiges Auge. Eines Tages gab es nämlich in der Rauhensteingasse einen peinlichen Auftritt. Als die schöne Höllteufel gerade bei der »Weißen Katze« Schminke kaufen wollte, trat ihr der greise, kummerbeladene Zwerg entgegen und fixierte, auf seinen Stock gestützt, finster die Sängerin. Mitleidig kramte diese in ihrem Perlbeutel und reichte dem alten Mann einen Viertelkreuzer. Der wies jedoch das Geldstück voll Würde zurück und sprach, in der Meinung, daß alle Welt die Ursache seiner enttäuschten Familienhoffnungen kennen müsse, die inhaltsschweren Worte: »Ich bin der Vatter!« Die Sängerin sah ihn verständnislos an, aber dem vermummten Sekretär gab's einen Stich ins Herz.

Jetzt spürte er den Stachel aufs neue und schlich bekümmert von dannen. Und die Stimme des Gerichtes, die jeder im Herzen trägt, rief ihm zu: »Diabolischer Eynhuf! Du hast die Lilie aus dem Zwergengarten zertrampelt! …«

Und Eynhuf sah jetzt den Weg vor sich in erschreckend nackter Klarheit, den Weg, der über zuckende Mädchenherzen zum lockenden Ziel seiner Wünsche führte. Schon fühlte er die üppige Diva mit den schwarzen Locken in seinen Armen, schon sah er sich auf der Hochzeitsreise in wiegender Kalesche. Nach Italien sollte es gehen, durch marmorne Städte voll flatternder Tauben, durch Haine, in denen Orangen duften und kunstreiche Wasser springen, geschmückte Maulesel klingeln, und über fackelbeleuchtete Plätze, wo neben dunklen Säulenhallen und ehernen Götterbildern buntröckige Seiltänzer ihre Künste zeigen. Nach Mailand sollte es gehen, wo sie die Scala sehen würden und

Professor Zampini das berühmte Paar in Kupfer stechen sollte.

Dann würden sie ein Schloß kaufen – in Wäldern an einem grünen Gebirgssee, am liebsten unweit von Ischl, das jetzt bei Hof so in Mode zu kommen begann … Auf blumigen Bergwiesen würden sie den Kaffee nehmen, livrierte Bediente würden die Körbe tragen voll Leckerbissen und Champagnerflaschen, und ihre Blicke würden über die abendroten Gipfel schweifen bis hin zu den eisgrauen Fernern. Und übers Jahr – sei still, o Herz – in schaukelnder Wiege ein zierlicher Eynhuf – und rauschende Feste in glänzender Wohnung – in zwei, drei Jahren selbst Hofrat – dann schreckst du mich nimmer, Sauerpfister!

Tragisches Ende eines korrekten Beamten

Am hohen Mittag, an einem Freitag, ging Eynhuf zur Hebamme und Hexe. Von der Bettlerstiege schlich er durch riesige Höfe, durch eine förmliche Stadt, die nur wenige kannten. Gleißendes Sonnenlicht weckte modrige Mauern zu blitzendem Leben, vergoldete Häusergerümpel zu farbigen Zauberbildern, so daß man glaubte, da sich alles Gesindel verschloffen, der Valandinnen Lockruf zu hören in Kreuzzugsruinen verlassener kilikischer Städte. Es war ein verrufenes Viertel. Goldmacher lebten hier und Zeichendeuter, verkommenes Volk, Dirnen und Schurken, die künstlich verkrüppelte Kinder an Bettler vermieteten, und Lumpensammler, aus deren Höhlen die Seuche manchen Jagdzug begann.

Durch einen dunklen Gang, an einer rußigen Küche vorbei, in der es nach kaltem Rauch roch, betrat Eynhuf die Theobaldgasse und holte ungesehen den Trank. Nur das goldene Klingeln dreierner Dukaten brach die bleierne Stille. Nach dem Essen schlich er zur Zofe. Die Gnädige verschlief stets die heißen Stunden, das wußte er durch Ludmilla, die ihn oft sehnsüchtig um ein Schäferstündchen zu dieser Zeit gebeten hatte. Da auch die Köchin schlief und Stuben- und Extramädchen selbst ähnlich beschäftigt seien, stünde seinem Kommen nichts im Wege. So schlüpfte er denn ins lauschige Zofenstübchen, das sein Licht von einem winkligen Hof empfing, in den vielscheibige, nie geöffnete Fenster gingen, blind von Staub und Spinnweben. Das Mädchen war sehr leicht bekleidet und zog ihn neben sich nieder auf das kleine, zitzüberzogene Kanapee.

Ihr ganzes Wesen zerfloß zu einer kosenden, schmeichelnden Gebärde, doch Eynhuf blieb steif und stumm. Niemals glich er mehr dem wächsernen Schaugebilde, das mit lackglänzenden Augen dem Haarkünstler Kunden anlocken soll. So nahe dem Ziel zu sein und nicht zu wissen, wie die Sache beginnen, wie den Liebestrank applizieren! Da kam ihm das Mädchen zu Hilfe. Für einen kurzen Augenblick von seiner Starre ernüchtert – er sah jetzt fast aus wie ein Ballarrangeur eines Gespensterkränzchens –, klagte sie ihm: »Jaromir, Jaromir, du weißt nicht, was ich wegen deiner leide!« Die Gnädige, die ihre Zerstreutheit schon lange merke, gäbe ihr immer deutlichere Beweise von Ungnade. Es wäre gar schrecklich, eine so glänzende Stelle zu verlieren, den Posten, der sie überreich mit Trinkgeldern und hunderterlei Toilettenkram der Künstlerin versorge! Da kam Leben in Eynhufs wächsernes Antlitz.

»Ludmilla«, sprach er durch die kummervolle Nase, »schau', wie ich immer an dich denke! Schau', Herzerl, so lieb ich dich hab', kann ich mich immer noch nicht an den Gedanken mit der Greißlerei, weißt schon« – Ludmilla nickte traurig – »gewehnen. Da missen wir noch ein bissel Wasser in die Donau rinnen lassen, und da hab' ich etwas besorgt, das dir die Liebe und Achtung deiner Herrin dauernd erhalten wird! Schau', was ich da gebracht habe! Du weißt, wie die Herrin ihre Stimme behietet. Nun gibt es ein Mittel, das die Stimme für ewig bewahrt und so verschönert, daß man meinet, die lieben Engerln im Himmel singen zu hör'n! Aus

Ägypterland kommt es, hör' ich, oder gar aus Babylon; der Calafati, der was das große Ringelspiel im Prater hat und von dort wo her ist, hat mir's besorgt, der Gute! Wird mit Gold aufgewogen! Hier ist es!« Triumphierend zog er das Fläschchen aus der Tasche. Mit ehrfurchtsvollem Staunen betastete Ludmilla das Ding.

»Da, nimm's nur und gieß drei Löffel voll täglich deiner Dame in den Kaffee.«

»Na, Tschoklat tut s' jausnen … muß es eh gleich richten gehn.« »Um so besser«, suggerierte Eynhuf, »machen wir gleich eine Probe.«

Die Zofe verschwand in der Küche und kehrte bald mit der Schokolade zurück. Eynhuf folgte ihr nach mit den Blicken, als sie durch den Ankleideraum ins Schlafzimmer der Künstlerin schritt. Es war reizvoll, das hübsche Mädchen zu sehen, das Goldhäubchen auf dem Kopfe, eine flache Silberschale in den Händen, auf der zwei violette und seladongrüne Kannen und eine Tasse nebst einer barock aufgebauten Zuckerdose standen. Vergoldete Landschaften schmückten das edelgeformte Porzellan. Ein schräger, einsamer Sonnenstrahl brachte die Konturen des anmutigen Bildes zum Leuchten.

Eynhufs Herz klopfte zum Zerspringen. Er zählte die Sekunden. Jetzt steht sie vor ihr, jetzt erwacht die holde Schläferin, jetzt schenkt sie ein, jetzt trinkt sie. Ludmilla kam zurück, lehnte sich schmeichelnd an den Sekretär und sah ihm selig in die Augen. Dankbar streichelte sie ihm die leise bebende Hand. Doch er schaute weiter das Bild der Herrlichsten: Jetzt trinkt sie wieder … Wie das schmeckt, gelt, Bräutchen? … So lecker war die Schokolade noch nie … Jetzt lehnt sie sich wollüstig zurück, schließt wonnetrunken die Lider. Jetzt … ein Klirren und Krachen … ein gedämpfter Ton wie – nein, nein … Jetzt reißt jemand die Türe auf, deutlich, schreckhaft deutlich hört Eynhuf ein Würgen und Brechen, hört ihre erschreckte Stimme: »Lud ... – o du Schwein – ... milla ... pfui!« rufen. Er hält selbst starr wie Stein das bebende Zöfchen an sich gepreßt. Jetzt fliegt die Türe auf – mit verwirrten Locken, die zitternde Hand auf dem Magen – steht die Königin seiner Träume vor ihm ... und wirft ihn hinaus. Wirft ihn hinaus, duldet Liebschaften mit ihren Domestiken nicht in der Wohnung.

Mit zitternden Knien wankt Eynhuf zum Tor hinaus. Fliegt in rasender Eile – ja, wohin nur? – zu Großkopf. Der kann vielleicht noch einmal raten, helfen. Blöde lächelnd lallt er halblaut immerfort: »Vom Calafati, vom Calafati«, gleichsam als Schild der Betäubung gegen die Kavallerieattacken des Schamgefühls, das Angriff auf Angriff auf sein Denken macht. Stürmt die Treppe hinauf, und reißt an der Klingel. Drin hört er Trappeln und Räumen, lange macht man ihm nicht auf, er läutet zwei-, dreimal, endlich erscheint Großkopf, mit einem gestickten Samtkäppchen mit goldener Troddel auf dem Kopf, und macht ihm die Tür auf. Großkopf sieht ihn nicht besonders einladend an, als er zu ihm sagt:

»Ah, Sie haben geläutet – entschuldigen, ich war in den hinteren Zimmern. Habe gerade meine Papiere geordnet – hmja, erwarte nämlich den Notar, muß jeden Augenblick da sein – zum Testament machen – müssen schon entschuldigen ...«

»Bitte nur auf ein Wort, ich verlasse Sie sofort«, sprudelte Eynhuf hervor. »Ich muß Sie sprechen ... muß, hören Sie«, schrie er jetzt los, »es ist ja gräßlich ...«

Mißtrauisch ließ ihn Großkopf eintreten und nötigte ihn, auf einem Stuhl, aus dem eine spitze Sprungfeder herausstand, Platz zu nehmen. Doch Eynhuf ließ sich nicht beirren und plärrte los.

»Alles verloren!« Sich überstürzend, erzählte er Großkopf

das Fürchterliche, kalten Schweiß auf der Stirne. Großkopf hörte ihm zerstreut zu, sichtlich nervös trommelte er mit seinen langen Fingernägeln einen Marsch auf der goldenen Dose und sagte endlich ganz freundlich:
»Alsdann, geschbieben hat s'! No, hat s' halt zu viel Taubendreck einergeb'n, die gute Alte. Kann halt a 's Rezept nimmer gut lesen mit der dreckigen Brillen! Haben S' ihnen die schon einmal näher ang'schaut? Was weiter ... und darüber regen S' Ihnen so auf? Gibt ja noch so viel saubere Mädeln in Wien ...«
»Großkopf, das mir! Für mich existiert nur die eine – mir bricht das Herz, das Herz hat sie mir gebrochen! So hören Sie bitte den Schrei meines Herzens!« Laut schluchzend stürzte er jetzt, ehe es Großkopf, der jeder seiner Bewegungen gespannt gefolgt war, verhindern konnte, zum hoch aufgetürmten Bett des Junggesellen, auf das er sich laut stöhnend warf, sinnlos in seinem Schmerz auf die Kissen hämmernd. Was war das? Auf das gequälte Schluchzen des Mannes, auf den Todesschrei dieses brünstigen Auerhahnes antwortete ein unterdrückter, durch Federbetten gedämpfter Schrei aus weiblicher Kehle.
Mit unsagbar dummem Gesicht starrte Eynhuf auf das brodelnde Bett. Da lag Annerl, splitternackt, lediglich mit betreßten Husarenstiefeln aus blauer Wichsleinwand bekleidet. Tiefes Schweigen herrschte im Zimmer. Nur das tremolierende Zwitschern eines fernen Kanarienvogels verzierte mit anmutigen Arabesken dieses Kabinettstück kleinbürgerlicher Entgleisung.
»He, hümm, chm«, sah sich der Herr der Wohnung zu erläutern bemüßigt, »ja, wie ich sag' ... nämlich, höhö – die Annerl hat heute einen Schulausflug gemacht, ja, weil Rosalia ist – und da haben s' ihr – die unartigen Mädeln – ja, höhö, aus Übermut natürlich, wie ich sag' – eine Kornähre in den Hals-

ausschnitt gesteckt, höhö! Ja, hinten, beim Genick – ein sogenanntes Hansl – und da ist das gequälte Kind her zu mir, weil s' grad vorbei'gangen san – na, auf der Gassen kann sie doch nicht – ich soll's ihr herausnehmen – no ja, als Onkel, höhö! Is auch a dummer Spaß das. Ja, und da sind Sie gekommen – und da …«

Doch Eynhuf sah alles wie durch ein trübes Glas, das der andere mit all dem Speichel seiner Beredsamkeit nicht blank zu putzen vermochte. Gramgebeugt eilte der Sekretär davon.

»Verloren hast du sie, unseliger Eynhuf, verloren!« rief er sich zu. »Die Höllteufel hin, die Zwergische hin, die Zisch hin … oh, oh, oh!« Er blieb stehen und streckte abwehrend die Hände aus, ein grausiges Trugbild zu bannen. Einen Grünzeugladen sah er: »Bürgerl. Fragnerei des Jaromir und der Ludmilla von Eynhuf« stand darauf – in weißer Schrift auf schwarzer Tafel. Ein Bund Unschlittkerzen schaukelte leise in der lauen Luft. Es roch nach Gosse, Leute mit Zahnweh gingen vorbei, eine Bulldogge bellte, vor ein Handwagerl gespannt.

Von allen verlassen, kam er sich vor wie ein Seeheld, dem die stolze Fregatte »Höllteufel« mit dem vergoldeten und bemalten Heck, das bresthafte Trabakel »Crispine« und die Lustjacht »Annerl Zisch« im Sturme zugrunde gegangen sind, dem nur noch das bescheidene Schinakel »Ludmilla« als Rettungsboot blieb. Da hatte er's! Aber halt! Konnte nicht auch der letzte Milchzahn der Kahn sein, auf dem er zu seinem Kaiser schiffte, zu seinem gnädigen Fürsten, der Rettung bringen konnte im Sturme der Sauerpfister, vor der Gefahr, an den Powidlklippen der Sirene Kladrup zu scheitern? Also geschwind einen Milchzahn auftreiben, vom schönsten Mädchen, das zu finden ist, doch in Windeseile, viel Zeit war nicht mehr zu verlieren! Der Amtsschimmel

konnte schnell traben, wenn er vor den Henkerskarren gespannt war. Das Tableau brauchte auch seine Zeit, nur Entletzberger war imstande, es zu machen – und der würde die Arbeit nie ohne den fehlenden Zahn übernehmen. »Was i mach', mach' i urndlich!« war seine Devise. Zum dritten und letzten Male! Hilf, du Großkopf. Und Eynhuf schrieb ihm noch in der Nacht einen dringenden Brief, er möge morgen kommen und raten.

Es war ein heißer, windiger Sommertag. Eine hohe, blauschwarze Wolkenwand stand am Himmel, während stechende Sonne in den breiten, vielfenstrigen Flurgang des Querulantenhauses fiel. Im Hause rochen die Aborte, ein sicheres Zeichen kommenden Gewitters, irgendwo schlug eine angelehnte Türe auf und zu, denn ein heißer Wind hatte sich erhoben. Manchmal rasselten die Fensterscheiben, dann war es wieder so still im hellen Zimmer, daß man eine dicke, schillernde Schmeißfliege summen hörte. Von den reich geschnörkelten, barocken Zwiebelhelmen der Pfarrkirche, die den heiligen Siebenschläfern geweiht war, grün patinierten Türmen, auf denen die Glanzlichter der Sonne strahlten, klang dünn ein Sterbeglöckchen.

Jetzt hörte er am Gange hallende Schritte. Rat Großkopf trat zu Eynhuf ins Zimmer, den ruppigen Biberhut in der Hand, ein Meerrohr unterm Arm mit einem Porzellankopf, auf dem eine nackte Rokokodame, sich fächelnd, tanzte. Draußen grollte ferner Donner. Nachdenklich starrte Eynhuf zum Fenster hinaus in einen Wirbel von Staub und Häckerling, von ängstlichen Vögeln durchflattert. Der Sekretär beichtete seine Not. Die einzige Hoffnung, seine Stellung zu retten, sei eine schnelle Audienz, um Sr. Majestät das Tableau mit den Milchzähnen zu überreichen. Aber war das möglich, solange der letzte Milchzahn fehlte?

»Da haben S' recht«, meinte Großkopf und schaufelte still mit dem langen Nagel des kleinen Fingers den Schnupftabak seiner Dose durcheinander. »Aber nehmen S' doch ein Milchzahnderl von Ihrer Tant', der Schosulan.«

»Was fällt Ihnen ein«, brauste Eynhuf auf, »meinen Kaiser betriegen! Nie, nie wird aus meinen Händen eine Fälschung kommen!« Bockbeinig beharrte er darauf, einen Zahn von einer direkten Schönheit und unangetasteten Jungfrau haben zu müssen.

»Ja, dann bleibt nix anders übrig«, meinte Großkopf, »da müssen S' 's nächste schöne kleine Mäd'l hernehmen, die noch an Milchzahn im Mund hat. Das muß noch heut sein, drei Tage braucht der Entletzberger leicht, wie ich ihn kenn'! Also – freiwillig läßt sich so a junges Ding keinen Zahn reißen – müssen halt ... da gibt's bloß an Ausweg – müssen halt zur Funzengruber, die hat allweil so a jung's Zeug am Lager. Dann täuschen S' dem Ding a Liebesbegehren vor und dann: Sie haben ja gewiß so a vergoldete Weihnachtsnuß?«

»Hab' ich, hab' ich!« jubelte Eynhuf. »Eine kaiserliche Hofnuß vom Allerhöchsten Christbaum.«

»Na also, die geben S' ihr ins Goscherl, jetzt knack schön ... oder noch besser, hauen S' ihr g'schwind am Kopf, und 's Zahnderl is draußen! Freilich, ein Mäderl, das noch Millizähn' hat, ist a heikliche Sach' ...«

»No, ich will ja nix Beeses, behiete, da haben Sie mein Ehrenwort«, beruhigte ihn Eynhuf.

»Glaub's schon, glaub's schon«, wehrte der Rat ab, »aber ...«

Ein furchtbarer Donnerschlag ließ das saubere Paar verstummen. Großkopf schlug ein Kreuz, dann zuckte er mit dem Gichtbein in der uneingestandenen Absicht, das Mitleid der grausamen Elemente zu erregen. Im stillen freute er sich, daß es ja bloß Frostbeulen waren, die er merkwürdigerweise auch im Hochsommer nicht verlor. Finster war's im Zimmer geworden. Draußen wimmerten die Wetterglocken, und – horch! – oben spielte der Leibstuhl! Mußte doch diese als traute Nachtigall sich gebärdende Verdauungskommode ihrer Herrin, die hinter ihr zitternd kniete und beim Scheine einer schwarzen Wachskerze aus Altötting betete, durch die »Belagerung von Pampeluna« das Wüten der Elemente übertönen. Aber bald vergrollte der letzte Donner in der Ferne, und auch des wackeren Stuhles letzter Zimbelschlag verklang. Das Wetter zog dem Flachlande der March und der Hundsheimer Gegend zu, bloß plätschernde Ströme lauen Regens schütteten zur Erde nieder – kein Hindernis für den kühnen Sekretär, der über das blank gewaschene Pflaster der Hebammenhöhle zuschritt.

Schwefelgelber Abendschein blinkte wie Gnomenkichern in den Fensterscheiben des Hexenhauses, auf dessen vor Nässe blauschwarzem Schindeldach das Moos smaragdgrün leuchtete.

Er fand die Alte in der Küche hockend vor, wie gewöhnlich gedankenlos trockene Schwabenkäfer sortierend, die gerne von ärmeren Leuten als Medizin gekauft wurden. Stumm, aber durchbohrend blickte Eynhuf mit gerunzelter Stirne lange Zeit die unsoignierte Greisin an. Die stockte in ihrer Beschäftigung. Dann sagte er mit dumpfer Stimme bloß: »Da wär ich.«

»Was wollen S'?« antwortete der Schmutzhaufen. »Kenn' Ihna net.« »So! Bin der Herr, dem Sie drei Dukaten für gesottenen Taubendreck abgeknöpft hat … Liebestrank nennt Sie solch eine Jauche: pfui Teifel!«

»Hab' nie nienderscht net an Liebestrank braut«, meinte unsicher werdend die schmierige Partnerin.

»Schäm' Sie sich«, replizierte gereizt der Sekretär, »schäm' Sie sich! Eigentlich sollte ich Sie durch den Grundwachter in den Kotter sperren lassen, aber ich will diesmal Gnade für Recht ergehen lassen …« Und er rückte mit seinem Anliegen heraus.

»Eine mit Milchzahnderln! Nein, nie!« Der Disput wurde immer erregter. Endlich bekannte sie Farbe und versprach ihm ein blutjunges Mäderl mit »Augerln wie die Kirscherln«, nur müsse er eine halbe Stunde sich gedulden. Nachdem er Angeld gegeben, schob sie ihn in eine geräumige Kammer, deren ärmliches Mobiliar er im trüben Abendlicht kaum mehr unterscheiden konnte. Der Holzwurm war im Zimmer, die Totenuhr tickte. Bald erschien die Alte mit einer trüb brennenden Lampe und begann, ein aufgeschwollenes Bett, das er noch gar nicht bemerkt hatte, abzudecken. »Nicht doch, nicht doch«, wehrte errötend der junge Beamte ab, aber die Alte ließ sich von ihrer vermeintlichen Pflicht nicht abbringen, stellte noch ein blaugläsernes Nachtgeschirr neben den Stiefelknecht nieder und verschwand brummend, kehrte aber sofort ebenso brummend zurück und murrte: »'s Rezept hab' ich von an heiligen Einsiedler am Hundsheimer Kogel, bei Theben. Den höchsten Herrschaften hat's geschmeckt, daß sie sich die Finger nur so abgezuzelt haben …«

»Schon gut, schon gut«, winkte Eynhuf ab, gereizt, daß man ihm Dinge zutraute, die mit den Vorbereitungen der Alten zusammenhingen.

Gleich darauf ließ ihn ein schüchternes Pochen nervös emporfahren. »Herein!« Ein halbwüchsiges Mädchen, frisch und appetitlich, stand auf der Schwelle. Auf dem Kopf trug es einen Kranz vergilbter Leinwandblumen, in der Hand hielt es ein ähnliches Bukett, das nach Windeln roch. Wie ein Automat sprach das Kind folgende Verse:

An lieben, guten, scheenen Herrn
Hat die Mitzel gar zu gern,
Wann er ihr paar Groschen gibt,
Ei, wie ist sie da verliebt!
Scheentun kann sie gar so gut
Mit ihrem frischen, jungen Blut.
Das machet auch die Alten jung,
Selbst in der Erinnerung!
Was a rechtes Madel is,
Wahret das Geheimenis.

Dann blieb sie bewegungslos stehen, einen Finger im Munde. Eynhuf starrte auf die seltsame Blumenpracht und wußte nicht, wie er seine Rolle dem Mädchen gegenüber beginnen sollte. Hielt ihn die Kleine für einen guten Onkel, oder war es ihr zuzutrauen, ihn für einen Wüstling, einen erotischen Feinschmecker schlimmster Sorte zu halten? Jedenfalls rief er sie her. Das mußte sein. Sie kam. Sein Herz begann plötzlich stürmisch zu pochen, als er daran dachte, daß unter allen Umständen ein Milchzahn dieses Kindes da ihm noch heute zufallen würde. Aber wie anfangen? Er sah sich hilflos um. Das Mädel folgte seinen Blicken und lächelte plötzlich frivol. Eynhuf bemerkte, daß des Mädchens Augen das Bett fixierten.
»Gelt, da schaust«, meinte der plötzlich erleuchtete Scheinlebemann. »Da schlaft die liebe alte Frau, und wenn du brav bist und einmal verheiratet sein wirst, bekommst auch du vielleicht so ein Zimmer mit so scheene Mebel! Da komm her, setz' dich auf meinen Schoß und erzähl' mir, was deine lieben Eltern sind.«
Das Mädchen hob sein Röckchen und folgte Eynhufs Einladung mit ungenierter Bereitwilligkeit und geschickter Verwertung anatomischer Kenntnisse. »Jetzt erzähl' einmal von deinen lieben Eltern.«
»Der Vater is der Schinder vom Lerchenfeld und der Tant' muß i immer in an Häferl a Hundsfetten bringen für d' Schwindsucht.« Eynhuf zuckte zusammen. »So! Also das sind deine lieben Herr'n Eltern. Hm! Machst du ihnen auch immer die gebührende Freude durch emsiges Lernen? Kannst du schon die Uhr lesen? Sie macht: tick, tack, tick, tack; da, horch' nur!« Er hielt den mächtigen, silbernen Zwiebel dem erstaunten Kind an das Ohr. Eine achtzehn Kopflängen hohe Nymphe war in Emailfarben säuberlich auf das Zifferblatt gemalt, in der Mitte eine Urne, links

ein rauchender Türke. Auf dem Deckel aber sah man die Inschrift: »Es LeBe UNser GuTTer KAisER! VIvaTT FRanCIScuS!«

Das Kind glotzte verdutzt auf den schnurrigen Galan, erstaunt ob dessen ärmlichen Unterhaltungsstoffes. Der sichtbare Erfolg machte Eynhuf Mut. Er bekam in den Augen fast den stechenden Ausdruck eines persischen Märchenerzählers und sprach weiter: »Schau, was alles die brave Uhr da erzählt! Paß' gut auf: Eine – noch kleine – zwei – ei – ei – drei – didldumdei – viere – beschmiere – fünfe – beschimpfe – sechse – behexe – sieben – geblieben – achte – betrachte – neine – beweine – zehne – verhöhne – elfe – Gott helfe – zwölfe – Wölfe!«

Er bleckte grausig die Zähne und heulte hölzern wie aus weiter Ferne. Doch das Mädchen blieb ernst und betrachtete ihn forschend. »Schau', diese Geschichte hat mir als Kind immer viel Spaß gemacht. Ich hab' s' nicht genug oft hören können! Damals hab' ich« – er errötete – »Pantalons und Weste in einem Stück, weißt, bis auf die Schultern zuzuknöpfen, getragen; sie waren froschgrün – und hab' noch Milchzahnderln gehabt. Geh, zeig' einmal deine Zahnderln her!« So lautete der weitere Vorstoß des raffinierten Diplomaten. Das Kind öffnete bereitwillig die etwas zu vollen Lippen. »Tust sie auch brav putzen? Gelt, da vorn hast noch Milchzahnderln?«

Das Mädchen bejahte verschämt und verlor mit ihren Blicken keine Bewegung Eynhufs, der umständlich eine vergoldete Nuß auspackte. »Die ist vom kaiserlichen Christbaum«, sagte er mit einem starren Blick zum Himmel. Das Mädchen wandte sich enttäuscht ab. Die Totenuhr tickte.

»Die mußt du aufknacken«, sprach Eynhuf weiter, »da ist eine köstliche Überraschung drin, kein Nußkern, wie du denken wirst, o nein, nix zum Essen! Etwas viel Köstlicheres:

Eine Perle vom geweihten Rosenkranz des Heiligen Vaters!« Das Mädchen wollte nichts vom Aufknacken wissen und trachtete, vom Schoß zu rutschen. Er aber hielt sie kosend fest und nötigte ihr die Nuß zwischen die Zähne.
Nach langem Ringen gelang es endlich. Da – eine ungekannte Kühnheit überkam den Sekretär … »Für Kaiser und Vaterland!« schrie er und gab dem Kind ein gewaltiges Kopfstückel. Ein schriller Schrei antwortete ihm, entsetzt rang sich das blutende Kind los und spuckte schimmerndes Gold, die geweihte Perle und das Elfenbein der Unschuld auf den Boden. Gierig stürzte sich Eynhuf auf den Schatz und wollte gerührt das schöne Mägdlein in die Arme schließen. Doch horch', was war das? Ein Getümmel begann, rauhe Männerstimmen wurden vernehmbar, dazwischen das Wimmern der Funzengruber, Trampeln und Poltern, irre Schreie – die Türe ward aufgerissen …
Momentan begriff Eynhuf die Lage. Razzia! Er stürmte durch den finsteren Gang, warf einen Polizisten zu Boden und gewann das Freie. Hinter ihm setzte die Scharwache nach. In wilder Flucht jagte er wie ein Hirsch durch die hallenden Gassen, hart verfolgt von den Häschern. Erreichte keuchend das Querulantenhaus und sprang durch das geöffnete Fenster der Frau Laushäubl hinein.
Achtete nicht der kreischenden, dreckstarrenden Fetzenfigur, brach durch die Küchentüre in den Gang und stürmte die Treppe hinauf. Er hatte Vorsprung gewonnen, sperrte sich mit zitternden Händen in seine Wohnung und wankte zum Schreibtisch. Alles verloren! Alles! Sein Entschluß war gefaßt. Hörte draußen schon Dröhnen und Trappeln, faßte die Pistole, aus der er gerne Freudenschüsse abzugeben pflegte zur Verherrlichung des Namensfestes seiner Landesherren oder am Tage Leopoldi, des Provinzpatrons, fand keine Kugel, raffte die Milchzähne mit zitternden Händen

alle zusammen und stopfte sie, den blauen Pensionierungsbogen, der schon auf dem Tische lag, als Pfropfen benützend, in den Lauf. Noch einmal raste das Bild seines Lebens an seinem geistigen Auge vorüber: Das froschgrüne Knäblein Jaromir, Ursula, die verkalkte Nymphe im Andachtsgärtlein der Keuschheit, die düsteren Zwergs, die üppige Sängerin, Goldborten und Ordenssterne, dann ein donnernder Knall … Nieder sank er, blutüberströmt.
Noch einmal suchte sein brechendes Auge das Bild des gütigen Landesherrn über dem Schreibtisch, noch einmal wollten seine Lippen ein Wort hervorbringen, da hörte er, wie fern und doch von nahe Chöre ertönten … Die Volkshymne schien es ihm, verflochten mit der Spenadelarie … Seufzend schloß er die Lider.

So endete das hoffnungsvolle Leben
eines korrekten Beamten,
Fußwaschungspfeifers
und
wirren Amanten.

Maskenspiel der Genien

Ein Auszug

Es ist eine traurige, aber unbestreitbare Tatsache, daß die Welt dem Phänomen Österreich mit tiefem Unwissen gegenübersteht. Sie nimmt gerade noch zur Kenntnis, was ein paar im Ausland verlegte Reisehandbücher über die gängigen Touristenrouten an Falschem aussagen, und damit gut.

Nicht geringe Schuld an diesem beklagenswerten Zustand tragen die internationalen Fahrplankonferenzen, die es zustande bringen, daß bedeutende Schnellzugslinien, deren Expresse unter Pomp, Gestank und Donner von irgendeiner Grenzstation abgelassen werden, im Innern Österreichs schon nach kurzer Frist spurlos versickern, nachdem sie irgendwann auf der Strecke durch einen rätselhaften Abschuppungsprozeß den Speisewagen verloren haben. Meistens geschieht das in der Gegend von Leoben, diesem Gewitterwinkel des europäischen Reiseverkehrs. »Leoben … ja, Leoben! Ein Zug, der was *da* drüberkummt, der is aus'n Wasser!« Dies die ständige Redensart der großen österreichischen Eisenbahnfachleute (indessen die Anteilnahme der übrigen Chargen am Bahnbetrieb hauptsächlich darin besteht, mit Kind und Kegel, umsonst oder um hohnvoll kleine Beträge, in der Luxusklasse der Netze spazierenzufahren). Mehr als einmal habe ich es erlebt, daß alte, erfahrene Stationschefs einem aus Leoben ausfahrenden Expreß lange kopfschüttelnd nachschauen, wobei sie wohl auch ein kaum hörbares »Wieder einer ...!« vor sich hin murmeln. Dann gehen sie ins Dienstzimmer zurück, stellen die Telegraphenleitung ab, werfen sich seufzend aufs schwarzlederne Sofa und stöhnen noch lange: »Jo ... jo, jo ... jo«, ehe sie in traumgequälten Schlummer versinken.

Unter solchen Umständen ist es kein Wunder, man weiß im allgemeinen nur wenig von jenem eigentümlichen Staatengebilde, welches knapp nach dem Laibacher Kongreß von 1821 ins Leben trat und sich seither immer weiterfrißt, unmerklich und unaufhaltsam, bis es eines hoffentlich nicht allzu fernen Tags die Welt erobert haben wird.

Am Laibacher Kongreß war vernünftigerweise beschlossen worden, zwischen die deutschen, slawischen und romanischen Gebiete im Südosten Europas einen Pufferstaat zu legen, das »Burgund der Levante«, wie einige es poetisch benannten, und sie hatten so unrecht nicht. Denn gerade Burgund hängt innig mit dem Osten zusammen, gerade Burgund hatte das ganze Mittelalter hindurch nach der Herrschaft über die Levante gestrebt und hatte im Verlauf der Kreuzzüge nicht nur Griechenland, sondern dazu noch Teile Vorderasiens erobert, wo es das Königreich Jerusalem und die Fürstentümer Edessa, Tripolis und Antiochia gründete. In Griechenland zählten Athen, Elis, Achaia und Korinth zu den stolzesten burgundischen Eroberungen. Nirgends herrschte solcher Glanz wie an diesen Höfen, und besonders Achaia war lange Zeit das Vorbild allen höfischen Lebens und eine Hochburg des Minnesangs.

Daß der neuzugründende Pufferstaat eine streng monarchische Konstitution bekommen mußte, erklärt sich ohne weiteres aus der Epoche seiner Entstehung. Kopfzerbrechen gab es nur über die Frage der Dynastie, denn es kamen mehrere Häuser in Betracht. Dem großen Bayernkönig Ludwig zum Beispiel lag der Orientkenner Fallmerayer unaufhörlich in den Ohren, beschwor ihn, alte Anrechte geltend zu machen, und pinselte Sr. Majestät in glühenden Farben ein Kaisertum Kärnthen vor Augen. Zum Glück brach bald darauf der von England zur Ablenkung arrangierte griechische Freiheitskampf aus, und die im Londoner Nebel gebrauten Machenschaften leiteten die wittelsbachische Gefahr nach Hellas um. Jetzt schien dem Hause Coburg der neue Thron gewiß. Aber da raunzte Kaiser Franz und wollte dort eine Quartogenitur der Habsburger errichten, was wiederum die anderen Herrscherfamilien lebhaft zu verschnupfen begann. Endlich, als das europäische Gleichgewicht schon so weit verschleimt war, daß man wie einen dumpfen Husten die Säbel rasseln hörte, ließ Metternich seinen Geist leuchten. Die von ihm gefundene Lösung war einfach, war so dynastisch wie möglich und war zugleich so durch und durch dem tiefsten Volksempfinden, ja den Idealen des kommenden Jahres 1848 angepaßt, daß wir wieder einmal mit ehrfürchtigem Staunen den kühnen Gedankenflug dieses bedeutenden Staatsmannes bewundern müssen: er schuf *das Reich der Tarocke,* von Nörglern, denen nie etwas recht ist, auch das »Spiegelreich des linken Weges« geheißen.

Die Verfassung war vorbildlich. Sie basierte auf den strengen Gesetzen des in Österreich ungemein populären Tarockspiels, dessen esoterische Bedeutung viel zur Lösung des Welträtsels beitragen könnte (aber das ginge weit über den Rahmen dieser schlichten Erzählung hinaus). Nach Art der antiken Tetrarchen herrschten im neuen Reich vier Könige, die nach einer geradezu genialen Methode alljährlich neu gewählt wurden. Der Begrenzung ihres Wirkens auf ein Jahr lag die Beobachtung zugrunde, daß bei einem Tarockspiel, wenn es ein ganzes Jahr in Gebrauch ist, die Könige bis zur Unkenntlichkeit verschmutzt werden. Und man kann zwar

die Könige eines Kartenspiels notdürftig mit Benzin reinigen, fleischerne Könige aber nicht.
Grundlage für die Wahl der Landesväter war das sogenannte »Normaltarockspiel«, das in der Hauptstadt des Landes aufbewahrt wurde – vergleichbar dem »Urmeter« zu Paris, dieser Stadt der gockelhaft aufgeblasenen Symbole. Das Kartenpaket wurde Tag und Nacht von einer Nobelgarde bewacht und alle vierzehn Tage durch Gelehrte von Weltruf gemischt und kontrolliert. Die vier Männer, die man alljährlich zu Monarchen machte, mußten lediglich die eine Bedingung erfüllen, den Königen des Normaltarockspiels möglichst ähnlich zu sehen. Durch dieses Wahlsystem war jedem Schwindel und jeder Korruption der Weg abgeschnitten. Männer aller Stände, ohne Ansehen von Bildung, Abkunft und sogar Sittsamkeit, gelangten solcherart zur erhabensten Würde – ein Vorgang, wie ihn nur noch das Papsttum für sich in Anspruch nehmen darf.
Der mächtigste Mann im Reich war der »Sküs«, benannt nach der höchstwertigen, wenngleich ein wenig harlekinartig kostümierten Figur des Kartenspiels. (Doch wurde von dieser unbedeutenden Äußerlichkeit die erhabene Würde seiner Stellung nicht in Mitleidenschaft gezogen; große Staatsmänner wirken nach außenhin immer ein wenig komisch.) Der Sküs also lenkte die Staatsgeschäfte mit diktatorialer Gewalt, schüttelte unaufhörlich neue Gesetze aus dem Ärmel und tat mindestens einmal in der Woche irgend etwas Umwälzendes. Ihm zunächst an Rang und Ansehen stand der »Mond«, seinem Ziffernwert nach ein Einundzwanziger, was ihn in den Augen vordergründiger Tarockspieler lediglich dazu befähigt, die zwanzig übrigen Tarocke zu stechen; davon, daß diese Figur den einundzwanzigsten Grad einer höchst mystischen Freimaurerei bekleidet, weiß man am Stammtisch natürlich nichts. An dritter Stelle rangierte der

»Pagat«, der als Finanzminister eine sehr wichtige Stimme hatte. Alle drei zusammen bildeten die »Trull«, ein niemals zu stürzendes Kabinett.

Das Reich umfaßte bei seiner Gründung einen nicht unbeträchtlichen Teil Südösterreichs, ehemals Freysingisches, Salzburgisches, Bambergisches und Brixner Enklavengebiet, grenzte im Norden an die Steyermark und Kärnthen, im Osten an Kroatien, reichte im Süden ans Meer und im Südwesten bis an die Grenze des märchenversponnenen Lagunenreichs Venedig, das es wohl als ersten Fremdkörper verschlingen wird. Denn welche andere Stadt wäre so phantastisch und unwirklich, wäre so wenig von dieser Welt und darum so sehr geschaffen für den Übergang ins Traumreich!

Um hier nur eine Kleinigkeit ins Treffen zu führen: noch kein normaler Mensch, einschließlich der geborenen Venetianer, hat sich in Venedig jemals ausgekannt. Ich selbst, der ich dort jahrelang das Gymnasium besuchte, habe zum väterlichen Palazzo, obwohl er keine drei Minuten vom Markusplatz entfernt lag, nur mit Mühe und manchmal erst nach stundenlangem Suchen heimgefunden. Wie oft erschien ein Professor nicht zum Unterricht, weil er sich verirrt hatte! Wie oft traf ich meine Mutter mit einer störrisch schluchzenden Magd – sie hatten beim Einkaufen den Weg verloren! Oder ich sah irgendwo meinen Vater, düster zu Boden blickend, am ergrauten Schnurrbart kauend und bisweilen heftig mit dem Stock gegen das Pflaster stoßend. »Geh nur nach Hause, mein Kind«, pflegte er mir auf meine besorgten Erkundigungen zu antworten. »Ich lasse Mama grüßen, und sie möchte die Suppe auftragen lassen. In längstens fünf Minuten bin ich da.« Aber nicht selten wurde es Abend, ja tiefe Nacht, ehe der übermüdete Mann sich endlich zur Mittagstafel setzen konnte.

Es gehört nämlich zu den sonderbaren Marotten jedes auch nur vorübergehend in Venedig Seßhaften, lieber obdachlos umherzuirren, als nach dem Weg zu fragen, geschweige denn sich führen zu lassen. Das würde auch gar nichts nützen. Immer wieder habe ich selbst Eingeborene der Lagunenstadt – darunter Briefträger und Polizisten oder städtische Ingenieure mit Meßlatten – wehklagend vor Madonnenbildern gefunden: falsche Scham verbot diesen Unglücklichen, Auskünfte über den Weg einzuholen. So wandten sie sich in ihrer Verzweiflung an die höheren Mächte, und die Kirche strich schmunzelnd manchen Batzen für die Gelübde der Verirrten ein. Übrigens bekommt man in Venedig außer den fehlerhaften Kursbüchern, die in ganz Italien zu stark herabgesetzten Preisen erhältlich sind, um ein wahres Spottgeld auch falsche Stadtpläne zu kaufen. Es ist ja doch alles eins. Sogar geistlos kopierte Schnittmuster werden dem naiven Reisenden als Stadtplan aufgeschwatzt.

Damit dürfte auch das auffallend rege Straßenleben der im Grunde nur wenig bevölkerten Stadt endlich eine Erklärung gefunden haben: es kommt von den vielen Verirrten.

Als Metternich die eisenfesten Grundzüge der tarockanischen Konstitution für die Ewigkeit verankert und somit dem nordischen Ordnungsgeist Genüge getan hatte, tauchte die Frage auf, was mit den Südprovinzen geschehen solle und wie dort wohl die nötige Zufriedenheit zu schaffen sei, damit das unter der Asche glimmende Feuer der neuen nationalen Bewegungen nicht als lodernde Flamme emporschlage. Nach langem Grübeln kam dem genialen Staatsmann der rettende Gedanke: man mußte ein uraltes, zutiefst poetisches Volksideal zur politischen Realität machen, mußte das geheimnisvolle Maskenreich verwirklichen, die

wahre Lebensform des Südens, die bisher nur in den Figuren der Commedia dell'arte zu traumhaftem Dasein erwacht war. Und wie einstmals aus den von Kadmos gesäten Drachenzähnen die Geharnischten sich aus den Furchen des Ackers erhoben, tauchten jetzt schellenklingend die Legionen des Harlekinheeres auf, geführt von ernsten, krummnasigen Scaramuzzen mit riesigen schwarzen Nasenlöchern, von Brighella, dem Vertreter der Fresser und Prahler, von Policinello, dem Bajazzo mit Höcker und Hakennase, vom alten Pantalone, in dem der ängstliche, geizige, verliebte und vielgeprellte Kleinbürger sich ausgeprägt sah. Der schwatzhafte Dorsenus der Antike hatte sich zum Dottore gewandelt, zur Inkarnation des Rechtsgelehrten, der die Leute beschwatzt und betrügt. Die höheren Stände fanden sich mit befriedigter Eitelkeit im schwadronisierenden Tartaglia verkörpert, das Militär, insonderheit die Generalität, im Napparoni Flagrabomba und im Capitano Spavento, die alten Kriegshelden im Malagamba und im Capitano Cuccuruzzù. Dem Arlecchino, damit er nicht zu üppig werde, waren als Konkurrenten der tölpelhafte Truffaldino und die dummdreisten Mezzetin und Gelsomino beigegeben. Das schöne Geschlecht spiegelte sich lieblich in der sanften Colombine, der pikanten Zerbinetta, in Pulcinella, Spiletta, Zurlana und Civetta. Figuren der Ewigkeit waren das, vom wackeren Ficoroni festgehalten in seinem prachtvollen, wenn auch planlosen Kupferstichwerk »De larvis, scenis et figuris comicis, Romae 1754«.
Sie alle gelangten in Tarockanien alsbald zu hohen gesellschaftlichen Würden und wichtigen Ämtern. In stilvoller Maskerade beherrschten und regulierten sie das öffentliche Leben. Immer wirbelten sie bunt durcheinander, umkomplimentierten sich aufs feierlichste, ohne das geringste zu arbeiten und ohne etwas anderes als pompöse, ruhmtriefen-

de Erlässe hervorzubringen. Selbst bei der Verlegung von Hundehütten oder anläßlich der Erneuerung eines Sitzbrettes auf einer ländlichen Bedürfnisanstalt gab es Flaggen, Spaliere, Ehrensalven und stundenlange pathetische Reden. Gelegentlich konnte es geschehen, daß zum Abschluß der Feierlichkeiten auf schäumendem Renner der Schlußmann einer Stafette herangebraust kam, um zu melden, daß man an falscher Stelle amtiert habe. Doch tat das der gehobenen Stimmung und der allgemeinen Selbstzufriedenheit keinen Abbruch. Und erfahrungsgemäß sind es gerade solche Staaten, welche blühen und gedeihen und sich hohen internationalen Ansehens erfreuen.

Nun aber wird es Zeit, daß wir uns dem Helden unserer Geschichte zuwenden, dem eine Reise in dieses Land zum Schicksal werden sollte.

Cyriakus von Pizzicolli, der Sohn angesehener Eltern, erblickte zu Stixenstein in der Steyermark das Licht der Welt. Jedem andern hätte die Wahl dieses Geburtsortes zu denken gegeben. Ihm nicht. Er wuchs in den denkbar angenehmsten Verhältnissen auf, und alles schien darauf hinzudeuten, daß ihm ein geregeltes, sorgenfreies, von bürgerlicher Achtung umhegtes Leben bevorstünde.

Die Familie Pizzicolli stammte aus Ancona, wo, als dieser Teil der sogenannten Legationen des Kirchenstaates noch unter österreichischer Verwaltung stand, der Großvater Cyriaks den Posten eines k. k. Münzwardeins des dorthin dislozierten Herzoglich Rovere'schen Münzamtes von Urbino bekleidet hatte – ein überaus verantwortliches, wenngleich so gut wie ressortloses Amt, denn die besagte Münze hatte ihren Betrieb 1631 eingestellt.

Der Grund hiefür lag in einem fiskalischen Prozeß, der frühestens in einigen Jahrhunderten abgeschlossen sein wird, nämlich erst dann, wenn endgültig geklärt ist, wieso der erste Herzog Urbinos aus dem Hause della Rovere nicht nur der Sohn des letzten, 1508 verstorbenen Herzogs aus dem Hause Montefeltre, sondern zugleich ein Sohn des Papstes Julius II. sein konnte. Tatsache ist, daß Julius II. seinen Sohn Francesco della Rovere, bis dahin Tyrann von Sinigaglia, der nun eben ein Sohn des erwähnten Guidobaldo von Montefeltre gewesen sein soll, zum Herzog von Urbino ernannte. Ich habe, offen gesagt, diese Darstellung nie so recht verstanden; doch tritt die Universität Lecce in Apulien mit Nachdruck für sie ein. Fest steht jedenfalls, daß Leo X., der Nachfolger Julius' II., dessen Weg zur Hölle buchstäblich mit mißratenen Söhnen gepflastert war, sich von den Rechts- und Kompetenzfragen dieser komplizierten Sachlage dergestalt angewidert fühlte, daß er Franzen vertrieb und seinen Nepoten Lorenzo de Medici – nach Gemälden zu urteilen, wohl eher der Sohn einer ausnahmsweise schon damals existenten Negerjazzband – mit Urbino belehnte. Leos Nachfolger Urban VIII. entschloß sich aber im Jahre 1631, Urbino dem Kirchenstaat einzuverleiben. Dort blieb es bis 1860 und wurde schließlich nach längerer Belagerung an einem langweiligen Nachmittag durch Garibaldi ganz allein gestürmt. Die anderen Herren hatten sich beim Mokka verplauscht.

Von alledem wußte der junge Cyriak wenig, oder es kümmerte ihn nicht. Er war ein hübscher, wohlerzogener Junge, der sehr streng gehalten wurde. Zumal seine Mutter, eine geborene Baronin Inacher-Kadmić, auf den ungewöhnlichen Namen Authonoë getauft, ihn für alles Erdenkliche verantwortlich zu machen pflegte. Das ging so weit, daß sie einmal, als eine vorbeifliegende Taube seinen neuen schwarzen Sonntagshut verunreinigt hatte, den schüchternen Jungen anherrschte: »Schau, was du da wieder gemacht hast …!« Vielleicht war seine außerordentliche Wanderlust, die später zum Durchbruch kam, auf den uneingestandenen Wunsch zurückzuführen, diesen ewigen Vorwürfen zu entfliehen, vielleicht hatte sie weit tiefere Ursachen, die in einem früheren Vorleben wurzeln mochten – eine Möglichkeit, für die auch noch andere seltsame Eigenschaften des jungen Menschen zu sprechen schienen: zum Beispiel die, daß er Wildbret, insbesondere Hirschfleisch, verabscheute; daß er ferner in einem höchst sonderbaren Verhältnis zum Jagdwesen stand, welches ihn bald anzog, bald abstieß; und daß der Name »Anna« ihm geradezu Entsetzen einflößte, wobei der Artikel »die« vor dem ominösen Namen sein Entsetzen ins Maßlose steigerte. Doch schwanden alle diese Erscheinungen nach seinem siebenten Lebensjahr restlos.

Am weitaus merkwürdigsten war die Beziehung Cyriaks zu Hunden. Oft preschten ganze Rudel von ihnen mit gesträubtem Fell auf ihn los, ohne daß irgend jemand wußte, wie sie sich so plötzlich zusammengeschart hatten. Aber jedesmal hielten sie knapp vor Cyriak inne, wurden verlegen und machten sich dann Stück für Stück allerhand anderes zu schaffen, als ob das Ganze sie nichts anginge. Schließlich verkrümelten sich die ordinären Gesellen, unter denen rätselhafterweise immer ein paar Molosser zu sehen waren, Angehörige einer Hundesorte, die lediglich in antiken Erzählungen auftritt.

Von ein paar kleineren Reisen abgesehen, war Cyriak niemals weit von Graz, wo die Familie Pizzicolli wohnte, weggekommen. Das änderte sich, als eine Katastrophe von seltener Tragik ihn plötzlich zum Waisenkind machte. Seine guten Eltern ertranken gelegentlich einer sonntäglichen Unterhaltung in der Mur, und nur den verbeulten Zylinder des Vaters – an jenem Tag ganz ausnahmsweise und wohl zum Jux mit einem heiteren Gamsbärtchen geschmückt –

spieen die grauen Wogen ans Land. Der bestürzte Junge sah sich frei, machte auch das unbewegliche Erbgut zu Geld und begab sich an einem strahlenden Frühlingsmorgen auf die Bahn. Er bestieg bei voller körperlicher und geistiger Gesundheit den um 8 Uhr 30 aus Bruck kommenden Personenzug, erreichte wenige Stunden später die Grenze des Traumreichs und befand sich knapp vor Mitternacht desselben Tages über eigenes Verlangen in einer Irrenanstalt. Aber wir wollen den Ereignissen nicht vorgreifen.

Kaiser Joseph und die Bahnwärterstochter

Ein parodistisches Spiel mit Musik in einem Akt

Personen

Von Allerhöchsten Herrschaften

S. M. Kaiser Joseph II., in der Maske eines schlichten, doch vornehmen Reisenden, bisweilen unter dem Namen eines Grafen von Falkensteyn

Vom Hochadel

Gräfin Primitiva von Paradeyser, Obersthofmeisterin

Veronica von Marsilien* }
Lucretia von Landschad* } Comtesserln bei Hof
Ottilie von Hatzfeldt* }

S. H. Wolf Dietrich Fürst Pfauenberg, k. k. Obersthofmarschall*

S. E. Ludwig Graf Cobenzl, geh. Staatsminister

Orpheus Graf Wumpsbrandt, Oberstküchenmeister von Kärnthen

Orpheus der Jüngere, dessen Herr Sohn

Von der Hofgesellschaft

Kreutzwendelin Graf Schaessburg* }
Onophrius Freiherr von Laab im Walde* } Kammerherren
Dagobert Pappelberg, Edler von Kaiserhuld und Pappelforst* }

Verschiedene Kammerherren und Hofdamen
Zwei österreichische Pagen

Vom ausländischen Adel
Lord Percy Fairfax Fitzroy Hobgoblin, kgl. Britannischer Botschafter
Sir Hugh Algernon Whimbhall, dessen Sekretär
Zwei englische Pagen

Aus der zweiten Gesellschaft
Ignazette Freiin von Zirm, née Scheuchengast, aus dem Hause der Scheuchengast-Scheuchengast, fälschlich auch Eynöhrl genannt

Aus dem guten Mittelstande
Zahlreiche Reisende, einem von der verkehrten Seite angekommenen Zug entsteigend

Hofbedienstete
Abdias Hockauf, kaiserl. erbländischer Hofzugs-Vorreiter
Zwei Lakaien am Hofwagen

Aus dem gewöhnlichen Mittelstande
Gackermaier Leopoldine, eine beleibte Witfrau

Aus dem Volke
Zwölfaxinger Franz, k. erbl. Bahnwärter
Innocentia, genannt Nozerl, dessen ehel. Tochter
Teuxelsieder Franz, k. erbl. Hilfsheizerstellvertretersanwärtersubstitutengehilfe ohne Gebühren, Innocentias heimlich Verlobter
Piffrader Franz, k. erbl. Lokomotivführer
Nebelkettinger Franz, k. erbl. Verschieber

MUGELSCHUPFER FRANZ TRUMMRUCKINGER FRANZ ZWAXELHOFER FRANZ WACHELBERGER FRANZ	k. erbl. Streckenarbeiter

ZWEI BAUERNBURSCHEN, Franz und Franz
FRANÇOIS, ein Lakai*
ZWEI LAVENDELWEIBER*
DREI BEHÖRDLICH KONZESSIONIERTE ZUGS-ANKUNFTS-WAHRSAGERINNEN

Figuren zweifelhafter Provenienz
ZWEI GNOMEN, auf einer Draisine

Aus dem Abschaum
RINALDO RINALDINI, ein Mörder, auf der sommerlichen Erholungsreise begriffen
BEPPO, dessen Adjutant

Aus der Hölle
RINALDINIS ARME SEELE*

Aus dem Reich der Täuschungen

EIN k. k. DOPPELADLER WALDMANN, ein Dackel, als Zugmeldehund tätig MEHRERE LÄMMLEIN EIN PFEFFERFRESSER	alle ausgestopft

ORT:
Vor dem Bahnwärterhaus in Wuzelwang am Wuzel
ZEIT: 1786

*Die mit * bezeichneten Rollen sind stumm, müssen bei Aufführungen nicht eigens besetzt werden und können aus dem Personenverzeichnis wegfallen.*
Die Charaktere dieses Spiels repräsentieren, nach dem Willen des Autors, die »mystische Stimme Österreichs« und sprechen für bzw. gegen sich selbst; billige Verzerrungen können getrost vermieden werden. Das burleske Element kommt in der Opernparodie, in den Kostümen und in der Handlung selbst hinlänglich zur Geltung.
Vor der Station Wuzelwang. Stilisierte Alpenlandschaft mit grandiosen Gletschern (Prospekt). Rechts, ein wenig schräg gegen den Hintergrund, steht das Bahnwärterhaus. An seiner näher zur Rampe gelegenen Seite springt ein mit Knieholz bewachsener Felsabhang in die Bühne vor, an der andern Seite (Hintergrund Mitte) ragen aus einem imaginierten Abgrund einige Tannenwipfel herauf. Im Hintergrund links wird die Landschaft abermals felsig und gibt die Öffnung des Tunnels frei, aus dem sich das einspurige Bahngeleise hervorkrümmt; es führt über den Moos- und Wiesengrund, der die linke Hälfte der Bühne einnimmt (und von einigen ausgestopften Lämmern bevölkert sein kann), und verliert sich links in die Kulisse, aus der die Zufahrt erfolgt. Im Hintergrund rechts mündet ein steil gewundener Fußpfad, der gegen den Abgrund zu durch ein schwarz-gelbes Staketengeländer geschützt ist. Das Bahnwärterhaus selbst ist ebenerdig, in der Art eines schönbrunngelb gestrichenen Pavillons, und trägt die deutlich lesbare Fraktur-Aufschrift:

WUZELWANG AM WUZEL
Mit Allerhöchstem Privileg Rangir- und Haltestation
der Kaiserlich Erbländisch Anticipirten Eisenbahnen.
Seehöhe 2817 Fuß 32 Klafter

Auf dem Dach eine Signalglocke. Tafeln und Aufschriften ad libitum. Ruhebank seitlich vom Eingang.
Ein strahlender Gebirgsmorgen. Leises Herdengeläute von fern. Über den Mittelpfad kommt TEUXELSIEDER FRANZ *aufgestiegen, stellt keuchend seine Kraxen ab und beginnt ihren Inhalt in einen barock verschnörkelten Holzbehälter mit der Aufschrift »Brennmaterial« umzuschaufeln. Während seines Monologs verfällt er gelegentlich in ein gespreiztes Amtsdeutsch.*

TEUXELSIEDER: … So … Dös war die dritte g'wesen. Lauter Tannenzapfen. G'hört alles für d' Logomodiew. Nix schmeckt denen Logomodiewen besser als wie Zapfen. Dös wann s' haben, mögen s' nix anders. Und gar d' Pockerln! Freilich, die Kohlenhandler kriegen an Grant, wann sie's sehn. Nutzt nix – mir ham halt 's Sparsystem … *Sortiert* … Pockerln … Zapfen … morsche Dachbreder … ab und zu an alten Schlapfen … an krepierten Raben … was ma halt so find't. Das siecht man höcheren Ortes gerne … Aber i mach's ja net wegen an höcheren Ort. I mach's wegen meiner Innocentia. Wegen mein Nozerl … So viel sauber is s'! So viel sauber! U n d ein Mistviech … Gschpassig, daß die Saubern allweil Mistviecher sein … Da heißt's eben aushalten. Im Dienst und in der Liebe! Der Dienst, dös is mei Brot. 's trockene Brot. Aber die Nozerl, die is der Schunken drauf … No, und was ihr Herr Vater is, der is halt mei Vorg'setzter. Als Eisenbahner. Eigentli is er ja mehr a Ferschter. Das heißt: a ausg'sprochener Ferschter is er aa net. Halt mehr … no ja … alsdann mei Vorg'setzter is er jedenfalls. Ein Kaiserlich Erbländisches Bahnorgan … da derf ich aus dienstlichen Gründen nix sagen. Und wann i sag, er is a Wilddieb, so is's gegen 's vierte Gebot, weil er doch amal mei Schwiegervatterl wird … *Er verstummt. Aus dem Stationsgebäude tritt* VATER ZWÖLFAXINGER *auf den Perron, räkelt sich unternehmungslustig.*

ZWÖLFAXINGER: No, jetzt'n gehn mir's bald an … Reich mir 'n Stutzen, Teuxelsieder Franz.

TEUXELSIEDER: Aha.

ZWÖLFAXINGER: Was?

TEUXELSIEDER: Nix.

ZWÖLFAXINGER: Doch was!

TEUXELSIEDER: Na, nix. I hab nur zu meiner selbst g'redt. Dös mach i immer.

ZWÖLFAXINGER: Da hast aber a saudumme Ansprach … Den Stutzen!

TEUXELSIEDER *öffnet einen kaschierten Verschlag und reicht den Stutzen* ZWÖLFAXINGER, *der ihn prüfend betrachtet.*

ZWÖLFAXINGER: Putzt g'hört er. Und dem deinigen wird's aa nix schaden … Lauter: Wannst 'n putzt!

TEUXELSIEDER, *der ein wenig verträumt dagestanden ist, holt mit eilfertigem Ruck aus einem andern Versteck seinen Stutzen und setzt sich neben* ZWÖLFAXINGER *auf die Bank. Beide beginnen zu putzen.*

ZWÖLFAXINGER *singt:*

Das Zügerl, das pfeift,
Und 's Gamserl pfeift aa,
I kenn s' auseinander,
Die Pfiff alle zwaa!

Auf 's Zügerl, da grüaß i,
Auf 's Gamserl, da schiaß i,
Ja, der Dienst is mei Leb'n
Und d' Gamserln daneb'n!

Sakra! Der Stutzen is rosti! Und 's G'schloß tuat a nimmer. Rost… nix wie Rost.

TEUXELSIEDER *wichtig:* Ja, ja, der Rost. Der is auch bei der Bahn der greßte Feind. Schaun S', so a Logomodiew. Wanns dich umdrahst – sag'n ma: du hast grad a Krügl Bier wo trunken in einer Starzion – wanns dich umdrahst: is schon wo a bisserl rosti … die Logomodiew …

ZWÖLFAXINGER: Bleeder Kerl.

TEUXELSIEDER: Wos? Bleeder Kerl? Mi heißen S' an bleeden Kerl? Wo i d' Hoazerschul absolviert hab?

ZWÖLFAXINGER *geringschätzig, während er die Reinigungsarbeit wiederaufnimmt:* Was hast denn schon g'lernt in dera Hoazerschul …

TEUXELSIEDER: 's Verrosten ham mir g'lernt, ein ganzes Jahr lang! Aber net sofort. In der erschten Klass' ham mir 's Fruhstuckholen g'lernt und in der zweiten 's Maikäfer-Zsammtreten. Und als Freigegenstand 's Weitspucken …

Während sie weiter putzen und schmirgeln, kommt NOZERL *aus dem Haus, bleibt verdutzt stehen.*

NOZERL: Was tuats denn da?

TEUXELSIEDER: Grüß di Gott, Nozerl. Heut bist wieder amal sauber beinand.

NOZERL *streng:* Was da tuats, hab i g'fragt.

ZWÖLFAXINGER: No, halt die Stutzen putzen. Die brauchen mir heut. Is der deinige leicht schon sauber, Teuxelsieder Franz?

TEUXELSIEDER *durch* NOZERLS *Mißbilligung sichtlich in Verlegenheit gebracht, zerstreut:* Ja, leicht … i moan … dös schon …

ZWÖLFAXINGER herrscht ihn an: Himmelsakra, is er's oder is er's net?! Könntst dir langsam ein urntlichs Antworten ang'wöhnen! Sonst bringst es nie zu nix und bleibst ewiglich ein Hilfsheizerstellvertretersanwärtersubstitutengehilfe ohne Gebühren. Daß di net schamst!

NOZERL: I schamert mi viel mehr, wann i –

ZWÖLFAXINGER: Dich hat keiner g'fragt. *Zu* TEUXELSIEDER: Und du geh und hol die andern von der Strecken … hast g'hört?

ZWÖLFAXINGER *nimmt an seinem Stutzen die letzten Handgriffe vor, ohne sich um* NOZERL *zu kümmern.*

TEUXELSIEDER *eilig ab.*

ZWÖLFAXINGER *singt:*

D' Gams hoan an Wechsel,
Und auch 's Bahngleis hat an,
Und wann i auf d' Gamserln geh,
Pfeif i auf d' Bahn!
Juhu, juhu,
Dann pfeif i auf d' Bahn!

NOZERL: Vatter, Vatter! Wie kann man soliches sagen! Wo die Bahn unser höxter Stolz is! Wo doch unsre Inschiniere die Bahn derfunden ham! Natürlich mit Bewilligung von Seiner Majöstött und vom Hl. Vater. Der Herr Oberförster hat mir alles erzählt … Wie damals der Kaiser Joseppf –

ZWÖLFAXINGER *unterbricht tadelnd:* Joseppf! Joseppf! Wannst unsere Majestät noch einmal Joseppf aussprechen tust, nachher … ! Hab ich dir nicht beim Schreibenlernen g'sagt, daß der Kaiser hinten weich ist … Josefff …

NOZERL *beschämt:* Ich will's gewiß nie wieder tun, Herr Vater … Alsdann, wie also der Kaiser Joo-seff … das Staubmeisteramt gegründet hat – das mit der Aufschrift: »Kaiser Jooseff für die gerechte Verteilung des Staubes« –, da haben s' eahm g'sagt: wenn er die Eisenbahn bauet, so tät's überhaupt nimmer stauben in Österreich … und dessentwegen ist die Eisenbahn erfunden worden.

ZWÖLFAXINGER *uninteressiert:* Wird schon so sein ... *Er vertauscht seinen mit dem Doppeladler geschmückten Diensttschako gegen ein Jägerhütl.* Und jetzt bring mir die Schachtel umi ... die, wo die Treu im Herzen drauf gemalt is.

NOZERL *erschrickt:* Die Schachtel mit'n Ruaß drinnen? Herr Vatter, Herr Vatter!

ZWÖLFAXINGER: Röhr net a so. Ich muß mir das G'sicht einschmieren mit'n Ruaß, dös weißt eh ... No, wird's bald?

NOZERL *ab ins Haus.*

ZWÖLFAXINGER *singt:*

Die Gamserln, die laufen,
Die Zügerln, die schnaufen,
Und beide g'hör'n mein – *Juchzer*
Oh, Stationsvorstand sein!

NOZERL *kommt mit der Schachtel aus dem Haus, schaut gepeinigt zu, wie* ZWÖLFAXINGER *sich prustend das Gesicht einreibt.*

NOZERL: Wann S' Ihna lieber waschen täten, Herr Vatter! Sie wer'n ja im Dienst von selber schmierig g'nua ... Ihna Kopfpolster schaut eh schon aus, daß einer Sau graust ...

ZWÖLFAXINGER: Sei staad! Dös is bei alle Eisenbahner so! San halt kane Hofrät. Dafür riacht's bei die Hofrät schlecht. So viel müachteln tuat's – weil dieselben allweil in die Zimmer beinand hocken. Jo, jo, die hecheren Beamten ... *Er erhebt sich entschlossen.* Kimm, Waldmann!

Aus dem Haus wird ein unförmig ausgestopfter Dackel hervorgeschoben, der ZWÖLFAXINGER *aus gelben Glasaugen anglotzt und sich dann brüsk umdreht.*

ZWÖLFAXINGER *zornig:* Rabenbratl, verdächtigs ... Aber die Knochen kiefeln, dös war dir recht ... Laß di ausstopfen, du Hundsviech ... *Er tritt ihn in den Hintern. Der Dackel jault.*

NOZERL: Er weiß halt, daß er dienstlich in der Station gebraucht wird, zum rechtzeitigen Verbellen von die herannahenden Züge.

ZWÖLFAXINGER *äfft nach:* Gebraucht wird, gebraucht wird … Und i brauchert eahm halt für die Gamserln!

NOZERL *verzweifelt:* Vatter! Vatter! Ach lasset doch vom Wildpretdiebstahl ab! Allweil denen Gamserln auffischiaßen!

ZWÖLFAXINGER *stolz:* Lauter Spiegelschüss'!

NOZERL: Dös is akrat so, als wenn S' unsrem guaten Herrn Kaiser auf'n Spiegel auffischiaßeten … naa! Ins Herz treffeten! *Sie weint.*

ZWÖLFAXINGER Plaaz net a so, sag i!

NOZERL: Vatter, Vatter! Tuan S' es nöt! Tuan S' es nöt! Denken S', was der Herr Guardian von die Kappaziner unlängst so schön brödigt hat gegen die Wildpretschützen: daß der Kaiser an jeden Schuß g'spürt … daß er beim Schreibtisch in d' Höh fahrt und selbst am geheiligten Thron allweil umiwetzen muaß, wann er grad regiert!

ZWÖLFAXINGER: Bleedsinn! Nacher möcht er ja in ganzen Tag umanand hupfen wiara Heuschröck.

NOZERL *beschwörend:* Vatter – an Heuschröck! Da müssert er ja als a Ganzer grean ausschaun! Und an greanen Kaiser kann's gar net geb'n. A richtiger Kaiser muß ganz schwarz-gelb ang'legt sein, akrat wiara Schilderhaus. Daran kennert man eahm, wann er amal kämet …

ZWÖLFAXINGER: Dumme Gans!

NOZERL: Wann S' mi aa a dumme Gans heißen, Vatter – Eahnare Tochter bin i do, und tua Eahna halt recht scheen bitten: bleiben S' z' Haus! *Singt:*

Schömt Euch vor dem Nepomuken
Auf der Brucken beim Tunöll!

Tuhet in den Dienst einrucken,
Waschet ab die Schwärze schnöll!

ZWÖLFAXINGER: Halt die Pappen.

Er hat sich einen schwarzen Spitzbart umgehängt, der ihm ein infernalisches Aussehen gibt. Fernes Donnergeräusch.

NOZERL: Höret Ihr nicht, Herr Vatter? Der Himmel zirnet Eurem Vorhaben!

ZWÖLFAXINGER: An Schmarrn. A Lawin' is abgangen.

Er nimmt das Signalhorn, geht gegen den Hintergrund und bläst. Andere Hörner antworten. DIE WILDDIEB-EISENBAHNER, *eine Gruppe verwegen aussehender Burschen mit geschwärzten Gesichtern, kommen, sich vorsichtig umschauend, über den Mittelpfad heraufgeschlichen und umringen ihr Oberhaupt.*

NOZERL *rutscht auf den Knien beschwörend von einem zum anderen:* Oh, die ihr vom Streckendienst seid – lasset ab von eurem deiflischen Vorhaben! Trummruckinger Franz … Zwaxelhofer Franz … Wachelberger Franz … Nebelkettinger Franz … Mugelschupfer Franz … Oh, ihr grauslichen Fränze! *Mit einem Aufschrei bemerkt sie* TEUXELSIEDER, *der sich immer hinter den andern versteckt hatte.* Auch du, Teuxelsieder Franz? Du bleibst da!

ZWAXELHOFER: Hast leicht Angst, daß sich ein Gamsbock in sein Hosenfutter verhackeln tät und ihn wegtragert, den Schneiderg'sellen, den kralawatscherten?

MUGELSCHUPFER: G'halt 'n dir, dein Bäckenknecht mit sein blechernen Schiaßer!

TRUMMRUCKINGER: Is eh g'scheiter, du bleibst da, Teuxelsieder, und hilfst ihr beim Lamperlhüaten …

NEBELKETTINGER: So viel tramhapert lauft er umanand, der Kitteldragoner der!

TEUXELSIEDER *will dem Widerstreit seiner Gefühle ein Ende machen und auf* NEBELKETTINGER *losgehen.* ZWÖLF-

AXINGER *sieht ihn mit furchtbarem Blick und gesträubtem Bart an.*

ZWÖLFAXINGER: Keine Raufhändel! So was derf unter Eisenbahnern niemals nicht vorkommen!

WACHELBERGER *mit verächtlicher Geste gegen* TEUXELSIEDER: Eisenbahner –!

TEUXELSIEDER *mannhaft:* Jawohl, Eisenbahner! Auch wenn ich vorläufig nur ein Hilfsheizerstellvertretersanwärtersubstitutengehilfe ohne Gebühren bin – meine Eisenbahnerehre laß ich mir von keinem streitig machen … *Zu* NOZERL, *weich:* Schau, Nozerl, dös mußt verstehen. Dienst is Dienst, auch außern Dienst. Und ein Eisenbahner bleibt ein Eisenbahner, auch wann er zu Fuß geht.

NOZERL: Fragt sich nur, w o h i n daß er zu Fuß geht! Und wohin gehst d u ? Auf Gamserln gehst!

TEUXELSIEDER: Schau, Nozerl –

NOZERL: I brauch nimmer schaun. Is eh schon gnua, was i g'sehn hab. Und dich, Teuxelsieder Franz, will i gar nimmer sehn. Geh nur. Geh.

TEUXELSIEDER *reißt sich nach kurzem Zaudern los und folgt den andern, die über die Felsenkulisse im Hintergrund links verschwinden.* NOZERL *bleibt mit dem Dackel allein, der an den passenden Stellen ihres Monologs durch ungelenkes Schwanzwedeln, Bellen u. dgl. seine Anteilnahme bekundet.*

NOZERL: Da geht er hin, der aufgeblasne Kerl … ah na, dös kummt ja erst später, im Rosenkavalier … Und er is ja auch gar net aufgeblasen, mein Franzl. Bißl bleed is er halt, dös schon. Aber net schlecht. Grad so wenig wie der Herr Vatter. So viel ein guater Vatter könnt er mir sein, wann eahm net allweil die Gamserln verlocken täten. No ja. Er is halt mehr Mensch als Stationsvorstand. Is ja auch kein Wunder. Die Eisenbahn hat sich noch nicht so richtig durchgesetzt in den Kaiserlichen Erblanden, und dös bisserl Zugsverkehr kann einem Menschen keinen Lebensinhalt nicht abgeben. Da muß er sich halt nach einer Abwechslung umschaun. Und 's is mir no allweil lieber, er bleibt in der frischen Natur, als wie daß er zum Hundsknochinger Samiel hinunter gingert, in die Bahnhofswirtschaft von Schurkental, und über die Bolidik dischkuriert ... Wann s' eahm nur net derwischen, in Herrn Vattern! Und mein Franzl dazu! Wann s' es nur net derwischen ... Mir schwanet Übeles ... gelt, Waldmann? Dir auch? *Der Dackel gibt sonderbar weinerliche Töne von sich.* Weil, wann s' eahm derwischen tun, dann is aus. Dann verkaufen s' eahm nach Fenedig, auf die Galeere ... *Schluchzt.* I siech ihm schon rudern, in Herrn Vattern ... und wegen sein schwarzen G'sicht halten s' ihm für an Mohren ... Zwölfaxinger, der Mohr von Fenedig ...

Der Dackel jault stärker. Hinter der Szene werden kurze, trockene Trommelschläge hörbar. NOZERL *horcht auf, zugleich sucht sie den Dackel zu beruhigen.*

NOZERL: Ja was is denn? Ja was hast denn? Ja was wär denn dös?

Von links über das Bahngeleise kommen drei Callotsche Fetzenfiguren, die DREI BEHÖRDLICH KONZESSIONIERTEN ZUGSANKUNFTS-WAHRSAGERINNEN, *die erste mit einem mächtigen Tirolerhut, die zweite völlig vermummt, die letzte mit venezianischem Dreispitz, Trommel und kurzem, buntlappigem Röckchen, das ihr zu leicht frivoler Tändelei verhilft. Die erste trägt einen Kasten umgehängt, auf dem ein farbig gefiederter Pfefferfresser hockt, der mit seinem riesigen Schnabel Wahrsagerzettelchen (sogenannte »Planeten«) zu ziehen abgerichtet ist. Die Vermummte trägt eine große Kaffeetasse in der Hand, die Kurzgeschürzte ein Paket Spielkarten. – Musik.*

ERSTE:
Kömmt herbei, ihr Leute, wir sind's!
Kömmt herbei in eilichten Scharen!
ZWEITE:
Für an luckerten Kreuzer Münz
Könnts das tiefste Geheimnis erfahren!
DRITTE:
Wir künden's getreu und geschwind
Mit übersinnlichen Sinnen.
ALLE DREI:
Kömmt herbei, ihr Leute, wir sind
ERSTE:
Die Zugs-
ZWEITE:
Ankunfts-
DRITTE:
Wahrsagerinnen.
ALLE DREI:
Die Zugs-Ankunfts-Wahrsagerinnen!
ERSTE:
Mein Paapperl so bunt und so schön,
Der zieht euch aus seine Planeten
Die Ankunftszeit von die Train
Und wie lang daß sie sich verspäten.
ZWEITE:
Ich hab an Kaffeesud im Häferl,
Brauchst nur a weng zuwischmecken,
Dann siehst, wie die Spur'n von an Käferl,
Gleich alle Züg auf der Strecken.
DRITTE:
Wer umsteigen will, der befragt
Zuerscht einmal meine Karten.
Da wird ihm die Wahrheit gesagt,

Sonst müßt er oft tagelang warten.

ERSTE:

Die Anschluß- und Abfahrts-Stund –

ZWEITE:

Die Zuschläg, die Zonen, die Zeiten –

DRITTE:

Wir tun's für an Kreuzer euch kund –

ALLE DREI:

Laßt euch nicht vom Fahrplan verleiten!

Abwechselnd

Denn wir sind die behördlich geprüften,
Landesbefugten und autorisierten,
Gerichtlich vereidigten, konzessionierten
Eisenbahn-
Zugsankunfts-
Wahrsagerinnen.

ALLE: Kaufts an Lavendel …

NOZERL: Schauts, daß weiterkummts, ihr grauslichen Weibsbilder! I brauch euch net! I hab mein Dackel. Gelt, Waldl, du schmeckst die Züg, was kommen, schon von der weiten, gelt?

Die DREI WAHRSAGERINNEN *gehen ab, indem sie Flüche murmeln und böse Beschwörungsgesten gegen das unschuldige Tier machen.*

NOZERL: Bist a bravs Huntl, a bravs. Is auch ein Unglück, daß der Döllegraf no net erfunden is. Immer pantschen s' mit'n Kaffeesud umanand, die Gelehrten … *Der Dackel knurrt.* Ja, was hast denn? Knurre nicht, Dackel. *Zu sich:* Was kann er denn haben? Wann ein Zug käm, tät er Laut geben. Der muß wo a Viech spür'n … irgend a ganz hohes Viech, was daherkommt … horch … Pferdegetrappel auf der Strecke? *Sie schirmt die Augen mit der Hand.* Ein Vorreiter! Da schau! Gar … einer … auf … an … Apfelschimperl ... Das bedeutet einen Extrazug! Und wie hart er sich tut ...

Hinter der Szene wird das asthmatische Keuchen einer Lokomotive hörbar. NOZERL *nimmt die Signalfahne und stellt sich in Positur. Von links erscheint der* VORREITER *auf einem reich geschmückten, dicken und etwas zu kurzen Apfelschimmel (ausgestopft). Er springt ab und bindet das Roß mit den permanent irrsinnig geweiteten Augen an die Signalscheibe.*

VORREITER *salutierend:* Alsdann – da wären wir. Der Train muß gleich kommen.

Aus der Kulisse schiebt sich eine Lokomotive mit der verschnörkelten Aufschrift »Schönbrunn« und einem hohen, messinggekrönten Rauchfang. Sie zieht einen gelben, einfenstrigen, sänftenartigen Wagen, über dem ein Straußenfederbusch wippt und der mit trompetenblasenden und paukenschlagenden Putten verziert ist. ZWEI LAKAIEN *springen hinten ab und öffnen, sich verbeugend, den Schlag. Heraus tritt ein* VORNEHMER HERR *in Uniform.*

HERR: Mich dürstet. Hast du Milch, liebes Mädchen?

NOZERL *macht eine erschrocken abwehrende Geste.*

HERR: Ob du Milch hast? Ein Glas Milch?

NOZERL: Ah so – im Glas. Sofort, bitte.

Während die LAKAIEN *sich diskret um den* VORNEHMEN HERRN *zu schaffen machen, läuft* NOZERL *ins Haus und kommt mit einem Glas Milch zurück, das sie mit einem Knicks überreicht. Der* HERR *trinkt in kleinen, vornehmen Schlucken.*

HERR: Das kühlt und labt. Ich danke dir, mein Kind. Wer bist du?

NOZERL: Ich tu die Bahn da hüten, und auch die Lämmlein hüte ich!

HERR: So jung und schon so viel auf deinen zarten Schultern? Ei, ei! Und heißen tust du?

NOZERL: Nozerl, zu dienen.

HERR: Nozerl? Das ist kein Name christlichen Bekenntnisses. Wie taufte dich der hochwürdige Herr Pfarrer?

NOZERL: Innocentia Walpurga Maria-Taferl Zell und am Gestade, Herr. Aber jetzt muß der Herr mich entschuldigen. Ich habe Dienst. Will ins Wächterhaus.

HERR: Wohin eilst du so eilig, Mädchen?

NOZERL: Den Trichter holen und die Pitschen.

HERR: Wozu?

NOZERL: Die Maschine muß ich auffüllen mit neuem Brennmaterial und Wasser. Sonsten derpfnaust sie's nimmer, wann s' weiter will!

HERR: Vortrefflich. *Zu den* LAKAIEN*:* Dreht die Maschine um!

Die LAKAIEN *und das übrige* PERSONAL *führen seine Weisungen aus. Sie nehmen die aus Watte bestehenden Dampfwolken herunter und drehen die Lokomotive so, daß sie mit der Stirnseite zum Sänftenwagen steht.* NOZERL *leert eine Kraxe voll Tannenzapfen in den Tender und schraubt mit einem Schraubenschlüssel den Kessel auf, aus dem der Dampf pfeifend entweicht. Dann will sie den Kessel füllen.*

HERR: Halt, mein Kind! Ein wenig Geduld. *Zu den* LAKAIEN*:* Fischet zuerst die Würstel heraus, die während der Fahrt im Kessel hingen. Ich will das zweite Frühstück.

Die LAKAIEN *befolgen den Befehl. Der* HERR *nimmt auf der Ruhebank Platz und bedeutet* NOZERL*, sich neben ihn zu setzen. Artig bietet er ihr ein Paar an.*

NOZERL: Bin so frei.

HERR: Senf?

NOZERL *kauend*: Nein.

HERR: Schmeckt's?

NOZERL: Ja. *Schluckt.* Hab so feine noch nie nicht 'gessen. Man merkt wohl, die sind weit her. Vielleicht aus der

Hauptstadt? Oder gar aus Frankfurt? Wissen S', dort kriegt der Kaiser bei der Krönung die ganze Krone voll mit heiße Würstel!

HERR: Was du nicht sagst!

NOZERL: Die Frau Mahm hat mir's erzählt. Und auch die Herren Kurfürsten werden reich mit Würstel beschenkt. Aber alle gerecht – alle gleich –! Nicht daß einer a Paarl mehr krieget … daß am Ende untereinand ins Streiten kämen, die Herrn Kurfürsten!

HERR *lächelnd:* Ganz so spielt eine Krönung sich denn doch nicht ab, mein Kind.

NOZERL: Nicht? Und warum heißt man dann die hochen Herrn, die was um den Kaiser herum sind, Großwürstelträger?

HERR *lacht:* Aber Kind! Groß w ü r d e n träger heißen sie.

NOZERL: Ah – so …?! *Ehrfürchtig:* Wie Sie das alles wissen! Am End waren S' gar schon einmal in Frankfurt?

HERR: Hm … allerdings …

NOZERL: Jöh, sein Sie weit umma kimmen! *Verbessert sich:* Woit geroist, will ich sagen. Ja, so a Logomodiew is halt was Kommod's … Aber jetzten muß ich den Kessel auffüllen.

Sie hat fertig gegessen und macht sich an die Arbeit. Der HERR *betrachtet die Szene mit Wohlgefallen.*

NOZERL: Is dös a scheene Gutsch'n! Die liaben Engerln drauf … und der Federbuschen … ja, wer da mitfahren könnt!

HERR: Führest du gerne mit?

NOZERL *verständnislos:* Führest – bitt schön?

HERR: Ob du mit so einem Zug gerne führest?

NOZERL: Ja, wann er mich führet, fahret ich schon gern mit ihm, o ja. Und lauter silberne Fünfzehnkreuzerstück tät ich außistreun – grad wie der Kaiser!

HERR *läßt einen milde nachdenklichen Blick auf* NOZERL *ruhen:* Muß adeliges Blut haben … ja, ja, die Hofjagden …

NOZERL *zuckt zusammen:* Uijeh…

HERR: Was ficht dich an, mein Kind? Bist du dem edlen Waidwerk abhold?

NOZERL *betreten:* Naa … i net … es is halt nur, daß manche von die Jager … *Stampft auf.* I mag's net dulden, daß sie unserm Herrn Kaiser allweil am Hintern auffischiaß'n. *Verschämt und erschrocken:* … allweil am Spiegel auffischiaß'n, dö Lumpen.

HERR *mit einer nervösen Bewegung:* Wer – was – wieso denn mich – wieso auffischiaß'n?

NOZERL: No ja, i moan … weil 's Land auf, 's Land ab gar so viel Wildpret g'schossen wird … und da denk ich mir, unser Herr Kaiser muß dös akrat spüren, wann's eins von seine liaben Gamserln trifft … akrat so, als treffet's ihn selber … ins Herz … und wo man s' halt sonst meist derwischt …

HERR *gerührt:* Du bist ein braves Mädchen und eine treue Patriotin!

Er streichelt sie, was ihm sichtlich Vergnügen bereitet, auch während der folgenden Worte läßt er seine Hand auf NOZERLS *Haupt ruhen.*

HERR *zum* PERSONAL: Seid ihr fertig? Dann mögt ihr jetzt ein wenig die Lokomotive an der Gegend ausprobieren. Und die Gegend an der Lokomotive. Ich warte hier.

Der HEIZER *legt den Blasbalg weg und wischt sich die Stirne. Die* LAKAIEN *setzen die Hüte wieder auf, mit denen sie Luft ins Ofenloch gewedelt hatten.* NOZERL *tritt vor, richtet die Weiche, schwenkt die Fahne und stößt ins Horn. Die* LAKAIEN *haben den Zug angeschoben und springen auf, jeder an seinen Platz. Der Zug verschwindet ächzend im Tunnel. Der*

VORREITER *bleibt zurück (was dem* HERRN *offensichtlich nicht ganz recht ist), hebt dem Gaul einen Huf auf und schlägt mit dem Schienenhammer einen Nagel ein.*

HERR: Abdias, gehe Er Bleamerln brocken! Ich wünsche hier zu rasten.

VORREITER *zögert, gestikuliert.*

HERR: Geh Er getrost. Von diesem wackern Landeskinde droht mir keine Gefahr ... Und nehm Er das Roß mit sich. Mach Er es mit der Strecke vertraut, die wir heute noch befahren werden. Scheuch Er probeweise das Vieh vom Geleise, damit uns nicht wieder ein störrischer Ochse eine halbe Stunde lang den Verkehr lahmlegt.

VORREITER *und* SCHIMMEL *ab. Der* HERR *zieht* NOZERL *mit sich zur Ruhebank. Sie setzen sich.*

HERR: Und jetzt erzähl mir von dir, du liebe Kleine. Wer ist dein Vater, sprich?

NOZERL: Zwölfaxinger schreibt er sich und ist Bahnwärter in des Kaisers Diensten.

HERR: So. Und warum ist er nicht hier?

NOZERL: Er – er holt grad was – zum Essen ...

HERR: Warum tut das nicht deine Mutter?

NOZERL: Die ist im Spital in der Stadt. Mit Frostbeulen. Noch vom Winter. Wir haben ein Sauklima hier!

HERR: Schau, schau, wie gebildet du daherredest! Du liesest wohl viel an den rauhen Winterabenden?

NOZERL: Ah na. Letzten Winter war i noch a Afn ... a Afanal ... naa! A Alfanafal ... a Analfaf ... *Sie schluchzt beinahe.*

HERR: Ach – du meinst: eine Analphabetin?

NOZERL *jubelnd:* Ja, dös war i ... so viel a schöns Wort: Alafam – böm – – i merk mir's net ... Aber der Kaiser will s' durchaus ausrotten, dieselben. Mit Stumpfel und Stingel!

HERR: Ei, hat er da nicht recht? Ist es denn nicht herrlich, wenn man die Trivialschule genossen hat?

NOZERL: Ja, ja, dös schon. Aber dös schöne Wort zu sein, is auch schön! 's klingt so vornehm … An-al-pha-betin … man is doch dann wer … fast wie a Baronin.

HERR: Nun, dafür kannst du jetzt deinen Namen schreiben.

NOZERL: Ich kann jetzt alles, was der Dienst erheischt!

HERR: Vortrefflich. Dann führst du wohl den Dienst auf der Station?

NOZERL: Ja.

HERR: Nun, sprich – und kommt jetzt bald ein Zug?

NOZERL: Nein.

HERR: Wieso weißt du das?

NOZERL: Sonst hätt der Hund ang'schlagen. Der meld't an jeden Zug, genau eine halbe Stund früher. Ohne Dachshund keine Bahn! Bei die Vorreiter herentgegen knurrt er nur. Aber Vorreiter sein selten … So nobel tun's wenige … Staunend: Sagt – wer seid Ihr?

HERR: Wollen wir das lassen.

NOZERL: Der schöne Ring … Ihr seid vom Hof … ein Zwerg vielleicht … als Großer bloß verkleidet?

HERR *konsterniert:* Ein Zwerg –?!

NOZERL: Halt in Kommodadjustierung. Auf'm Urlaub. Um unsern guten Kaiser rings herum sind ja ein Haufen Hofzwerg und sonst auch Minister und a Massa Böhm und Ungarn und Heiducken!

HERR: Also so stellst du dir den Hof vor? Nein, mein Kind, dort schaut's ganz anders aus, ganz, ganz anders …

NOZERL: Wie S' das nur sagen … Mit so einer Sicherheit in der Stimme …

Sie tritt einen Schritt zurück und betrachtet ihn forschend. Auch der HERR *ist aufgestanden, blickt verlegen um sich, erspäht eine im offenen Hausflur lehnende Klampfen, holt sie erleichtert hervor.*

Herr: Da du mir just von Stimme sprichst, mein Kind – sicherlich hast du, wie alle Sennerinnen, eine schöne solche. Nicht wahr? *Er drückt ihr die Klampfen in die Hand.* Du, die du da dem Kaiser sennest auf deiner eisernen Alm – singe mir eins, mein Kind!

Nozerl *singt:*

Dem Kaiser sein Dirndl bin i,
Die Dirn von der eisernen Alm,
Ich hüt die Bahn und das Vieh,
Umwehet vom Eisenbahnqualm.

In aller Herrigotts-Fruah –
Die Glocken schlaget grad zehn –
Da hat man vom Dienst schon ka Ruah,
Da kömmet der Mitternachtstrain.

Und wann er Verspettungen hat,
So pfnaust er noch g'schwinder dahin.
Er kommt aus der Kaiserstadt,
Aus *Juchzer* Wihaho – wohaha – Wien.

Drin sitzen viel noblichte Herrn,
Die feschesten Ungarn und Böhm,
Doch am meisten hätt man es gern,
Wann der Kaiser selbst einmal käm!

Sie hat das Lied beendet, läßt die Klampfen sinken und blickt den »Bravo« rufenden HERRN *schmachtend an.*

Herr: Zwölfaxinger Innocentia, du hast eine wunderschöne Stimme! Parole d'honneur! Um diesen natürlichen Schmelz könnte manche Diva dich beneiden.

Nozerl: Die Wah? Was ist das? Kann denn eine Wah so gut singen?

HERR *nachsichtig:* Nein, keine Wah. Eine Diva, weißt du. Das ist eine vom Theater.

NOZERL: Thiater! Muß dös schön sein! Ich habe noch nie keins nicht g'sehn. Aber Sie, Sie waren gewiß schon in einem drinnert … Gelten S', da müssen die Herrn vergoldete Gamsbart anlegen, weil gar der Kaiser kommen könnt?

HERR: Wer hat dir denn das gesagt?

NOZERL: Der Vater. Er tut nämlich die Gamsbart … *Sie stockt.*

HERR: Nun?

NOZERL *verwirrt:* Nämlich … der Vatter … der find't die Gamsbart …

HERR: So?! Und wo findet er deren?

NOZERL *wieder gefaßt:* I wollt sagen, er find't die Gamsbart gar so schön. Er selber hat ja keinen – er hat überhaupt kan Bart – er geht ja rasiert – weil's ihm der Dienst so vorschreibt. Alle Eisenbahner müssen rasiert gehn. Mitsamt die Vorreiter. Nur was die Vorreiter von die ungarischen Züg sein, tragen langmächtige Schnurrbärt … Die brauchen s' dort zum Umistechen gegen die Fliegen … damit sie s' verscheuchen … in Ungarn … *Sie schweigt erschöpft.*

HERR *anerkennend:* Richtig! Du kennst das Reglement.

NOZERL *kokett:* No – und i, wann i Dienst mach – i brauch mi erscht gar net rasieren. Bin ganz glatt … hab gar keine Haar!

Zeigt auf ihre Wange.

HERR: Laß sehen, mein Kind. *Streichelt sie.*

Der Dackel schlägt plötzlich wie toll an. Auf einem Rollwägelchen kommen, sich mit Stöcken abstoßend, ZWEI GNOMEN *gefahren.* NOZERL, *wütend über die Störung, will sie mit der Fahne verscheuchen.*

NOZERL: Marsch zurück ins Tunnel! Was tuts da umanandertschundern am hellichten Tag? Schamts euch gar net? Was muß sich der fremde Herr denken, wie's bei uns auf der Strecken zugeht?

GNOMEN *durcheinander, mit hoher Stimme:* Wir lassen uns die Bahn nicht verbieten. Wir gehören dem Wirtschaftsverband an. Wir repräsentieren die österreichische Industrie.

NOZERL: Meiner Seel – i bind 'n Dackel los – könnts dann schaun, wie's mit ihm fertig werd'ts!

HERR *legt sich ins Mittel:* »Die Bahn frei für den Tüchtigen« – so steht's im Hofdekret. Laß die Kleinen schalten! Mein Neffe Franciscus ist ihnen zugetan. – He, Gnomen! Wer seid ihr?

ERSTER GNOM: Salniterkratzer, bittschön. Wir kratzen den Salpöter aus der Tunnele Wölbung.

ZWEITER GNOM: Und liefern ihn in die Pulvermühle, dem Vaterland zu dienen.

HERR: Recht so, ihr wackern Kleinen! Kratzet getrost fürs Vaterland Salniter, des Blitzes ei. Fahrt nur eilig fort, der Kaiser braucht sein Pulver.

GNOMEN *mit hämischem Gemecker ab.*

Und du – *zu* NOZERL – sei nicht so streng! Es kann nicht lauter Husarenleutnants auf der Strecke geben. Die Eisenbahn steht allen offen.

NOZERL: Das is's ja grad, daß s' allen offensteht! Daß ein jeder die kaiserlichen Schienenstränge mißbrauchen derf! Wie oft, wann der Vatter auf'm Gleis sein Schlaferl macht … HERR *stutzt* … um es zu bewachen, legt er sich hin. Damit die Zigeuner nicht die Schienen stehlen!

HERR: Die Zigeuner stehlen Schienen?

NOZERL: Die sein wie die Raben drauf! Und wann der Vatter auf den Schienen – also: wacht … kommt da net auf an

Roller 's Fetzenweib gefahren – der Powidlböhm – der Zwiefelkrowot – oder der Kohlenjud – und überfahren den Vattern.

HERR *lacht.*

NOZERL: Da lacherten S' net, wann S' dabei wären, wie der schimpft. Der röhrt Ihna, daß es Viech im Tal zu fressen aufhört!

HERR *begütigend:* Alterier dich doch nicht, mein Kind. Steht einem so hübschen Geschöpf nicht gut an … *Er streichelt sie abermals.*

Gerade als NOZERL *zu schmelzen beginnt, taucht vom Fußpfad her schwer atmend die beleibte* WITFRAU LEOPOLDINE GACKERMAIER *auf, hinter ihr zwei Bauernburschen,* FRANZ *und* FRANZ, *mit einer Unzahl von Gepäckstücken, die sie sogleich abladen.*

WITFRAU *mit Keuchpausen:* So – da habts – zwoa Kreizer – kaafts enk – wos.

ERSTER FRANZ: Zwoa Kreizer? *Zum Zweiten:* Die gebert für alles z'samm zwoa Kreizer, Franz! Nimmst es du?

ZWEITER FRANZ: I nehmert's net, Franz. *Zur* WITFRAU: Zwoa Kreizer für drei Zentner vier Stund lang auffischleppen is z'wenig!

ERSTER FRANZ: Tua's ihr nur einisag'n, Franz!

WITFRAU: Z'wenig. So. Und was wollts denn nacher?

ZWEITER FRANZ: Was woll'n mir, Franz? Nacher?

ERSTER FRANZ: Jo mei, Franz – siebene nehmerten mir.

ZWEITER FRANZ: Guat is, Franz. *Zur* WITFRAU: Siebene nehmerten mir.

WITFRAU: Nehmerts ihr, so. Aber i gebert's euch net.

ZWEITER FRANZ: Sie gebert's uns net, Franz. Was tan mir jetzten?

ERSTER FRANZ: Wart, Franz. Laß mi füri. *Er tritt kampflustig vor die* WITFRAU *hin, weiß aber nichts zu sagen.*

ZWEITER FRANZ: Na, Franz. Laß mi. *Ebenso.*

NOZERL *dezidiert:* Für zwei Leut drei Zentner vier Stund macht fünf Kreuzer.

WITFRAU: Was mengt denn Sie sich drein, Sie schnippische Person, Sie?

NOZERL: Tun S' keine Eisenbahnamtsorganehrenbeleidigung im Dienst vornehmen, und zahlen S'!

WITFRAU: Ja wer is denn Sie, daß Sie mir Vorschriften machen will?

HERR: Hat Sie nicht gehört? Sieht Sie nicht, daß Sie ein Amtsorgan der Kaiserlich Erbländischen Eisenbahnen vor sich hat?

Unterdessen sind DIE BEIDEN FRÄNZE *nahe an die* WITFRAU *herangetreten und halten ihr drohend die offenen Hände hin. Die* WITFRAU *gibt unter mißmutigem Murren nach und klaubt aus ihrem Beutel umständlich die Münzen hervor, nach deren Empfang* DIE BEIDEN FRÄNZE *abgehen.*

WITFRAU: Unverschämt – was die Leut sich heuzutags – herausnehmen tun – möcht wissen, wie unsereins – dazukömmet – notiges G'sindel übereinand – – *Sie beginnt ihre Gepäckstücke nachzuzählen.* – – eins – zwei – drei – vier – fünf – sieben – acht ... wo ist der sechste? I siech den sechsten net! Eins – zwei – drei – vier – fünf – sieben – acht – neun – elf ... acht – neun – elf ... und den zehnten aa net! Die Taschen, wo die Flucht nach Ägypten aufg'stickt is – und die andre, wo die heiligen Siebenschläfer drauf san, wia s' grad aufwachen und in heiligen Ulrich anrufen ... da war a recht a fettes Schweinernes drin. *Sie sucht verzweifelt und wirft dabei die Gepäckspyramide um, mault weiter.* Fünf Kreuzer ... und Diebsbeutel aa no ... *halb zu* NOZERL: Wo ... is denn ... der Zwölfuhrzug? Schon kummen – oder noch nicht? Wann kunnt er kummen tun? Wann er kummen kunnt, frag i?!

NOZERL *ungnädig:* Das kann man nie nicht wissen: Wie er's grad dermacht. Und wie er Vorspann findet bei die Bergeln. An ungrade Tag kommt er manchmal gar nicht. Heut wär so ein Tag. Gehn S' z' Haus – oder wo S' her sind. Und mieten S' Ihnen ein Fuhrwerk.

WITFRAU: Ah so was! Ah da schau her! Und zu was hätten mir eine Eisenbahn? Da sollte seine Römisch Kaiserliche Majestät einmal antreiben!

HERR *fährt empört auf.*

WITFRAU: Net sölber antauchen – beileib net – na. So ein zartes Mandl ... *Blickt devot zum Himmel.* Aber ans Zepter eine Peitschenschnur binden und urntlich dreinschnalzen – das könnt net schaden ...

Der VORREITER *kommt mit einem Strauß Alpenblumen zurück, bindet den Gaul wieder an und will das Bukett dem* HERRN *in den Arm legen.*

HERR: Tölpel! Schmeiß Er's weg! VORREITER *zögert.* So hau Er's um die Erd!

VORREITER: ... das Weibsbild da?

HERR: Nein! Die Blumen! Den Buschen!

Der VORREITER *begreift und gehorcht. Die* WITFRAU *hebt das Bukett auf und versucht es am Busen unterzubringen.*

WITFRAU *kokett:* Zu liab vom Herrn ... wölch sünnüge Aufmörksamkoit! Ich bin Blumistin, müssen wissen! *Sie watschelt dicht hinter dem nervös auf und ab Gehenden her, von* NOZERL *mit finsteren Blicken verfolgt.* Warten der Herr gleichfalls auf den Train? Sind gewiß aus der Stadt! Leicht aus Znaim? Hab einen Oheimb, der was dorten der reichste Metzger is. Oder leicht aus Zwettel? Sehen dem dortigen Notar ähnlich – wie aus'n Gesicht g'schnitten! *Vertraulich:* Soll hoches Blut in seinen Adern haben ...

HERR *wendet sich indigniert ab.*

NOZERL: Wo hat Sie denn das Büllet, das Sie berechtigt, sich hier auf der G'stetten aufzuhalten?

HERR *tadelnd:* G'stetten? Das heißt Perron, mein liebes Kind!

NOZERL *beschämt:* Ja natürlich. Baron. – Alsdann? Was berechtigt Sie, sich am Baron breitzumachen? Auf ihm umananderzusteigen? Das g'fallert einer jeden!

WITFRAU *wütend:* No, dann geben S' mir halt a Büllet.

NOZERL: Für'n Baron oder für'n Zug?

WITFRAU: Meinetwegen für'n Zug. Was gibt's denn überhaupt für Bülletter?

NOZERL: Ah, so einfach is dös net. Da muß i ja erscht die Personalien aufnehmen.

Sie schiebt von außen das Schalterfenster neben der Eingangstür hoch, setzt die Dienstkappe auf und tritt durch den Eingang hinter das Schalterfenster.

NOZERL *hinterm Fenster sitzend:* Alsdann. Sie heißen?

WITFRAU: Gackermaier Leopoldin.

NOZERL: Net so g'schwind – mir san im Gebirg! *Buchstabiert für sich.* G – a – Gacker … maier ordinär g'schrieben? Wie ein ganz gewöhnlicher Maier? Alsdann. Taufname?

WITFRAU: Leopoldin! Hab's eh schon g'sagt.

NOZERL: Aber i hab's no net g'schrieben. *Schreibt.* Stand? Sein natürlich ledig. Wieviel Kinder? Und deren Geschlecht?

WITFRAU *empört:* I bin a kinderlose Wittib und Braut.

NOZERL *sarkastisch:* Na, da gratulier i. Und wo wollen S' hinfahren?

WITFRAU: Nach Powang. *Die Gepäckpyramide stürzt ein.*

NOZERL *blättert:* Powang … Da hätt ich zwei – links und rechts voneinander. Eins im Kamptal und eins in den Kaiserlichen Erblanden ob der Enns.

WITFRAU: Ins Ob-der-Ennsische möcht ich … *Schwärme-*

risch: Ich heirat den dortigen Bürgermeister … Woislhofer schreibert er sich, wann er schreiben könnt …

NOZERL: Das interessiert uns im amtlichen Verkehr nicht … hm … Powang ob der Enns … liegt zwischen Großklein und Kleinklein … schmalspurige Nebenstrecke ohne Vorreiter. Und was für welche Klassen wollen S' denn haben?

WITFRAU: Was für welche gibt's denn?

NOZERL: Alsdann, da hätten mir zuerscht die erschte.

WITFRAU: Was kost' denn die?

NOZERL: Das is es ja, die kost' gewöhnlich gar nix. Da fahren so feine Leut drin, daß sie nix zahlen brauchen … Und in der zweiten fahren wieder die staatlichen Funktionäre, die zahlen höchstens a halberte Hundskarten … Für Ihnen kämert als erschte die dritte in Betracht.

WITFRAU: Gibt's sonst noch welche?

NOZERL: Ja freilich. Mir hätten noch eine vierte und eine fünfte. In der vierten gibt's kein Dach, in der fünften herentgegen keinen Boden. Da müssen S' zu Fuß mitlaufen.

HERR *verdutzt:* Hör ich recht? Das gibt's?

NOZERL *aufklärend:* Is erscht kürzlich probeweise eing'führt worden. Weil man nimmer g'wußt hat, wie man den Reisenden das billige Fahren in gerechter Weise recht unbequem machen soll … Da zahlen s' ein Spottgeld, in der fünften, und brauchen net so hart sitzen auf die langen Strecken.

HERR *verdattert:* Ein Eisenbahnwagen ohne Boden …

NOZERL: No, besser wie nix is schon. Die Leut ham halt doch das G'fühl, daß s' an Eisenbahnzug benutzen. Die Freud laßt man ihnen. Aber dafür sehen s' nix. Weil ja die Seitenteil da sein.

HERR *völlig ratlos:* Kein Boden – aber Seitenteile?

NOZERL: Die Seitenteil braucht man für die Türln, sonst

könnt ja niemand einsteigen … Von unten einsteigen ist natürlich strengstens verboten. Wegen der Kontrolle. Und kein Boden und kein Seitenteil – das wär ja die sechste. Die gibt's noch nicht. Aber vielleicht führen sie's noch ein, in der nahen Zukunft. Daß auch die Önkelkinder eine Freud haben …

HERR *zusammenbrechend:* Mein Gott, mein Gott … auf was die Fachleut alles draufkommen, wenn man sie laßt …

NOZERL *zur* WITFRAU: Alsdann? Was für eine welche wollen S'? A fünfte?

WITFRAU: A dritte!

NOZERL *das Dokument ausfertigend:* Eine – dritte – nach Powang … Unterschrift – in Vertrettung – des Vattern: Zwölfaxinger-Nozerl. *Sie schlägt sich auf den Mund…* falsch: Nötzchen … aa net. *Schreibt schief, mit ängstlichen Blicken auf den* HERRN, *der sie streng beobachtet* … Nötzlein –?

HERR: Das ist ein amtliches Dokument! Also?

NOZERL *streicht aus und buchstabiert erleichtert:* Zwölfaxinger In-nox-xenx-i-a, Kaiserlich … Erbländisches … Hilfs … bahn … unter … organ …

Nimmt Sand vom Boden und bestreut das Billett, das sie dann abklopft und der Frau hinwirft.

So – und jetzt zahlen S' 7 Gulden 77 $^{1}/_{7}$ Kreuzer, 7 Gulden die Fahrt und 77 $^{1}/_{7}$ Kreuzer Mautgeld … Siebentel Kreuzer ham mir no net, die kriegen mir erst bei der nächsten Münzverschlechterung … macht abgerundet 78 Kreuzer, wo Sie $^{3}/_{4}$ Kreuzer herausbekommen …

HERR: Brav! Sie hat die Tariffen im Kopf!

NOZERL: Gepäck is frei, wann S' es am Schoß nehmen, ebenso zwei Kinder ebenda … aber Sie! Was wiegen S' eigentlich?

WITFRAU *flüstert ihr ins Ohr.*

NOZERL: Naa, meine Liabe! Mit den Lebendgewicht müssen S' zwei Bülletter nehmen. 's zweite is die Zuwaagkarten. Wann S' es net glauben, bring i Ihna gleich die Beförderungsbedingungen für dicke Leut und Mißgeburten ohne Begleitpersonen!

Sie beginnt im Hintergrund zu manipulieren.

WITFRAU *zum* HERRN: So ein freches Mensch! Sollt bei mir im Dienst sein! I, wann i die Bahn bin, lassert mir dös net g'fall'n! Die müssert bei mir die Schienen schmirgeln von hier bis Wien, zweimal die Wochen … Oder mit Zinnkraut putzen. Die falsche Sennerin, die! Kommt bloß auf lüsterne Gedanken da in der Einschicht …

HERR: Ich darf doch bitten

WITFRAU: No ja, weil's wahr is. So ein junger Fratz … leitet womöglich den Zug in'n Wald – mitten hinein – wo er sich in die Baam verwuzelt, daß man ihn leicht a Wochen lang net find't! *Wichtig:* Soll heifig vorkommen … heifig vorkommen … mir hat's a Ferschter erzählt … *Geheimnisvoll:* Z'erscht hat er 's wo klagen g'hört … allweil klagen … im Wald … und dann hat er'n g'funden …

HERR *macht eine abwehrende Bewegung.*

WITFRAU *unaufhaltsam:* Das sein aber bloß die leichten Fälle! Sie sein auf Züge g'stoßen … oft schon voller Schwammerln … wo die Schgeletter von die verhungerten Passascheer aus die Fenster herausgeglotzt haben …

HERR *unwillig:* Was redet Sie da für einen Unsinn? So was ist vielleicht im Anfang dann und wann passiert, aber doch jetzt nicht mehr.

NOZERL *tritt vor das Fenster hinaus:* Sie haben 3 Gulden 23 Kreuzer Übergewicht zu zahlen.

WITFRAU *erbost:* Das kann Sie jedem sagen! Was weiß Sie denn überhaupt von der Bahn? Ist denn kein Mannsbild da? Hat Sie kan Vattern? Was treibt denn der, daß er sein

Mädel da in der Einschicht laßt? Wo auch junge männliche Passascheer durchkommen … Lustreisende … A saubrer Vatter! Is g'wiß ein Wilderer …

NOZERL *springt zornbebend vor:* Nein! Übern Vattern laß i nix kommen… Er is a ehrlicher Mann …

Man hört einen Knall. Der Dackel bellt wie irrsinnig. Der Gaul bäumt sich wiehernd auf. Ein Gemsbock klatscht mitten in die Gruppe hinein. Der VORREITER *läuft entsetzt davon. Unter Poltern und Krachen kollern und rutschen die* WILDERER, *von Geröll begleitet und in eine Staubwolke gehüllt, von der vorspringenden Felswand herunter. Der Gaul geht durch.* VATER ZWÖLFAXINGER *faßt sich als erster.*

ZWÖLFAXINGER: Sakra – jetzt hab i wegen dem dalkerten Vorsprung net g'sehn, daß Leut da san.

HERR: Parbleu! Geschwärzte Gesichter? Ihr seid ja … Demaskiert euch sofort, Halunken! Wischt den Ruß ab – Bärte herunter –!

ZWÖLFAXINGER: No, no, no – net glei so gach! Nur weil sich unserans a bißl die Menasch aufbessert.

WILDERER *murmeln drohend.*

HERR: Malefizpersonen seid ihr! Schießt des Kaisers Wild ab in den Bergen! Diebsgesindel!

TEUXELSIEDER *springt vor, schwingt drohend den Stutzen:* Dös nimmst z'ruck, dös Wurt – oder …!

NOZERL *wirft sich vor den* HERRN: Halt! Zurück! Nur … über … meine Leich … *Sie sinkt ohnmächtig in die Arme des* HERRN.

TEUXELSIEDER: Ah, sooo is dees? Sooo?! *Verzweifelt:* I geh ins Wasser … i stürz mi in'n Gießbach … Aber zuvörderscht … *Gräßlich:* … zuvörderscht laß i dem Herrn da die Darm außa! *Er zieht das Messer.*

ZWÖLFAXINGER *tritt mit patriarchalischer Wucht dazwi-*

schen: Teuxelsieder – dös tuast net! Mörder san mir koane … untersteh dich! Die Darm bleiben drinnert!

In diesem Augenblick wird aus der Kulisse das Ächzen und Pfeifen eines herannahenden Zuges hörbar, der sich gleich darauf von links auf die Bühne schiebt. Der DACKEL *hat der Wildererszene zugeschaut und die Ankunft nicht gemeldet.*

ZWÖLFAXINGER: Marandanna! Dös is ja der Zwölfuhrzug … Was fallt denn dem ein … wo erst neine vorbei is … und von der falschen Seiten kummt er aa no … auf das Rabenviech, den Waldl, is gar kein Verlaß mehr.

Er hat trotz falschem Bart und geschwärztem Gesicht den Diensttschako aufgesetzt, die Signalfahne zur Hand genommen und »Freie Einfahrt« geblasen. Der Zug bleibt unter unheimlichen Tönen stehen. Lokomotive, erster Waggon und Anschnitt des zweiten nehmen die linke Hälfte der Bühne ein. Der HEIZER *springt ab und stellt ein Schafferl unter den tropfenden Kessel. Dann steigt er mit einem Rauchfangkehrerbesen zum Schlot und versucht ihn zu putzen. Ein livrierter* KONDUKTEUR *ruft den Stationsnamen aus. Den Waggons entsteigen eine Anzahl* REISENDER *in Rokokotrachten. Ein* ZEICHNER *mit einem Netzdiopter skizziert die Szene von einem erhöhten Platz auf dem Felsvorsprung rechts. Im Vordergrund links haben sich aus der Gesellschaft zwei finstere, wild um sich blickende Gestalten mit Carbonarievollbart abgesondert: der auf einer sommerlichen Erholungsreise begriffene Mörder* RINALDO RINALDINI *und sein* ADJUTANT. *Sie tauschen verschwörerischebe Bemerkungen und gestikulieren vielsagend nach der Gestalt des* HERRN. RINALDINI *zieht seinen Dolch, prüft unzufrieden dessen Schärfe, schleift ihn zuerst an der Sohle seines* ADJUTANTEN *und benützt sodann den ärarischen Schleifstein im Vordergrund. Während die beiden von der wachsenden Menge der aussteigenden* REI-

SENDEN *allmählich verdeckt werden, drängt aus dem Hintergrund der Staatsminister* GRAF COBENZL *(in Galauniform) nach vorne und auf den* HERRN *zu. Er trägt ein rotes Akten-Portefeuille und trifft Anstalten, es dem* HERRN, *der immer noch die ohnmächtige* NOZERL *im Arm hält, mit Kniefall zu überreichen. Die* HOFGESELLSCHAFT *beginnt einen Halbkreis um die erhabene Szene zu bilden, wodurch der Blick auf* RINALDO RINALDINI *und* TEUXELSIEDER *wieder frei wird. Sie stehen in gleicher Entfernung rechts und links vom* HERRN, *beide mit gezückter Stichwaffe, neben* RINALDO *sein* ADJUTANT, *dahinter die Schar der* HOFBEDIENSTETEN *und sonstiges Personal, neben* TEUXELSIEDER VATER ZWÖLFAXINGER, *dahinter die Gruppe der* WILDERER. *Aus diesem Arrangement entwickelt sich szenisch und musikalisch eine barocke Opernparodie, die in unaufdringlicher Weise zugleich die Handlung weiterführt. Während der kurzen Buffodialoge in den Orchesterpausen verharren die übrigen Mitwirkenden nach Art lebender Bilder in ihren zuletzt eingenommenen Stellungen und geraten erst wieder mit dem Einsetzen der Musik in Bewegung.*

COBENZL *vor Aufregung stotternd:* Maj … Maj … durchl … Maj …

HERR *winkt ab:* Meinen Namen soll man nie erfahren.

COBENZL *respektvoll bestürzt:* Nie erfahren …?

HOFGESELLSCHAFT *flüsterndes Echo:* Nie erfahren.

Musik. Der HERR *nimmt Gesangsposition ein und behält dabei die ohnmächtige* NOZERL *im Arm, so daß sie, wenn er gestikuliert, leblos mitschwingt.*

HERR:

Mit Beweisen meiner Huld will ich nicht sparen,
Streu sie aus mit volle kaiserliche Händ.
Meinen Namen aber sollt ihr nie erfahren –
Ich verlaß mich drauf, daß ihn ein jeder kennt.

CHOR:
Er verlaßt sich drauf, daß ihn ein jeder kennt.
HERR:
Noch von heut in vielen hundert Jahren
Bleibt's ein österreichisches Patent,
Niemals nicht um Gottes willen zu erfahren,
Wie man wen und wie man was beim Namen nennt.
CHOR:
Daß nur niemand nichts beim rechten Namen nennt!
HERR:
Insgeheim ist man sich zwar im klaren,
Wer was ang'stellt hat und wo es brennt,
Doch den Namen wird man trotzdem nie erfahren,
Weil sonst eine Mischkulanz entstehen könnt.
CHOR:
Eine fürchterliche G'schicht entstehen könnt.
HERR:
Mögen andere die Blicke auf sich zahren –
Die Bescheidenheit ist unser Element!
Kann man wo von wem den Namen nicht erfahren,
Ist's zumeist ein Österreicher dann am End …
CHOR:
Ja, ein Österreicher ist es dann am End.

Der HERR *hat sein Lied beendet und schupft* NOZERL *an seine Brust zurück. Der* CHOR *verharrt in regloser Schlußpose. In die vollkommene Stille treten aus dem Hintergrund* IGNAZETTE FREIIN VON ZIRM *(schwerhörig, mit riesigem Hörrohr) und* GRÄFIN PRIMITIVA VON PARADEYSER *(kurzsichtig, mit ständig aufschnappendem Lorgnon).*

ZIRM: Ma chère Paradeyser! Hat Sie Worte? *Deutet auf* NOZERL. Wie das ordinäre Mensch sich aufführt!

PARADEYSER: Versteh den Cobenzl nicht. Schaut einfach zu

– statt daß er den Trampel endlich von geheiligter Römisch Kaiserlicher Majestät herunterklaubt!

ZIRM: Wird auch schon alt, der Cobenzl. Passen S' auf, jetzt ist er bald reif für'n auswärtigen Dienst.

PARADEYSER: Also in Wien ist er auf das hin un – mög – lich. Wenigstens herunterklauben müßt er s' doch.

Während das Kopfschütteln der beiden langsamer wird und schließlich erstarrt, belebt sich rechts die Gruppe um TEUXELSIEDER, *der aufs neue sein Messer zu schwingen beginnt und von* VATER ZWÖLFAXINGER *in rhythmischem Handgemenge gebändigt wird.*

TEUXELSIEDER:

Er halt' sie noch immer im Arm –
Mein Nozerl – ich kann's gar net fassen!
Jetzt laß ich s' eahm außa, die Darm!
Auslassen zum Außalassen!

ZWÖLFAXINGER:

In die Berg is kein Mord nie noch g'schehn,
Soweit sich die Menschheit erinnert.
Auch du wirst dich nicht unterstehn –
Sei staad, und die Darm bleiben drinnert!

CHOR DER WILDERER *dumpf:*

Die Darm, die Darm bleiben drinnert.

TEUXELSIEDER *ist immerhin um zwei Schritte näher an den* HERRN *herangekommen. Mit ähnlichem Vor- und Nachspiel belebt sich unterdessen die Gruppe links.*

RINALDINI:

Per bacco, jetzt mack ick ihn hin,
Das ist eine Tsans wie kein zweite!
Was denken sick sonst in Wien
Und zu Haus von Rinaldo die Leute?

ADJUTANT:

Es geht nick, das siehst du dock selb,

Hier sind sson zu viele, per bacco!
Und tragen alle swarz-gelb
Mit Doppeladler am Tsako.

CHOR DER HÖFLINGE *jubelnd:*
Mit Doppeladler am Tschako.

Die Gruppen erstarren wieder. Während BARONIN ZIRM *ihr Hörrohr ansetzt und* GRÄFIN PARADEYSER *ihr Lorgnon aufschnappen läßt, nähern sich ihnen* ORPHEUS GRAF WUMPSBRANDT DER ÄLTERE, *der an der Hand seinen apathisch dreinschauenden Sohn,* ORPHEUS DEN JÜNGEREN, *nachzieht.*

ORPHEUS D. Ä. *zur* PARADEYSER: Ah! Liebste Gräfin! Charmant, Sie zu sehen! *Handkuß. Zur* ZIRM: Oh – und Baronin sind auch da?

ZIRM *Hörrohr:* Wie bitte?

ORPHEUS D. Ä. *lauter:* Baronin sind auch da?

ZIRM: Wie? Ich versteh nicht.

ORPHEUS D. J. *schreit ihr ins Hörrohr:* Ob Sie da sind!!

ZIRM: Ah so … Nein.

ORPHEUS D. Ä. *verlegen:* Darf ich meinen Sohn Schnopfi vorstellen, den zukünftigen Majoratsherrn? Heißt natürlich auch Orpheus, wie wir alle … Orpheus Bogumil Soslanus … wird deshalb zu Hause auch Soserl g'rufen … aber meiner Frau g'fallt Schnopfi besser … *Zum Sohn, leise:* Sag der Baronin, daß sie brillant ausschaut.

ORPHEUS D. J.: Wäääälcher denn?

ORPHEUS D. Ä. Der langen … die was so gelb im G'sicht is, wie ein gratinierter Karfiol …

ORPHEUS D. J. *zur kleinen, krebsroten* PARADEYSER: Nein – wie Sie g'wachsen sind, seitdem ich nicht mehr das Vergnügen hatte …

ORPHEUS D. Ä.: Is heut ein bisserl distrait, der Schnopfi. Aber nicht immer. Hat Ihnen sonst eine présence d'esprit – also der Kaunitz is ganz weg von ihm. Sagt mir nix wie Flattusen, wann er mich sieht. »Gratuliere zum Sprößling«, sagt er mir neulich. »Glänzender Nachwuchs für die Diplomatie. So was von undurchsichtig!« Also einer wie der würde zum Beispiel sofort Großsiegelbewahrer werden, da oben in … Dingsda … äh, wie heißt man's denn … dort wo die englische Krankheit herkommt …

PARADEYSER: Meinen England?

ORPHEUS D. Ä. *nach einigem Nachdenken:* Ja. England. Wie S' das gleich erraten haben … Von dort kommt aber auch nie was Gutes.

PARADEYSER: Sagen das nicht. Hab erst ohnlängst beim britannischen Ambassadeur einen Sherry verkostet – einfach superb. Dort können den Herrn Sohn ruhig Großsiegelbewahrer werden lassen.

ORPHEUS D. Ä.: No ja, hätt ja auch nix dagegen. Und als Österreicher bringt man's halt doch eher im Ausland zu was Rechtem …

Unterdessen ist GRAF COBENZL, *der bisher dem* HERRN *in halb kniender Stellung das Akten-Portefeuille hingehalten hat, langsam aufgestanden. Musik.*

COBENZL:

Eines Österreichers Chance auf Karriere
Ist, wenn er zu Haus bleibt, nicht sehr groß.
Nur wer Sitzfleisch hat, der bringt's zu Ruhm und Ehre –
Der Erfolg ist eine Frage des Popos.

CHOR:

Man erwirbt ihn nicht, nein, man ersitzt ihn bloß.

COBENZL:

Wer Talent hat und wem noch zu raten wäre,
Soll ins Ausland Karriere machen gehn.
Kommt er wieder mit gemachter Karriere –

In der Heimat, in der Heimat gibt's dann kein Wider–wider–widerstehn!

CHOR:

In der Heimat, in der Heimat, da gibt's kein Widerstehn.

Aus ihrer Gepäckpyramide löst sich polternd die WITFRAU GACKERMAIER *und stürzt auf* COBENZL *zu, den sie mit liebestollen Blicken zu verschlingen droht.*

WITFRAU: Nein, so viel ein schöner Mann was dös is! Mich sicht Powang nimmer. Und meine Verlobung mit'n Woislhofer lös ich auf. Den oder keinen … Öxlenz!

COBENZL *dreht sich unwillig um:* Was denn? Wer ist Sie?

WITFRAU: Gackermaier heiß ich und bin eine geborene Schunkengruber.

COBENZL *indigniert:* Das seh ich. Und was will Sie?

WITFRAU: Ihnen, Öxlenz.

COBENZL: Wie –?

WITFRAU: Ihnen will ich Herz, Hand und Haus anbieten. Das heißt: mehrere Häuser. Ich bin eine grade Frau – eine einfache Frau – wenn auch eine reiche, sehr reiche Frau.

COBENZL *blickt milder:* Und?

WITFRAU: Und da wären einmal die zwei Eckhäuser am Schottenfeld, das eine mit'n Schild: »Wo der gute Hirte es verlorene Lamm rettet«, und das andere: »Wo die Schlange nach'n Sündenfall den erschten Eltern Gutenacht winscht.« Und dann wär da noch das Haus am Strozzigrund …

COBENZL *blickt interessiert.*

WITFRAU *jetzt schon näher und vertraulicher:* … wo i die Selcherei hab, was vom meinigen Geschwisterkind sein Schwiegersohn betrieben wird, Schebesta schreibt er sich und hat nur ein Ohrwaschel, denn das andere –

COBENZL *unterbricht:* Gut, gut, liebe Frau, aber wozu erzählt Sie mir das alles?

WITFRAU *vorwurfsvoll:* So seid ihr, ihr Großen dieser Örde! Ob ein armer Mann aus dem Volke zwei Ohrwascheln hat oder drei oder gar keins – das is eich wurscht. Ja möhr! Es is eich ein Gegenstand des Spottes oder gar des Abscheis. Und dabei hat er sein Ohrwaschel auf dem Altar des Vaterlandes niedergelegt.

COBENZL *verständnislos:* Eh –?

WITFRAU: No ja, weil's ihm der Türk vor Mohatschi abg'hauen hat.

COBENZL *steht stramm:* Ein braver Mann. Aber jetzt komm Sie zum Ende! Sieht Sie nicht, daß ich vom Dienst überbürdet bin? Also – was will Sie?

WITFRAU: Öxlenz – nimm mich hin als die deinige!

Sie tut einen dröhnenden Fußfall. Der HERR *erschrickt und läßt* NOZERL *aus seinen Armen gleiten, die gleichfalls mit Getöse zu Boden fällt. Die Szene belebt sich allseits, Unterhaltungsmusik setzt ein.*

NOZERL *schlägt die Augen auf:* Wo … wo bin ich? Und die vielen Menschen? Is leicht ein Zusammenstoß g'wesen? Aber nein – das is ja der noblichte Herr von vordem … und da … was ist das … da schauts … ober seinem Haupt …

Mit Staunen sieht man den doppelköpfigen Reichsadler über dem HERRN *schweben.*

NOZERL: … das muß ja … der Kaiser sein!

ALLE *ehrfürchtig raunend:* Der Kaiser …

HERR: O je. Jetzten is es heraus.

Er setzt zu einem musikalischen Dementi an. Die Begleitinstrumente verwimmern schon nach den ersten Noten.

HERR: Meinen Namen aber … *Für sich:* Nutzt nix … *Laut:* Alsdann ja, ich bin's.

ALLE *wie zuvor:* Der Kaiser Joseph …

Die ZIVILISTEN *sinken in die Knie, die* UNIFORMIERTEN *einschließlich des* ZUGPERSONALS *stehen stramm und präsentieren ihre Degen, Stutzen, Besenstangeln oder was sie gerade zur Hand haben.*

NOZERL *auf* RINALDINI *deutend, angstvoll:* Und der schwarze Mann dort mit'n Vollbart – der kommt g'wiß aus Fenedig … von die Galeeren … und hat schon den Frachtbrief für mein armen Vatter bei sich … Jessas!!

Sie stößt einen schrillen Schrei aus, denn RINALDINI *hat sich von seinem* ADJUTANTEN, *der noch ein beschwörendes »Rinaldo« hören läßt, soeben freigemacht und geht mit gezücktem Dolch und unter heiseren »Per-bacco«-Rufen auf den* KAISER *los.* NOZERL *springt auf, um den* KAISER *mit ihrem Leib zu decken, doch wirft sich im gleichen Augenblick auch* TEUXELSIEDER *dazwischen und beginnt zum Takt der immer wilder gewordenen Begleitmusik mit* RINALDINI *zu ringen.*

CHOR:

Ujegerl, ein Attentat
Auf unsern geliebten Kaiser.
Wie der Mörder die Augen verdraht!
Wie klingt seine Stimme heiser!

Vertilgt ihn, bevor es zu spat,
Und laßt in der Hölle ihn schnarchen!
Es wär nämlich wirklich schad
Um unsern geliebten Monarchen.

Zum Abgrund, zum felsigen Grat!
Hinab mit dem Attentäter!
Gepriesen sei Gottes Rat,
Und ein Hoch dem tapferen Retter!
Hoch! Hoch! Hoch!

TEUXELSIEDER *und* RINALDINI *haben sich in rhythmischem Zweikampf der im Hintergrund markierten Schlucht genähert, wobei* TEUXELSIEDER *immer deutlicher die Oberhand gewinnt. Jetzt versucht er zum Takt der dreimaligen Hochrufe, die mehr wie ein »Ho-ruck« klingen, den zappelnden* RINALDINI *emporzuheben, was ihm jedoch erst beim dritten »Hoch« gelingt. Sodann schleudert er ihn in den Abgrund, aus dem nach einigen Sekunden atemlosen Lauschens ein dumpfer Aufschlag hörbar wird.* BARONIN ZIRM *und* GRÄFIN PARADEYSER *fallen in Ohnmacht, jene in die Arme des älteren, diese in die Arme des jüngeren* WUMPSBRANDT.

WITFRAU *zutiefst bewegt:* Habts es g'hört, wie's »bum« g'macht hat? Jetzten hat's eahm dermatschkert …

COBENZL *beugt sich über den Abgrund, nickt ernst:* Dermatschkert … *Dann wendet er sich zu* TEUXELSIEDER *und klopft dreimal mit dem Zeremonienstab.*

COBENZL: Der Retter Seiner Majestät –

ALLE: Hoch, hoch, hoch!

Nach dem letzten »Hoch« bleiben alle mit der zum Jubelruf erhobenen Rechten stehen, bis auf DIE BEIDEN WUMPSBRANDT, *die sich um ihre bewußtlosen Damen bemühen.*

ORPHEUS D. Ä.: Is die deinige noch immer bewußtlos?

ORPHEUS D. J.: Ja. Deine auch?

ORPHEUS D. Ä.: Ja. – Du, Schnopfi, was ich dir sagen wollt: alle Männer mit schwarze Vollbärt sind Möörder. Merk dir das fürs Leben.

ORPHEUS D. J.: Ah, da dran kennt man s'! Interessant.

ORPHEUS D. Ä. *zur* ZIRM: Wachen auf, bitte … nix is. – Weißt, also so was von einer Attentatserrettung is nicht mehr dag'wesen, seit was der Stojesbal von Standschlaf von der böhmischen Hofkanzlei – der mit die g'schwinden Augerln – damals am Hofball den Mörder entdeckt hat, der was unter der Krinolin von der Kaiserinmutter versteckt war und immer mitg'schleift is. Erinnerst dich?

ORPHEUS D. J.: Natürlich. Wie wann's gestern g'wesen wär. Ja ja, der Stojesbal. Zuerscht hat er geglaubt, Majestät geruhen ein Dessous zu verlieren – aber derweil war's ein Stückerl vom Mörder, was herausg'schaut hat. Und auffälligerweise hat's immer »bim-bim« g'macht. Der Kerl hat nämlich Tanzsporen ang'habt. Wegen Hofball.

PARADEYSER *seufzt.*

ORPHEUS D. J.: Du – meine hat grad an Seufzer auslassen … Glaubst, daß die Polizei sich das merken wird?

ORPHEUS D. Ä.: Da kommt s' g'wiß gleich zu sich. Ob die Polizei sich das merken wird?

ORPHEUS D. J.: Das mit die Vollbärt. – Jetzten wacht s' auf.

PARADEYSER *hat sich mit einem nochmaligen Seufzer aufgerichtet.*

ORPHEUS D. J. *stellt die Schwankende ab.* Das is aber g'scheit, daß Gräfin wieder bei gräflichen Sinnen sind … bin innerlich total derangiert von der Strapaz …

Zieht einen Taschenspiegel hervor und macht sich zurecht.

ORPHEUS D. Ä. *die* ZIRM *schüttelnd:* Baronin noch immer ohnmächtig? Kommen Baronin doch zu Baronin!

ZIRM *wie oben* PARADEYSER.

ORPHEUS D. Ä. *wie oben* ORPHEUS DER JÜNGERE.

ZIRM *sich umblickend:* Mir scheint, wir haben eine ganze Menge versäumt. Wann ist denn die Leich?

PARADEYSER: Muß mich erkundigen. Aber dazu ist jetzt keine Zeit. *Deutet auf* NOZERL.

NOZERL *steht in Anlaufposition zum Kniefall, den sie jetzt dicht vor dem* KAISER *vollführt; dabei stößt sie sich, um besseren Schwung zu haben, vom* VATER ZWÖLFAXINGER *ab.*

NOZERL: Majestät! Lieber Herr Kaiser! Übet Gnade an diesen da … *Mit Geste zu den* WILDERERN. Sind ja lauter treue Eisenbahner, die sonst immer brav ihren Dienst machen. Übet Gnade an meinem Vattern … sowie an meinem Bräutigame …

TEUXELSIEDER *verzweifelt:* Wann i denk, was i vorhin von die Allerhöchsten Därm g'sagt hab … I bitt um Vergebung!

Er kniet neben NOZERL *hin.* VATER ZWÖLFAXINGER *ist mit reuig gesenktem Kopf hinter die beiden getreten. Der* HERR *betrachtet sie gerührt.*

HERR: Nicht des Vergebens ist meines Amtes, sondern des Dankens. Du, wackerer Bursche, warst mein Retter wider jenen Mordbuben – und du, holdes Mädchen, hast mich zuvor, als er es noch auf meine Därme abgesehen hatte, vor meinem Retter gerettet. Mein kaiserlicher Dank ergieße sich über euch. *Er winkt* COBENZL *heran:* Notieren Sie die Nobilitierung, lieber Graf. – Stehen Sie auf, Baronin Zwölfaxinger! Und Sie, Baron Teuxelsieder ebenfalls!

ALLE *applaudieren dem Gnadenakt.* ZWEI PAGEN *kommen gelaufen und halten* COBENZL *Schreibunterlage und Tintenfeldflasche hin.*

COBENZL *schreibend:* Ornamus – virtute – baronis – Franciscum – Xaverium – de et ab – Teuxelsieder – – haben keine andern Vornamen? Nein? – – et vi-vi-vi – – die Feder tut's nimmer lang – – virginem – Innocentiam – – is auch die erste Baronin, die eine Jungfrau wird – halt, herstellt – die erste Jungfrau, die – ah was – – de et ab – Zwellefaxinger – – sonst noch was, Majestät?

HERR: In der Tat. Notieren Sie weiter. COBENZL *schreibt.* Die dasige Stationskassa von …?

COBENZL: Wuzelwang.

HERR: … von Wuzelwang sei der jungen Baronin Mitgift für ihren Ehebund. Und Seine Liebden bekommt mit Mautabwurf die Bahn da als Lehen – von dieser Weiche *Geste* bis zum Nepomuk auf der Brucken.

COBENZL: Usque ad Nepomucenum aut cum Nepomuceno?

HERR: Bis zum halben Nepomuk. Die andere Hälfte dieses böhmischen Heiligen bleibe kaiserlich.

COBENZL: Sehr wohl.

HERR: Haben Sie's? Geben S' her. *Er unterschreibt den Akt.*

CHOR DER HÖFLINGE:

Nein, die Gnad, nein, die Gnad,
Was der Kaiser heut tut.

CHOR DER WILDERER:

Seids schön staad, seids schön staad,
Schleichts euch, eh's ihm leid tut.

BEIDE CHÖRE:

Wieder einmal kann man sehn:
Majestät zu sein ist schön.

Die HÖFLINGE *retirieren in die Richtung zum Zug, die* WILDERER *in die Richtung zum Abgangspfad.* NOZERL *und* TEUXELSIEDER *haben dem Kaiser dankbar die Hand geküßt und sind zur Seite getreten, so daß jetzt nur noch* VATER ZWÖLFAXINGER *dasteht, mit unverändert gesenktem Kopf.*

HERR: Ja, was mach ich denn mit Ihm? *Zu* COBENZL: Nobilitieren kann ich ihn nicht – is ja auch weiter kein Anlaß …

COBENZL *zuckt hilflos die Achseln.*

HERR *hat einen Einfall; zu* VATER ZWÖLFAXINGER: Warten S' – möchten S' an Orden? Vielleicht den da? Noch kaum getragen …

Er nestelt einen Orden von seiner Uniform und heftet ihn an ZWÖLFAXINGERs *Brust.* ALLE *applaudieren und setzen sodann in gemessenem Rhythmus ihre Abgangsvorbereitungen fort.*

CHOR DER HÖFLINGE:

Die Geduld, die Geduld
Von der kaiserlichen Huld!

CHOR DER WILDERER:

Adelsregen, Ordenssegen
Um ein bisserl Mordens wegen!

BEIDE CHÖRE:

Ja, hier waltet hoher Plan,
Alles das wär nie getan
Ohne unsre Eisenbahn.
Hoch, hoch, hoch.

Im gleichen Augenblick, in dem beide Gruppen, zwar noch zur Gänze auf der Bühne befindlich, ihre Abgangspositionen erreicht haben, wird die Begleitmusik, die das Motiv der Kaiserhymne andeutet, von einem lauten Posaunenstoß unterbrochen. Die Gruppen halten jählings inne und wenden sich nach rechts, von wo jetzt ein zweiter Posaunenstoß ertönt: Auf dem Felsblock im rechten Vordergrund (über den zuvor die Wilderer heruntergekollert sind) erscheint auf einer unsichtbar eingebauten Treppe die KGL. BRITANNISCHE DELEGATION, *als erster ein posauneblasender* PAGE, *dann der britannische Botschafter* LORD HOBGOBLIN *mit seinem Sekretär* SIR HUGH ALGERNON WHIMBHALL *und zum Abschluß ein* PAGE *mit einer mächtigen Pergamentrolle. Sie bleiben am Ansatz des Felsens stehen, also um eine Kleinigkeit höher als die in regloser Erwartung ihnen entgegenblickende Menge. Die Musik, die in das Motiv von »God Save The King« übergegangen ist, bricht ab. In der spannungsgeladenen Pause zeigt sich* GRAF COBENZL *der überraschenden Situation vollauf gewachsen, tritt vor und klopft dreimal mit dem Zeremonienstab auf den Boden.*

COBENZL: Seine Exzellenz, der Königlich Britannische Botschafter Lord Percy Fairfax Fitzroy Hobgoblin.

Allgemeines »Aahh!«. Neuerlicher Posaunenstoß des ERSTEN PAGEN. HOBGOBLIN *stellt sich in Positur, als ob er reden wollte, läßt es jedoch bleiben.*

HOBGOBLIN *zu* WHIMBHALL: Lesen Sie.

WHIMBHALL *läßt sich vom* ZWEITEN PAGEN *das Pergament reichen und liest mit kaum hörbarem englischen Akzent:* Die Regierung Seiner Königlich Britannischen Majestät beehrt sich folgendes mitzuteilen: Bei einer von Seiner Königlichen Hoheit dem Prince of Wales vor kurzem veranstalteten Treibjagd haben Seine Königliche Hoheit anstelle des zum Abschuß vorgesehenen Rehbocks irrtümlich einen nicht zum Abschuß vorgesehenen Treiber namens Stephenson getroffen. Als Schmerzensgeld wurde diesem Treiber die königliche Bewilligung erteilt, einen Sohn namens George Stephenson herzustellen, der im Jahre 1829 die Eisenbahn erfinden wird. Die Regierung Seiner Majestät macht darauf aufmerksam, daß bis dahin alle derartigen Erfindungen zu unterbleiben haben und alle etwa schon gemachten Erfindungen ungültig sind. Im Namen der Regierung Seiner Majestät: der Königlich Britannische Ambassador Lord Percy Fairfax Fitzroy Hobgoblin.

Er rollt das Pergament wieder ein und reicht es dem ZWEITEN PAGEN *zurück. Nach einem abermaligen Posaunenstoß wendet sich* DIE BRITANNISCHE DELEGATION *zum Gehen und verläßt grußlos die Bühne. Kurzes Schweigen.*

KAISER JOSEPH: No ja. Lassen wir's halt denen Roastbeefischen. Mit der Eisenbahn hat man ja eh nix wie Scherereien …

Allgemeiner Jubel. Die Gruppen arrangieren sich zur Schlußapotheose.

ALLE:

Daß die Eisenbahnen längst erfunden waren
Hier bei uns, das wußten wir ja gleich.
Doch die Welt wird leider nie davon erfahren –
Ja so geht es schon einmal mit Österreich!

Während die Musik das Motiv von »O du mein Österreich« andeutet und die Lokomotive im Hintergrund mit wehmütigem Pfiff einige Dampfwolken entläßt, fällt der VORHANG.

Sellawie *oder* Hamlet, der Osterhase

EINE GESELLSCHAFTSKOMÖDIE
AUS DEN FEINSTEN KREISEN BÖHMENS UND MÄHRENS
(AUSZÜGE)

Personen

DURCHLAUCHT ZDENKO WALLENSTEIN, fürstliche Gnaden und Herzog von Přelouč

BARBARA EUSEBIA, geb. Prinzessin von Gonzaga, seine Gemahlin

THEKLA, genannt Baby, beider Tochter

CLARA EUGENIA GRÄFIN TERZKY, geb. Herzogin von Caravayal

HEINZ ZWONIMIR ARBOGAST GRAF TERZKY, ihr Sohn

VISCOUNT TEDDY BUTTLER, tit. Ehrentambour zu Pferd der Royal Yorkshire Artillery und britischer Militärattaché in Prag

TÖHÖTÖM GRÓF ÜLLÖ
ELEMÉR GRÓF IZSO-LÁNYI } Theklas Lieblingsoheime

PROF. DR. WENZEL SENI, Privatdozent aus Prag

JUDASZ TADEUSZ GRAF JAROSZINSKY, Adelsmarschall von Zambor

RUDI LALLMAYER, ein hohlröhrender Mime und Aspirant des Burgtheaters

ULTIMUS HOWNITSCHEK, Wallensteinischer Hofrat und Leibkammerdiener

VOPICE, Groom in Üllö'schen Diensten

Wetti Zwöschbenflöck, eine unermeßlich reiche Witwe
Dr. Engelbert Blaha, Oberlandesgerichtsrat
Vanilius Krepetz, Kerkermeister
Arabella, eine Zigeunerin
Kodakowsky, Kriminalphotograph
Kwapil, eine stumme Figur im Landesgericht
Der Kellner mit der Henkersmahlzeit
Ein düsterer Polizeikommissär
Zwei Polizisten

Personen des österlichen Zwischenspiels

Hamlet, Prinz von Dänemark	Rudi Lallmayer
Ophelia	Contessa Thekla Wallenstein
Polonius	Graf Terzky
Der König	Gróf Izso-Lányi
Die Königin	Gräfin Terzky (aus besonderer Liebenswürdigkeit)

Stimmen

Die erregte Stimme eines Herrn aus Kladrup
Salongeflüster der vornehmsten Kreise Böhmens und Mährens
Eine zerbrochene Damenstimme mit Hörrohr
Mehrere »Jeschischmarja« rufende Stimmen bei der Opheliaszene

Geräusche auf Schallplatten

Fernes Rüdengeläute in den Zwischenakten
Pferdegetrappel der Wiener Polizei
Chor der Untersuchungshäftlinge des Wiener Landesgerichts

Orte der Handlung:
Der Wladislawsaal auf Schloß Humpoletz. – Eine einsame Partie im Schloßpark. – Eine Partie im Wiener Stadtpark. – Die Armesünderzelle im Wiener Landesgericht.

Zeit:
Um 1930, zu Ostern.

Schon der Titel »Sellawie« – unschwer als eine angeböhmelte Transkription von »C'est la vie« erkennbar – bekundet das doppelte Vorhaben des Stücks: er weist sowohl auf die gesellschaftliche Atmosphäre hin, in der es spielt, als auch darauf, daß es des Lebens ganze Fülle umfassen will. Mit »Leben« ist allerdings nicht das Alltagsleben gemeint, sondern eben jenes, dem der Ausruf »C'est la vie!« zu gelten pflegt. Denn wo immer die Feststellung »So ist das Leben« gemacht wird, darf man sicher sein, daß es keineswegs »so« ist, daß man bestenfalls einen pathetischen oder sentimentalen Reflex vor sich hat. In solchen Fällen sagt man also: »C'est la vie.« Oder, wenn man den feinsten Kreisen Böhmens und Mährens angehört: »Sellawie.«
Auf zwei Äußerungsformen des Lebens trifft diese Definition in höchstem Maße zu: auf die Geschichte und auf das Theater. Genauer: auf die Geschichtslegende und auf das verlogene Theater. Und das war es wohl auch, was Herzmanovsky bei der Konzeption seiner »Gesellschaftskomödie« im Auge hatte. Allem Anschein nach wollte er eine Vielzahl der beliebtesten historischen und dramatischen Kitschmotive zusammenfassen und durcheinandermischen, wobei ihm Shakespeare und Schiller genauso willkommen waren wie der aus Märchen und Courths-Mahler kombinierte Liebeskonflikt zwischen der standesbewußten Tochter des Hochadels und dem armen Schauspieler, der sich zum Schluß (selbstverständlich mit Hilfe einer Zigeunerin) als weggelegtes Fürstenkind erweist; oder wie der polnische Pseudo-Graf, der durch seine Gewinne am Kartentisch in den Liebeskonflikt eingreift und noch rechtzeitig als Falschspieler entlarvt wird; wie das amouröse Geflüster im abendlichen Schloßpark und die makabre

Untergangsstimmung im morgendlichen Stadtpark; wie die reiche Witwe, die aus nicht ganz altruistischen Gründen zur Rettung des armen Schauspielers bereit wäre; und wie die beiden ungarischen Aristokraten, von denen der eine das sogenannte »Magnatenlied« vorzutragen hat – »eines jener unglaublich seltsamen Sprechlieder, die das ungarische Volk sonst immer vor den Europäern sorgfältig geheimhält; das Lied vereinigt alle sozialen, seelischen und folkloristischen Elemente, sowohl wehmütiger als auch heroischer Art, die sich irgendwie zum Absingen durch Köchinnen, heimwärtsziehende Schnitter, Freiheitskämpfer oder Moritatensänger eignen«. So heißt es in einer (brieflichen) Erläuterung Herzmanovskys, und was er hier in bezug auf das Lied andeutet, mag ihm in größerem Maßstab für das ganze Stück vorgeschwebt haben.

ERSTES BILD

Wladislawsaal auf Schloß Humpoletz. Redner-Estrade mit Tischchen. RUDI LALLMAYER – *ein junger, hohlröhrender Mime, der an Gedankenflucht und Neigung zum Wortsalat leidet – beendet soeben einen dramatischen Vortrag. Das Publikum muß in der Kulisse gedacht werden und macht sich zunächst nur akustisch bemerkbar.*

RUDI *nach einer offenbaren Kunstpause, mit einer Stimme, in der das Grauen zittert:* Daa! Haa! Waas ist daas!! Entsetzt sah der Graf sich um. Jäh sträubten sich seine Haare, die er der Sitte der Zeit gemäß bis auf die Schultern herabwallen ließ. Jaa, kerzengerade hatten sie sich in die Höhe gerichtet. *Man hört beklommene Töne aus dem Auditorium.* Ein ungeheures, tintenschwarzes Totengerippe kam langsamen Schrittes auf ihn zu. »Der Tod von Komotau«, ächzte tonlos der Graf. *Aus dem Publikum wird der Ansatz eines riesigen Hörrohrs sichtbar; eine zerbrochene Damenstimme fragt: »Von wo?«* Das Gerippe war dicht an ihn herangetreten und klopfte ihm auf die

Schulter. *Rufe des Entsetzens.* Dann sprach der Besucher aus der Hölle dumpf und auf deutsch: Popiel von Lobkowitz, erbleiche!

RUDI *schließt die Vorlesung und verharrt einige Sekunden in abwesendem Sinnen. Seine Linke, die das Buch hält, ist schlaff heruntergesunken. Donnernder Beifall ertönt.* RUDI *hebt das Haupt und fährt sich über die Stirne. Aus dem Auditorium stürmt ein bildhübsches Mädchen auf die Estrade und stülpt dem Verdutzten ein leichtes Lorbeergewinde auf die Stirn. Es ist* THEKLA, *genannt Baby, die Tochter des Hauses. Sie betrachtet glühenden Blickes den jungen, verwirrten Mimen. Das Stimmengebraus schwillt immer mehr an.* FÜRST *und* FÜRSTIN WALLENSTEIN *folgen ihrer Tochter auf das Podium. Es wird ruhiger.*

FÜRST: Lieber Freund, das haben S' wirklich aus-ge-zeichnet gebracht. Der Schluß … also man muß 'n Lobkowitz kennen. *Zur* FÜRSTIN: Weißt, das war der Wenzel Eusebius – der erste Herzog von Sagan – der Raudnitzer, weißt – den was der graus-Liche Lamberg anno … anno … is ja egal … also gestürzt hat. *Zu den Umstehenden, lauter:* Ich betone, es ist n i c h t der Bubi Lobkowitz, den ihr alle kennts – der hat keine Haar zum Sträuben. Sondern das war der Onkel der bildschönen Eleonore Pfalz-Neuburg, die was der Lamberg hat heiraten wollen. Aber da, eines Nachts, erscheint plötzlich auf Schloß Raudnitz – wer glaubts ihr? Der Kaiser Leopold selber, der mit der enormen Lippe. War grad zum vierten Mal Witwer und verliebt sich am nächsten Morgen Knall und Fall in die Eleonore. Aber der Lamberg …

FÜRSTIN *seufzt:* Wenn mein Mann einmal ins Erzählen kommt, wird's urfad.

THEKLA: War das der Lamberg, nach dem die jetzigen Salzkammerguthüteln heißen?

FÜRST: Weiß ich nicht. Jedenfalls hat damals der Montecuccolli –

TERZKY: Der was dem Maxl Hohenlohe die Briefmarkensammlung geschenkt hat? Und der hat sie dann dem Mommerl Deinhardtstein dreimal um den Kopf gehaut?

FÜRST: Ich bitt dich, wärm keine alten Fachés auf. Du ahnst nicht, wie schwer die Deinhardtsteinischen damals wieder auf gleich zu bringen waren. Drei Familientäg haben s' braucht … und der arme Bub, der Mommerl, hat an den Folgen von dem Briefmarkenalbum so schwer zu leiden g'habt, daß er wegen dem in die Diplomatie gangen is …

Der Kammerdiener HOWNITSCHEK *reicht Erfrischungen.* THEKLA *nimmt ihm Limonade ab und gibt* RUDI, *der vor einem Spiegel im Hintergrund herumstolziert, ein Glas. Die* FÜRSTIN *beobachtet den Vorgang kritisch durch ihr Lorgnon.*

FÜRSTIN *zu* GRÄFIN TERZKY: Paßt mir gar nicht …

FÜRST *zu dem düster neben ihm stehenden* SENI: Und was das Gerippe betrifft, so hat's ihm die Hofkamarilla g'schickt. Dem Lobkowitz. Damals. Noch wie ich bei die Viererdragoner war, hat man davon g'redt. Angeblich war's ein Diurnist aus der Hofkanzlei. Wenn ich nicht irre, hat sich ein Nüsslingen-Rillenburg deswegen sogar mit'n … na … momentan entfallen … also g'schossen. Interessant, was?

SENI *blickt düster auf; er hat mit Sprachschwierigkeiten zu kämpfen, die er nur durch starkes Böhmakeln überwinden kann:* Ich sinniere ieber die vorhin erwähnten Briefmarken, respektive – *deutet auf* RUDIs *Kopf* – ieber die Zusammenhänge zwischen Briefmarken und Lorbeer.

FÜRSTIN *das Stichwort aufnehmend:* Ich find die Garnitur viel zu groß für ihn. Und überhaupt – Thekla!

THEKLA: Mama?

FÜRSTIN: Nimm deinem Helden das Grünzeug vom Kopf.

Und vergiß nicht, daß er ein Bürgerlicher ist. Das sind die ersten Spatenstiche, um dem Bolschewismus den Weg zu ebnen.

THEKLA: Aber Mama. Laß ihm doch die Freude.

TERZKY *lenkt ab, Geste zu* SENI: Seine Magnifizenz scheint an einer Äußerung zu würgen ... *Halblaut:* Schaut aus wie der Fliegende Holländer, wann er zu speiben anfangt. Gleich wird's draußen sein – da!

SENI: Ad vocem Lorbeerkränze. Haben Durchlaucht jemals feststellen können, ob sich gekreente Heipter dieses Schmuckes auch im Allerheechst engsten Familienkreise bedienen?

FÜRST: Ich versteh nicht recht ...

SENI: Dem Philatelisten fällt nämlich auf, daß sogar zeitgenessische Monarchen ... also zum Beispiel Kaiser Franz Joseph I. Hochderselbe zeigt sich in den Serien von 1858 bis 1865, ja noch von 1867 bis 1883 in einem Lorbeergewinde mit hinten herabhängende Bandeln. Und Napoleon III. in der Serie von 1863 bis 1870 –

FÜRST: Wann ich bitten dürft, dieses Tuilerien-Schlieferl beiseite zu lassen. Immerhin sind Lorbeerkränze eine ehrwürdige Überlieferung aus dem alten Rom.

TÖHÖTÖM GRÓF ÜLLÖ: Also bitte kann mir nicht helfen – wenn ich höre »Julius Cäsar«, muß ich immer an große Regenwurm denken. Bei Julius.

THEKLA: Ich bitte dich, Onkel –

ÜLLÖ: Julius. Julius. Pfui Teufel.

FÜRST: Jedenfalls sind heimkehrende Feldherren und Triumphatoren ohne Lorbeerkranz undenkbar.

SENI: Neieste Forschungen auf dem Gebiet der Insektenkunde haben ergeben, daß diese Lorbörkrönze eigentlich aus hügüönüschen Grinden getragen wurden. Bitte sich vorzustellen: heimkehrende Feldherren – ieberdies Siedländer –, was die alles zsammklaubt ham! Wanzen, Fleehe, Zecken, Blattleise …

Üllö: Ekelhaftes Pedant.

Seni *unbeirrt:* Und um sich während der pomphaften Handlung nicht immer kratzen zu müssen – weil wie mecht das ausschaun –, ham sie sich das Triumphgemiese aufgesetzt, wo sich die lieben Tierlein heislich einrichten konnten. Daraus ist dann ein mißverstandener Appendix der Eitelkeit geworden. Genau wie die Triumphbeegen.

Fürst *leicht indigniert:* Also ich muß schon sagen …

Seni: Oder können sich Durchlaucht etwas Bleederes vorzustellen geruhn als einen Triumphbogen? Rechts ham s' herumkönnen, links ham s' herumkönnen, aber nein, durch die Mitte ham s' gehn missen. *Allgemeine Zeichen der Unruhe.* Eine tippische siedliche Clownerie. In nerdlicheren Gegenden kennt man dieses Requisit nur aus'n Zirkus, wo sich der dumme August ein kleines Gartentürl in die Manege mitnimmt und nicht durchkann, weil er den Schlüssel vergessen hat.

Wachsende Empörung unter den Umstehenden. Rudi Lallmayer, *den Lorbeerkranz immer noch auf der Stirn, tritt vor.*

Rudi *groß:* Genug! Sie wühlen mit ruchlosen Füßen in unsern heiligsten humanistischen Gefühlen!

Üllö: Recht hat er! Verfluchter Julius!!

Das Gespräch droht in einen Tumult auszuarten, der von den besonnenen Mitgliedern der Gesellschaft nur mühsam hintangehalten wird. Vollkommene Ruhe tritt allerdings erst ein, als Elemér Gróf Izso-Lányi, von Üllö animiert, das Magnatenlied zum besten gibt. »Vorher werden« – einer ausdrücklichen Regieanweisung zufolge – »die Zuhörer vereidigt, über den Inhalt des Liedes Stillschweigen zu bewahren, weil es militärische Geheimnisse enthält.« Illustrations-Musik nach Angaben des Verfassers.

MAGNATENLIED

An einem Tisch sich
Haben gesessen
Mehrere
Offizie-
Re.

Flöte, kriegerisches Cymbalmotiv, etwas Sporenklirren

Ein blonder, sommersprossig von Gesicht Mann
Hat geblickt von draußen, bitte, in Zimmer.
Augenglas
Hat ge-tra-gen.

Sanfte Hirtenflöte

Wie er hat gehineinblickt schnell, so geblitzt hat
Die zwei Augenglas der Lichterglanz in,
Als möchte ein feueräugiger Gäschpänst
Blicken würde herein. So geblitzt hat, bitte.

Unheimliches Violoncello

Das Kind bewunderte
Den kalten Blut der Männer.
Sein Kopf war von dummes Tanzmusik betäubt.

Wilder Cymbal, Joj-Rufe

Derselbe Kind wünschte bei sich, daß

Ferne Weihnachtsglocken

Das kleine Oberlaitnant möge
In Kartenspiel gewinnen.

Einige Takte Rákoczy-Marsch

Das kleine Oberlaitnant schneller
Fertig ist gewesen worden
Als Majór von Honvéd.

Verwehte Regimentsmusik, Schüsse

Schön gute Nacht hat gewünscht ihm, weil war zufrieden,

Daß Majór hat ge-verspielt habt
Eigene Löhnung und ganzes
Furázsgeld von Regiment.

Vergatterungsmotiv

Und so kaufte sich dann, was er wünschte:
Ein Schild, ein großes, rotes, wie Czinóber, bitte.

Hát Czinóber
Hej Czinóber!
Joj Czinóber! } *Wilder Csárdás*
Hajuk Czinóber!
Éljen Czinóber

Ein Schwert er hatte, Gott von weiß wo,
Vielleicht gekauft von Jud, in der Hand.

Zwei Drehorgeln, Jahrmarktsgeräusche

Und auf Arader Landtag
Hat lassen Gattin
Bélas des Blinden

Jammerndes Fagott

Achtundsechzig Magnaten
Niedermetzeln.

Nach Beendigung des Liedes geht es eine Zeitlang eminent ungarisch zu. Izso-Lányi, von der Rührung über seinen eigenen Vortrag übermannt, stöhnt auf und schlägt die Hände vors Gesicht. Üllö umarmt ihn schluchzend. Auch die übrigen Zuhörer sind tief beeindruckt. Viscount Teddy Buttler, mit dem Brauchtum der Puszta nur mangelhaft vertraut, richtet an Izso-Lányi die deplacierte Frage, ob er dieses Lied selber gemacht habe.

IZSO-LÁNYI *empört*: Selber gemacht?! Das kann kein irdener Mensch nicht machen! Solche Lieder macht nur Fußboden – heiliger Fußboden, wo wachst Getreide. Das ist Hymnusch von unsere Komitát. Ganze Gespanschaft singt es. Auch Stuhlrichter hat schon während Verhandlungen es gesungen.

ÜLLÖ: Nicht nur Stuhlrichter! Bis hinauf zu Gróf Tisza gottselig. War sein Lieblingslied. Is oft und oft, wie schon Ministerpräsident war, dazu um Schreibtisch getanzt, mit verschränkte Arme, daß Sporen geklirrt haben. Und da hat niemand gehineindurft zu ihm! Niemand! Nicht einmal Kriegsminister!

IZSO *nickt wehmütig:* Ja, Tisza-bácsi. Ein eiserner Mann. Alter Husar! War bei Kecskemét-Husaren, so wie ich. Du weißt: Kecskemét-Husaren haben als einziges Regiment verbrieftes Recht gehabt, daß dürfen Schnurrbärte mit Eichkatzelschweife verlängern. Natürlich vorher mit Schuhwichs schwarz gefärbt.

ÜLLÖ, *der ihm zum Schluß nicht mehr recht zugehört hat, bricht in erneutes Jammern aus, als käme ihm die Magnatentragödie erst jetzt zu vollem Bewußtsein:* Achtundsechzig Magnaten! Hatvannyólcz! Lauter Gentry! Stellts euch vor, bitte: Werden eingeladen auf Souper – kommen voller Freude – denken sich: mit blinde Mann wird dann sein bequem hazardieren – küssen Hausfrau die Hand – die sagt »schon gut«, und so gewisse Blicke – immer schaut auf elektrischen Drucker – gefallt ihnen schon nicht – und richtig entpuppt sich Dame des Hauses als Beschtie miserable sadistische –

IZSO-LÁNYI *fällt enragiert ein:* Hab ich ganz ähnliche Fall gehabt in mein nächste Bekanntschaft! Da war in Kommunikationsministerium ein sehr hübsche Stenotypistin, was hat einen königlichen Notär aus Beregsás so gefoltert, daß krummbeinig geworden is. Und in ganz Budapest man behauptet, daß sie mit Nachtstrom gemacht hat. Kommt billiger.

ÜLLÖ *nickt wissend:* Solche Weiber hat Teufel ausgebrütet, wie is mit Sekundärbahn in Urlaub gefahren … *Mit wildem Aufschluchzen:* Achtundsechzig Magnaten! Umgebracht wie nix! Und dabei haben sich alle bestimmt neu equipiert für Landtag … mit neue Federbüsche und Attila … und vergoldete Stiefel frisch besohlen lassen, daß bei Csárdás mehr Lärm macht …

IZSO-LÁNYI *finster:* Wahrscheinlich hat Jud dann Galauniform chemisch putzen lassen und weiterverkauft …

TERZKY: Aber geh. Damals hat's doch noch gar keine Fleckputzereien gegeben.

ÜLLÖ: Sag das nicht. In Ungarland immer hat gegeben. Ungarische Geschichte ist so blutbefleckt, daß hat geben müssen … Achtundsechzig! Kommen zu Mulatság und werden gehinrichtet, statt daß können bißl ein Kartenspiel machen …

Das ergäbe einen verhältnismäßig zwanglosen Übergang zu der ohnehin geplanten Kartenpartie, für die auch Graf Jaroszinsky angesagt ist – doch muß zuvor noch jene dramatische Einlage abgewickelt werden, der das Stück seinen Untertitel verdankt.

Der pedantische Seni hat nämlich erforscht, daß in der Schlegelschen Hamlet-Übersetzung das Wort »Ei« ganz besonders häufig vorkommt (in Sätzen wie »Ei, das ist eine spitzbübische Munkelei« zählt er es gleich zweimal mit) – und da Ostern vor der Türe steht, wird beschlossen, diese Entdeckung zu einer Improvisation unter dem Titel »Hamlet, der Osterhase« auszuwerten. Rudi Lallmayer gibt den Hamlet, Thekla die Ophelia, als »Könich« liest man auf dem rasch entworfenen Programmzettel den Grafen Izso-Lányi und als »Könichin« die Gräfin Terzky (»Charmant, daß sich die Jenny die Plag antut, wo s' doch das Theater nicht schmecken kann«, bemerkt Durchlaucht die Hausfrau anerkennend). Im übrigen dient das Zwischenspiel hauptsächlich dazu, daß Thekla und Rudi ihren Flirt handgreiflich ausgestalten (was die im Personenverzeichnis vorweggenommenen »Jeschischmarja«-Rufe auslöst) und daß der mittendrin erscheinende Graf Jaroszinsky an Thekla Feuer fängt.

Das nächste Bild sieht Rudi »bei Mondschein in einer einsamen

Partie des Schloßparks«, wo er, nimmermüd monologisierend, Thekla erwartet.
Der Monolog enthält neben Shakespeare und Schiller auch eine Prise »Ahnfrau« – vielleicht Jaroszinskys wegen, dessen Ähnlichkeit mit Grillparzers Jaromir allerdings rein phonetischer Natur ist. Jaroszinsky belauscht zuerst Rudis Monolog, der ihm sichtlich mißbehagt: »Er fährt sich in den Kragen, verzerrt das Gesicht und steht im grünlichen Dämmerlicht als grauenhafte Grimasse da«; an einer andern Stelle »japst er nach Luft und geht erbittert in die Hocke«. Noch schlimmer wird es, als Thekla erscheint und sich mit Rudi dem Schmieden süßer Zukunftspläne hingibt.

THEKLA: Sag, kannst du ein Weib ernähren?

RUDI: Heut nicht. Aber im Herbst bin ich Eleve am Burgtheater (JAROSZINSKY *ächzt*) und beziehe zehn Schilling Spielhonorar. Der Mimenstand wird vielerort dort greis. Hofräte werden sie. Ich aber steh erst am Beginn.

THEKLA: Es wird schon gehn. Pappi hat gesagt, mein Zukünftiger bekommt als Mitgift das Schloß Popovec, und später Hostivář und Kobylis. Ja, und Hustopec. Da sollen wir wohnen.

JAROSZINSKYS *bebende Hand knirscht mit dem Gebiß, das ihm vor Wut aus dem Mund gefallen ist.*

RUDI: Horch – es knorsch.

THEKLA: Was?

RUDI: Ich hörte knirschen.

THEKLA: Da kiefelt irgendwo ein fremder Hund an einem Knochen.

JAROSZINSKY *ballt hilflos die Fäuste.*

Aber erst als Rudi gegangen ist, wagt Jaroszinsky sich hervor, um Thekla seine Liebe zu gestehen. Er erleidet eine fürchterliche Abfuhr. Auch seine Drohungen machen auf Thekla keinen Eindruck: »Mit Ihnen«, sagt das selbstbewußte Mädchen, »werde ich

noch fertig. Vergessen Sie nicht, daß ich eine Friedland bin. Wir sind es gewohnt, Kretins und Schurken als Gegenspieler zu haben. Und jetzt verschwinden Sie, sonst lasse ich Sie von meinen ungarischen Onkeln zu Gulaschfleisch zerhacken. Das sind Hunnen im Frack. Und ich werde Ihre zuckenden Resteln mit Paprika bestreuen. Ich habe kochen gelernt.«
Damit verläßt sie hocherhobenen Hauptes den Wutschnaubenden, der sich unter fürchterlichen Racheschwüren an den Kartentisch zurückbegibt. Schauplatz des nächsten Bildes ist wieder das Schloß, ungefähr zwei Stunden später. Die beiden ungarischen Herren kommen gerade aus dem Spielzimmer, um eine kleine Pause einzuschalten. Sie sind erschöpft und mißgelaunt.

ÜLLÖ: Armer Zdenko. Verliert katastrophal.

IZSO-LÁNYI: Noch größere Katastrophe ist, daß Jaroszinsky alles gewinnt.

ÜLLÖ: Ganze Sache gefallt mir nicht.

IZSO-LÁNYI: Mir auch nicht.

ÜLLÖ: Kann nicht mit rechten Dingen zugehn.

IZSO-LÁNYI: Du meinst – Gespenster und so?

ÜLLÖ: Auch. Manche Orter haben das in sich.

IZSO-LÁNYI: Ischl. Keine zehn Rösser bringen mich nach Ischl. Da is so verwunschene Stätte. *Mit Betonung:* Sophiens Doppelblick! Wenn etwas nur so heißt, hab ich genug. *Zündet sich eine Zigarre an, gibt* ÜLLÖ *Feuer.*

ÜLLÖ: Man merkt das schon auf Zufahrt. Gestern in Donauwörth drüben hat mich Grenzpolizei mit so durchdringende Blick angeschaut und hat Wagennummer aufgeschrieben, wie wenn ich gestohlen hätt.

IZSO-LÁNYI: Du vielleicht nicht, aber ein Urahn von dir. Kommt häufig vor, daß Polizei so was merkt. Geh zum Beispiel auf Bahnhof in eine große Stadt. Taschendieb is avisiert, mit genaue Signalement. Zwei Detektiven warten, natürlich als Hirten verkleidet, mit Bergstock und

Schneereifen, jeder ein Zither umgehängt, damit nicht so auffällt. Zug fährt ein – Taschendieb steigt aus – Detektiven vergleichen Photographie – und verhaften ganz andern. Alten Professor mit Augengläser. No, und was kommt heraus? Jemand in seine Familie, ganz oben – wo Stammbaum schon so verästelt is, daß sich Affen herumjagen von Zweig zu Zweig – hat in dritte Kreuzzug geweihte Gulaschkanone gestohlen.

ÜLLÖ: Also wenn da bei uns jemand gestohlen hat, dann höchstens diese Falott von Jaroszinsky. Und nicht in Vorleben … Komm, probieren wir noch einmal.

Die beiden Herren verfügen sich ins Spielzimmer zurück. Von links erscheinen, in sichtlich gedrückter Stimmung, FÜRSTIN WALLENSTEIN, MUTTER *und* SOHN TERZKY *und* VISCOUNT BUTTLER.

FÜRSTIN: Ich weiß nicht … heute ist alles so sonderbar … als ob uns Schlimmes bevorstünde …

GRÄFIN: Ja, find ich auch. Rasend ungemütlich.

FÜRSTIN: Vielleicht liegt's daran, daß heute der Jahrestag von der armen, armen Meidling ist.

BUTTLER: Sie erwähnen den Namen der Herzogin so oft. Was war denn das Schicksal der hohen Dame?

FÜRSTIN: Es war ein tragisches. Ihr Gatte verließ sie, weil ihre Kunstbegeisterung ihm auf die Nerven ging – sie war ja auch ein bißerl exzentrisch, die gute Meidling, alles was recht ist. Sozusagen ein Opfer des Burgtheaters. Zuerst ist ihr jede Nacht der Geist des großen Lewinsky erschienen – selbstverständlich im Frack –, dann hat sie dramatische Visionen kriegt – und dann hat sie ang'fangen, Dichtungen in einer unbekannten Sprache zu deklamieren. Erst nach langem Forschen sind die Leuchten der einschlägigen Fachwissenschaften draufgekommen, daß sie völlig unbekannte Shakespearedramen von hinten aufsagt:

Richard IV. und die Schwarzenbergs, König Lear in Marienbad und so weiter.

BUTTLER: Gewiß befremdlich, aber noch kein Unglück. Schließlich hat ja Shakespeare selbst –

GRÄFIN: Das wirkliche Unglück kam ja erst. Ihr einziges Kind wurde im Park von einer Zofe verlegt – die gewissenlose Person konnte die Bank nicht mehr finden – und der Knabe, der schon in den Windeln zu den schönsten Hoffnungen berechtigte, blieb verschwunden. Das hat den Geist der seltsamen Frau endgültig umnachtet. Sie starb bald darauf.

Beide DAMEN *tupfen mit batistenen Mouchoirs je eine Träne aus ihren Augenwinkeln.*

FÜRSTIN: Und heute, wie gesagt, ist der Jahrestag ihres Todes. Der zwanzigste … Wer weiß, was mittlerweile aus dem kleinen Meidling geworden ist …

Um alle etwa möglichen Zweifel zu bannen, läßt Herzmanovsky an dieser Stelle den Mimen Rudi Lallmayer »quer durch den Saal« gehen und »ein geziertes Kompliment« machen. Die Damen entfernen sich bald darauf. Dann öffnet sich die Tür des Spielzimmers – man hört Jaroszinskys Stimme: »Hopp das Ganze!« – und die beiden ungarischen Grafen treten heraus, noch nervöser als zuvor.

ÜLLÖ: So. Polnische Gauner hat mich komplett ausgesackelt.

IZSO-LÁNYI: Mich auch. Und arme Zdenko verliert ein Wallensteinisches Majorat nach andern. BUTTLER *tritt interessiert näher.*

ÜLLÖ: Kerl spielt falsch.

IZSO-LÁNYI: Glaubst?

ÜLLÖ: Schau dir sein Visage an. Und im Zambor, oder von wo er kommt, gibt überhaupt kein adelige Kammer … *Er hält im Auf- und Abgeben inne, denkt nach, bellt kurz durch die Zähne:* Joj! Jetzt fällt mir ein! Unverschämte Schwindler hat vorhin fünf Asse in Blatt gehabt!

BUTTLER: Und da haben Sie nichts gesagt?

ÜLLÖ: No ja, bitte, beschwören kann ich nicht. So mitten in Leidenschaft des Spieles – wer kann da Asse in fremde Blatt genau nachzählen? Das is sehr schwer … Du erinnerst dich, Elemér, wie wir damals in Jockeyclub jahrelang nicht draufgekommen sind, wieso diese hervorragend eingeführte Gast – nenn ich, bitte, keine Namen – immer hat zweiten Sküs gehabt.

BUTTLER: Aber gleich fünf Asse? Da muß man doch sofort –

ÜLLÖ: Nicht sofort. Wenn lieber Besucher fünf As hat, so ist bei uns in Ungarn Kavaliersgepflogenheit, daß man nicht bemerkt. Allerdings … *Drohend:* All-er-dings: wenn auch nur Spitzel von sechste As hervorschaut – also dann wird ihm Nasenbein gezerschmettert.

Unruhe im Nebenzimmer. Die Türe wird aufgerissen. FÜRST ZDENKO WALLENSTEIN *wankt bleich herein und bricht in einem Klubfauteuil zusammen.*

FÜRST: Es ist … aus … Wir sind … ruiniert …

Die ANWESENDEN, *verstärkt durch die von rechts herbeigeeilten* DAMEN, *umstehen ihn in tragischer Gruppe.*

FÜRSTIN: Du hast … verloren?

FÜRST: Alles. Unser ganzes Vermögen.

FÜRSTIN *mit wildem Schrei:* Wie konntest du!!

FÜRST: Ich wollte meine Verluste wieder hereinbringen … aber Jaroszinsky …

FÜRSTIN *nach einer Pause:* Gibt es denn keine Rettung …

FÜRST *gepreßt:* Eine einzige. Jaroszinsky deutete mir an, daß er … als Schwiegersohn …

FÜRSTIN: Nein! *Verbirgt das Gesicht in Händen.*

FÜRST *mit Fassung:* Und aber nein! *Er erhebt sich zu adeliger Größe.* Eh daß wir ihm die Hand unsrer Tochter geben, verjage er uns lieber von Haus und Hof, von Küche und Keller. Dann wollen wir eben als Bettler …

THEKLA *stürzt vor:* Nicht doch, Vater! Das leid ich nicht! Ihr sollt nicht elend werden um meinetwillen! Lieber werfe ich mein Lebensglück von mir und will einem Manne angehören, den ich hasse. Das bin ich dem Glanz unsres Namens schuldig.

FÜRST: Mein Kind –

FÜRSTIN: Meine Tochter –

Erschüttertes Schweigen ringsum. Von links kommt leicht beschwingt und ahnungslos RUDI LALLMAYER *mit einem Blumenstrauß, den er* THEKLA *überreichen will.*

THEKLA: Ich darf diese Blumen nicht annehmen. Unser Traum ist zu Ende.

RUDI *verblödet in Sekundenschnelle, stotternd:* Soho – haha – so hast du mich belohoho – belogen hast du mich, du Greislerische – du Gleisnerische –

THEKLA *sanft und entschieden:* Nein, nicht so. Furchtbares ist geschehen. Mein Vater ward all seiner Güter beraubt und ist zum Bettler geworden. Ich aber, um meine Eltern vor Elend, Kälte und Ernährungsschwierigkeiten zu retten, muß nunmehr einem ungeliebten Freier, dem Räuber unsres Glücks, die Hand zum Bunde reichen. Das Schicksal will es so. *Wendet sich ab.*

RUDI *nach einigen Sekunden Starre, tragisch:* Lebwohl. Du niest mich sie – du siehst mich nie mehr wieder.

Er macht scharf kehrt und entschreitet. Stummes, schicksalsschweres Tableau, das sich nur langsam belebt.

FÜRST: Alles verloren …

FÜRSTIN: Wirklich alles?

FÜRST: Nur eins ist uns geblieben …

FÜRSTIN *stolz:* Unsre Tochter!

FÜRST: Wieso? Grad die doch nicht.

FÜRSTIN: Stimmt. Also was?

FÜRST: Das Haus in Budapest.

FÜRSTIN *zuckt zusammen.*

ÜLLÖ: Du hast noch Haus in Budapest? Wo?

FÜRST *gequält:* In der Trommelgasse.

IZSO-LÁNYI *mit hochgezogenen Brauen:* Dub-utca? Das is aber kein sehr feine Gegend …

FÜRST: Deshalb hat's ja der Jaroszinsky nicht als Einsatz akzeptiert, wie ich's ihm angeboten hab.

IZSO-LÁNYI: Haus in der Trommelgasse … Welche Nummer?

FÜRST *kaum hörbar:* Sechsunddreißig.

ÜLLÖ *und* IZSO-LÁNYI *in entgeistertem Duett:* Sechsunddreißig!

IZSO-LÁNYI: Das wo diese bekannte … also Mädchenpensionat drin is? FÜRST *nickt stumm.* No dankschön.

ÜLLÖ: Hast du dort wenigstens, wo du wohnen kannst?

FÜRST: Eine Dachwohnung. Drei Zimmer.

ÜLLÖ: No is doch nicht so schlecht … *Zupft* IZSO-LÁNYI *beiseite; eindringlich:* Nicht sei geringschätzig gegen Haus! Is sehr gute Lösung. Drei Zimmer – für jeden eins – Zdenko-bácsi wird Hausmeister bei sich selbst, geht Nachmittag schon in Volkscafé, ein Schwarzen trinken – Mädel kommt vielleicht zum Ballett – und wenn is Jour fix, kauft die Durchlaucht um fünf Kreuzer Hundsfutter bei Selcher – kriegt so ein Haufen – und kann mit Paprika rot färben – glaub du mir: wirklich gute Gesellschaft lebt heutzutag nicht anders. Also wenn Zdenko-bácsi wenigstens Haus in Trommelgasse behält…

Er verstummt, da aus dem Spielzimmer soeben JAROSZINSKY *eingetreten ist. Auch im ganzen übrigen Raum breitet sich eisiges Schweigen aus.*

JAROSZINSKY: Störe ich die Konversation?

IZSO-LÁNYI: Nein. Wir haben nur grade gewundert, daß Sie um Hand von Thekla anhalten können. Wieso sind Sie nicht verheiratet?

JAROSZINSKY: Leider bin ich Witwer. Meine Gattin, die geborene Erbgräfin von Podwoloczyska –

ÜLLÖ: Ich bin oft in ihr umgestiegen, wenn ich hab zu tun gehabt in Warschau. Buffet war ganz gut.

IZSO-LÁNYI: Das ist doch dort, wo die großen Wanzen sind? Joj, Mama! Wie die Backhendeln.

JAROSZINSKY: Ich sehe, daß Sie Podwoloczyska kennen. Unsere Familie war schon früher liiert damit. Es war ursprünglich eine Jaroszinskysche Herrschaft. Übrigens: Arpád und die sechs andern Fürsten, denen die Landnahme Ungarns zugeschrieben wird, haben anno 820 auf der Flucht vor den Chinesen im dortigen Schloß übernachtet.

ÜLLÖ: Also ich würde nicht.

JAROSZINSKY *zuckt die Achseln und wendet sich an* WALLENSTEIN: Durchlaucht, ich bin gekommen, um Ihnen noch eine Chance zu geben. Sie sollen sehen, daß Sie einen Kavalier vor sich haben. Ich setze meinen ganzen bisherigen Gewinn gegen Ihr Haus in der Trommelgasse.

Bewegung und aufgeregtes Flüstern. Der FÜRST, *in schwerem innerem Kampf, sucht mit den Blicken seine Gattin, die ratlos die Hände hebt.*

ÜLLÖ *halblaut:* Gefallt mir nicht. Ich an seiner Stelle …

IZSO-LÁNYI: Muß er machen. So ein Offert kann unmöglich ablehnen.

ÜLLÖ: Weißt was? Kiebitzen wir und geben acht, daß kein Blödsinn passiert.

JAROSZINSKY: Wenn es ihnen recht ist, Durchlaucht, können wir das gleich hier erledigen. Es ist ja ein jeu à deux.

FÜRST *zur* FÜRSTIN: Der Hownitschek soll die Karten hereinbringen.

ÜLLÖ *mit Betonung:* Frisches Paket Karten, bitte! *Zu* WALLENSTEIN: Und Plan von Haus, laß dir auch bringen.

FÜRST: Ja? Is recht. Aber warum eigentlich?

HOWNITSCHEK, *von der* FÜRSTIN *flüsternd instruiert, bringt ein Paket Karten und eine rotlederne Mappe mit aufgeprägtem Wappen. Man placiert sich.*

ÜLLÖ: Warum? Weil du mußt vorsichtig pointieren. Stockwerk für Stockwerk. Nicht alles auf einmal setzen.

FÜRST: Meinst?

ÜLLÖ: Is besser. Wannst im Parterre anfangst und alles verlierst, kannst du noch die Dachwohnung behalten. *Entfaltet den Plan.*

FÜRST: Also gehn wir's an. Zuerst das Souterrain, wo das Zigeunerlokal drin is.

Währenddessen wurde gemischt, abgehoben und geteilt. Das Spiel hat fiktiven Charakter und soll möglichst rasch abgewickelt werden. WALLENSTEIN *verliert den ersten Gang.*

ÜLLÖ: Zigeunerlokal is weg. Macht nix. Jetzt kommt Parterre. *Nachdem er den Plan konsultiert hat:* Zwei Geschäfte. Bitte jedes extra. Rechts Goldfüllfederkönig. WALLENSTEIN *verliert.*

Hin is er. Und links … koschere Geflügelhandlung. Auch kein Schad …

IZSO-LÁNYI: Sag das nicht, Töhötöm! So ein Gansleber mit Mandeln …

FÜRST *hat abermals verloren:* Tja, und jetzt wär's soweit. Erster Stock.

JAROSZINSKY: Was ist drin?

ÜLLÖ *sachlich:* Pensionat. WALLENSTEIN *verliert.*

FÜRST: Zweiter Stock.

JAROSZINSKY: Was ist drin?

ÜLLÖ *wie oben:* Pensionat. WALLENSTEIN *verliert.*

FÜRST: Dritter Stock.

JAROSZINSKY: Und was ist da drin?

ÜLLÖ: Noch immer Pensionat. WALLENSTEIN *verliert.*

FÜRST: Vierter Stock.

ÜLLÖ: Betriebsleitung von Pensionat. WALLENSTEIN *verliert.*

FÜRST: Und jetzt … die … Dachwohnung.

FÜRSTIN *vor den* FÜRSTEN hinstürzend: Zdenko – ich beschwöre dich – halt ein – rette uns das Letzte!!

JAROSZINSKY: Durchlaucht, ich biete Ihnen eine Chance, wie sie Ihnen kein Kavalier der Erde bieten würde: alles – hören Sie – alles, was ich bisher gewonnen habe, gegen die Dachwohnung.

FÜRST *keuchend:* Ich … muß! Topp!

Er teilt. JAROSZINSKY *deckt sein Blatt auf und hat gewonnen. Einige Sekunden Totenstille.*

JAROSZINSKY *erhebt sich:* Es tut mir außerordentlich leid, Durchlaucht. Ich habe es gewiß nicht an der nötigen Noblesse fehlen lassen. Zum Unterschied von … *mißt* ÜLLÖ *verächtlich* … Ihrem Berater.

ÜLLÖ *duckt sich zum Sprung:* Was sagst du da, du Halunke? Noblessefehlung du wirfst mir vor?

IZSO-LÁNYI: Elemér, moderier dich!

ÜLLÖ: Nix da! Halunke muß sich bei mir entschuldigen! Sofort! Sonst herausbeutel ich ihm alle Eingeweide!

Er hat JAROSZINSKY *am Revers gepackt und schüttelt ihn. Zur allgemeinen Verblüffung fallen aus* JAROSZINSKYS *Taschen verschiedene Reservekarten, größtenteils Asse. Die* ANWESENDEN *sind aufgesprungen und starren gebannt auf das Schauspiel.* ÜLLÖ *stößt einen durchdringenden Jubelruf aus, der selbst einem tauben Pusztahirten das Blut in den Adern gerinnen ließe.*

ÜLLÖ: No also!! Hab ich mir ja gleich gedacht! Ist das schon dein ganze Noblesse, oder hast du noch welche in Tasche? Komm schön! Gib her! Wo ist Geld, was du dir zusammengegaunert hast? Alles! Gib schön!

JAROSZINSKY *schlägt eine höhnische Lache an:* Sie sprechen

von meinem Spielgewinn in bar? Den werden Sie vergebens bei mir suchen. Ich habe ihn sofort, als Durchlaucht das Spielzimmer verließ, durch einen meiner Vertrauten in Sicherheit bringen lassen. Das Geld sehen Sie nicht mehr.

FÜRST *noch taumelnd vor unverhofftem Glück:* Laß doch, laß doch. Spielt ja keine Rolle …

ÜLLÖ: Für dich vielleicht nicht. Für mich spielt. – Wo ist das Geld hingekommen, du Wanzenbaron verfluchter?

JAROSZINSKY *schaut auf die Uhr:* Aller Wahrscheinlichkeit nach befindet es sich in diesem Augenblick bereits jenseits der Grenze.

ÜLLÖ: Hownitschek! Papier und Feder! *Zu* JAROSZINSKY: Du wirst jetzt sofort Telegramm aufsetzen und Gelder zurückberufen.

JAROSZINSKY: Ich denke nicht daran. Und bis zur Verhandlung ist alles schon so verschoben, daß kein Mensch mehr draufkommt.

ÜLLÖ *fürchterlich:* Ver-hand-lung? Du glaubst, es wird sein Verhandlung? So mit Gerichtssaal und Advokat und so? Töhötöm – was sagst du zu diese Blödling?

IZSO-LÁNYI *lacht gellend.*

JAROSZINSKY: Was haben Sie mit mir vor?

IZSO-LÁNYI: Wirst du gleich sehen, wenn du gefesselt bist.

HOWNITSCHEK *und der* ÜLLÖ'SCHE GROOM *haben Stricke gebracht, mit denen* JAROSZINSKY *gefesselt wird.*

ÜLLÖ *zu* WALLENSTEIN, *der mit* THEKLA *in intensivem Gespräch ist:* Zdenko-bácsi, hast du noch funktionierenden Burgverlies?

FÜRST: Wie? Selbstredend. Der Hownitschek wird's dir zeigen – ich muß jetzt stantapé nach Wien. *Zärtlich:* Das hat sich die Thekla ausgebeten, weißt. Daß ich ihrem Rudi die gute Nachricht bring. Damit er sich nicht vielleicht was antut.

FÜRSTIN: Ist das unbedingt notwendig?

THEKLA: Mama! Wenn du bedenkst, daß ich noch vor einer knappen Stunde bereit war, mich diesem Unhold preiszugeben!

GRÄFIN *zur* FÜRSTIN: Bist nicht bös, Liebste, aber ich glaub, daß die Kleine wirklich bisserl einen Anspruch drauf hat. Jetzt, wo doch alles –

ÜLLÖ: Möchte auch darum gebeten haben.

FÜRSTIN *widerstrebend:* No ja – bitte –

FÜRST: Also servus, Kinder. Muß schaun, daß ich noch zurecht komm. *Besinnt sich am Abgehen, tritt rasch auf* ÜLLÖ *zu.* Ja richtig, lieber Freund – ich hab mich ja noch gar nicht für deine Hilfe bedankt! War wirklich sehr fesch von dir! Wirklich! *Deutet auf* JAROSZINSKY. Und mit dem da machts jetzt, was wollts. *Ab.*

JAROSZINSKY *bereits in Fesseln:* Ich frage Sie nochmals, was Sie mit mir vorhaben.

ÜLLÖ *mit freundlichem Zähnefletschen:* In Burgverlies kommst du, und gefoltert wirst du. Solange, bis du gestehst, wo Geld is.

JAROSZINSKY *wankt:* Gefoltert?

ÜLLÖ *immer freundlicher:* Ja. Aber nicht wie du glaubst. Viel, viel ärger. Töhötöm und ich werden dir abwechselnd vorsingen ungarische Lieder!

Die DAMEN *stoßen leise Schreie des Entsetzens aus.* JAROSZINSKY *bricht lautlos zusammen.*

Der Vorhang fällt.

Wallenstein kommt leider zu spät, um Rudi zu retten. Am Beginn des folgenden Bildes erscheint der verschmähte Ehe- und Burgtheater-Aspirant im »Mimengehrock und Zylinder mit wehendem Trauerschleier« frühmorgens im Wiener Stadtpark, gefolgt von zwei Dienstmännern, die »ein schweres Paket unter der Bank verstauen«. Das Paket enthält eine Marinegranate, mit der sich

Rudi der Einfachheit halber in die Luft sprengen will. Zum Text eines pompösen, um Thekla klagenden Monologs richtet er die Zündschnur her und wartet gramversunken auf sein Ende. Aber noch ehe er die letzten Vorkehrungen treffen kann, bekommt er die Gesellschaft »einer abnorm dicken Dame mit einer Flasche Bitterwasser unterm Arm«. Es ist Wetti Zwöschbenflöck, eine »unermeßlich reiche Witwe« (und eine unverkennbare Blutschwester der Witfrau Gackermaier aus dem »Kaiser Joseph«).

WITWE *betrachtet den Gramversunkenen:* Ein sehr ein fescher junger Mann. Muß von einer Leich kommen. Aber so früh am Morgen? Gschpaßig. *Ihr dämmert was auf.* Am End is er a Ziviloffizier von die Bumfüneberer? Oder gar vom Leichenbestattungsverein »Nährvatter Joseph«? Ja! Beim Nährvatter Joseph haben s' Zylinderhüt statt Dreispitz! *Sieht genauer hin.* Schultern wie ein Henderl! Noch keine zwanzig Jahr … *Genießerisch:* Dös wär was aufs Nachtkastl … *Setzt sich neben den Teilnahmslosen.* Mit Verlaub! Hier is doch frei? RUDI *nickt abwesend. Die* WITWE *prüft still seinen Schleier.* Krepp. Wird immer gschpaßiger. I waß net, die Bumfüneberer haben doch nie keinen Schleier nicht an … Aha! Ein Ausländer! Werden wahrscheinlich einen Kongreß der Leichenbestattungsvereine haben. Bei uns is halt in die Festwochen immer was Unterhältliches und Fesches los! *Schnüffelt zu ihm hin.* Wie das schmeckt! Tuberosen. Da ham wir's … Tschuldigen schon, Herr – waren S' bei einer Leich? RUDI *schüttelt den Kopf.* Oder gehn S' zu einer solichen?

RUDI: Nein. Ich bin die Leiche selber. *Versinkt wieder in gramvolles Brüten.*

WITWE: Tschuldigen – Sö san doch keine Leiche nicht! Schmecken ja noch ganz frisch!

RUDI *düster:* Nein, noch bin ich's nicht … Aber warte nur, balde …

WITWE: Um Himmels willen! Wollen S' am End Hand an sich legen?

RUDI: Und wenn dem so wäre?

WITWE *halb für sich:* Gut anzogen is er ... Not kann's nicht sein ... Haltaus! Unglücklich verliebt is er! RUDI *nickt.* Hab mir's denkt ... Wissen S', Herr, mich geht's ja nix an – aber wie kann man so blöd sein? Ja, blöd sag ich! Wegen an Madel!

RUDI: Ach, wär's doch nur ein Mädel ...

WITWE *entsetzt:* Ver ... wurfener!

RUDI: Beruhigen Sie sich. Es ist kein Mädel – es ist eine Comtesse. Eine gefürstete Gräfin ... eine Herzogin ...

WITWE *reißt den Mund auf:* Eine gefürschtete ... eine Herzogin ... aha. Und hochdieselbe blückt nücht hünab auf denjenigen, welcher zu ühren Füßen schmachtet. Ja, dös kummt heifig vor.

Man liest's ja in die Zeitungen. *Nimmt einen Schluck Bitterwasser.* Brr.

RUDI: Was ääkelt Euch, Frau? Mein Schicksal? Es ist das Schicksal einer Rose, die der Sturm entblättert hat. Emil Galotti müßt ich heißen ...

WITWE: Jessas, wie schön als Sie daherreden! Sein S' leicht ein Tschauspüller, der Herr?

RUDI: Sie werden demnächst sagen dürfen, daß ich's gewesen bin.

WITWE *verzückt:* A Tschauspüller! Und da wollen S' zum Verwelken anheben? Wo S' doch a jed's Madl haben können? RUDI *macht eine abwehrende Geste.* Freilich! Glauben S', ich weiß nicht, wie's bei die Bühnentürln zugeht? Und daß schon die Zehnjährigen sich den Busenhalter mit Sägspän ausstopfen, damit s' fürig'lassen werden? *Großer Schluck Bitterwasser.* Aber ... es gibt auch ernste, völlig erwaxene Üdöalistinnen, wo deren Begeisterung, da gereift, das Licht der Nacht nücht zu scheuen braucht … Oh, wie ich für die Tschauspülkunst schwärme … Und Sie weinen so einer Flitschen nach – jawohl Flitschen –, auch wann s' a Fürschtenkrone in der begehrlichen Unterwäsch hat! Da schaun S' her! *Sie streift ihre Zwirnhandschuhe ab und bringt an allen Fingern unwahrscheinlich strahlende Juwelen zum Vorschein.* Sofort möcht ich a Mezzänin von an Thiater werden, wann ich nur an Fachmann an der Seiten hätt, der mir sagt, wie man's anfangt … und mir auch sonst a bissel unter die Arme greifert … Meiner Söll, wann ich noch ein zweit's Mal heirat – mein Seliger is am Schleimschlag ölendiglich verblichen –, ich heiratert nur noch an Tschauspüller. Und lang und moocher müßt er sein! Glauben S' mir, ein reifes Weib kann Liebe spenden … Was hat einer schon von so ein grauperten jungen Fratzen, wo er sich – mit Verlaub – in der Finster anhaut … wie's leider heut Mode is … Wissen S' was? Gehn wir zum Sacher auf a fesches Fruhstuck! Auf a Salonbeuschel mit Schampanja! Mögen S'? Plauscht sich besser wie da im Freien. Schaun S', da kommen schon d' erschten Leut …

In diesem Augenblicke wirft ein Passant achtlos einen glimmenden Zigarettenstummel weg. Die Lunte, die RUDI *schon die ganze Zeit mit dem Fuß wegzuschieben versucht hatte, fängt zischend zu rauchen an.* RUDI *springt entsetzt auf.*

RUDI: Fort von hier! Augenblicklich fort!

WITWE: San S' teppert worden? Ich lad Ihnen zum Sacher ein, und Sie schrein zum Dank mit mir umanand? Justament bleib i sitzen.

RUDI *verzweifelt:* Fort! Fort! So wahr Ihnen Ihr Leben lieb ist!

WITWE: Ah, da hört sich alles auf! Gefährliche Drohung auch noch … Glauben S', i fürcht mich? Und jetzt bleib i erscht recht! *Da* RUDI *sie fortzuzerren versucht:* Zu Hiiilfe! Zu Hiiilfe!

RUDI *hält ihr mit der trauerbehandschuhten Linken den Mund zu, mit der Rechten reißt er sie von der Bank weg, daß sie hinfällt. In einer großen Staubwolke kollern beide von der Szene. Gleich darauf erfolgt die Detonation. Unter einem Regen von Gezweig und Kieselsteinen fällt der Vorhang.*

So geschieht es, daß das letzte Bild in einer Zelle des Landesgerichts spielt, denn Rudi ist im Standrechtsverfahren der politisch gespannten dreißiger Jahre wegen eines Sprengstoffattentates zu einer schweren Kerkerstrafe verurteilt worden. Die Wallensteinischen mußten alle Hebel in Bewegung setzen, um seine Freilassung zu erwirken. Just zur gleichen Stunde, da Thekla in Begleitung ihrer Eltern ihn abholen kommt, meldet sich beim Kerkermeister Krepetz ein Zigeunerweib und legitimiert Rudi als das seinerzeit im Park abhanden gekommene Baby, als den letzten echtblütigen Herzog von Meidling. Nun steht einer standesgemäßen Eheschließung mit Thekla überhaupt nichts mehr im Wege. Da auch die Witwe Zwöschbenflöck mit ihrem neu akquirierten Bräutigam sich einfindet – es ist niemand andrer als der geldgierige Üllö –, wird der Kellner, der sonst die Henkersmahlzeiten bringt, rasch in die nahe Selcherei geschickt, um eine gehörige Menge der schmackhaften Armen-Sünder-Würstel zu holen. Noch in der Zelle findet unter großem Jubel ein improvisierter Festschmaus statt. Thekla und Rudi auf der einen, die Witwe Zwöschbenflöck und Üllö auf der andern Seite füttern einander zärtlich und verliebt, der Kerkermeister Krepetz dirigiert den von melodischem Kettenklirren untermalten Chor der Untersuchungshäftlinge, Wallenstein wirft der Zigeunerin mit den Worten: »Da! Ein Fürst weiß zu belohnen!« mehrere Schillinge hin, und seine Gattin, eine Träne der Rührung zerdrückend, spricht leise, doch innig das Schlußwort: »Sellawie!«

Cavaliere Huscher

ODER
Die sonderbare Meerfahrt des Herrn von Yb

Die nachfolgende Geschichte wird manchem Leser vielleicht ein wenig absurd erscheinen und strahlt an einer ganz bestimmten Stelle sogar eine unangenehme Dämonie aus. Dennoch ist sie unendlich lehrreich, besonders für die heranwachsende Jugend; ruht doch deren geistiges Fundament auf dem trügerischen Sand logischer Lehrsätze, welche hoffnungslos veraltet sind und für die kosmische Spannungsperiode, in der wir leben, längst nicht mehr ausreichen. Meiner Meinung nach gehört eine Geschichte wie diese in die Lesebücher der oberen Mittelschulklassen, wo sie zwischen den Säulen solider Heimatprosa und den Gipsbrocken behördlich anerkannter Lyriker nur desto wirksamer zur Geltung käme. Daran, daß sie wahr ist, darf im übrigen nicht gezweifelt werden. Denn mein Freund Achatius von Yb, dem die hier geschilderten Erlebnisse in immerhin reifen Jahren zustießen und der sie mir in einer stillen Stunde anvertraut hat, war ein höchst honoriger, wahrheitsliebender und – wie eben diese Geschichte zeigen wird – geradezu übertrieben korrekter Mann.
Das Schicksal hatte ihn in eine prunkvolle Goldwiege gelegt, oder, da wir uns möglichst genau ausdrücken wollen: in eine Wiege aus Ebenholz, die mit falschen Elfenbeininkrustationen aufs tollste und unübersichtlichste verziert war, wie es die damals herrschende Mode des *Deuxième Empire* tyran-

nisch verlangte. Trotz dieser Elfenbeinpracht und trotz dem stilvoll darauf abgestimmten Nachttöpfchen mit Musikeinlage war der spätere Lebensweg unseres Helden von – wir übertreiben nicht – haushohen Disteln umwuchert. Weiß der Teufel, in was für Aspekten die großen Himmelslichter zueinander standen, die im Augenblick seiner Geburt empordonnerten! Damals fiel es noch niemandem ein, Horoskope zu verfassen. Die Leute, die das heute tun, beschäftigten sich damals teils mit dem Vertrieb von Wanzentinkturen und Hühneraugenmitteln, teils versprachen sie in überdeutlichen illustrierten Annoncen einer begierigen Klientel je nachdem üppige Büsten oder meterlange Schnurrbärte. Aufklärung und Liberalismus blühten, Gummizugschuhe galten als letzter Chic, und jeder, der ein bißchen was auf sich hielt, war stolz, vom Affen abzustammen, was eine triumphierende Wissenschaft täglich aufs neue kristallklar bewies. Angesehene Familien zerkrachten sich in leidenschaftlichen Diskussionen über die Möglichkeit und den Nutzen von Pferdebahnen, und manch ein himmelstürmender Sohn wurde bei derartigen Gelegenheiten mit feierlichem Fluch aus dem Vaterhaus verstoßen, so daß er sein Heil fortan in Amerika oder anderen wilden Ländern suchen mußte.

Aber selbst in dieser lichtvollen Zeit gab es noch immer wahrsagende Zigeunerinnen. Eine solche drang bis zu Ybs wöchnernder Mutter vor, schob die Hebamme beiseite und verkündete mit seherischer Stimme, daß das Kindlein sich vor Wasser in acht nehmen müsse … vor viel Wasser … und vor Mist … Ja, auch vor Mist … und was mit Mist zusammenhinge, setzte sie, starr in die Ferne blickend, hinzu.

Frau von Yb erschrak fürchterlich, war überdies wütend, daß in ihrem feinen Hause von so ordinären Dingen wie Wasser und Mist gesprochen wurde, und verweigerte der Hexe den

Lohn. Unter gurgelnden Verwünschungen verschwand die schmutzige Tochter eines fragwürdigen Sanskrit.
Alsbald zeigte sich, daß ihrer Rede Samen dennoch auf fruchtbaren Boden gefallen war. Aufklärung hin, Aufklärung her – man berief den Familienrat ein, dem Onkel Doppelhör präsidierte (ein Mann von stadtbekannter Vorsicht, der sogar am Zylinder einen kleinen Blitzableiter mit nachschleifender Silberkette trug). Zwei Dinge, darüber war man sich einig, müßten für die Zukunft des kleinen Achaz völlig ausgeschlossen bleiben: er dürfe niemals Admiral und er dürfe niemals Großgrundbesitzer werden. Onkel Doppelhör empfahl für das Knäblein statt dessen den trockenen und garantiert müllfreien Beruf, an den Brüsten der Wissenschaft zu saugen. Die Damen sprangen empört und schamglühend auf ... aber nach etlichem Hin und Her stand es fest, daß Achatius von Yb ein namhafter Privatgelehrter werden sollte.
Ich hatte das Vergnügen, ihn auf dem Kongreß der Akademie der Wissenschaften kennenzulernen – nebenbei einer der leidenschaftsdurchwühltesten Sitzungen, die diese überaus vornehme Körperschaft je zu verzeichnen hatte. Irgend jemand mußte mit der Frage, ob Archimedes oder Raimundus Lullus als Erfinder der Geduldspiele anzusehen sei, in ein wahres Wespennest gestochen haben. Wütendes Geschnatter hob an, Glatzköpfe hieben staubkrachende Schmöker voreinander auf den Boden oder hielten sich, vor Erregung zitternd, gegenseitig an den Gehrockknöpfen fest, manche spuckten sogar voreinander aus. Erst ein plötzlich auftauchender Gelehrtenkopf mit eisig funkelnder Brille brachte Licht in die trübe Wirrnis. Es war Ernst Mach, der große Physiker, den ich bei dieser Gelegenheit ehren und bewundern lernte. Neben mir krähte ein Herr vor Begeisterung. Wir schüttelten uns die Hände – und damit hatte ich

Achatius von Yb kennengelernt, den ich Jahre später unter so traurigen Umständen wiedersehen sollte.

Zur Zeit unseres ersten Zusammenseins mochte er Anfang der Dreißig gewesen sein, sah aber ganz unbestimmbar alt aus. Sein schütteres, seidendünnes Haar war von fahler Farbe, seine Haltung etwas vorgebeugt, seine Kleidung nachlässig, und obgleich sie allerbeste Qualität verriet, wirkte sie, schon wenn sie vom Schneider kam, verlegen und verschossen. Die Eltern, die ihm frühzeitig – noch zur Zeit seiner Universitätsstudien – gestorben waren, hatten eine vornehmdunkle Wohnung in einem monumentalen Stadtviertel innegehabt und hatten ihrem Sohn den Hoftrakt angewiesen. Dort, in seinen düsteren Junggesellengemächern, blieb von Yb auch nach dem Tode seiner Eltern wohnen, in unentwirrbare Studien und absonderliche Betrachtungen versenkt. Dabei war er durchaus kein Menschenfeind. Zweimal im Jahr gab er große Soiréen, bei denen sein Haus im Glanz unzähliger Kerzen strahlte und die sonst nie betretenen Salons sich für wenige Stunden mit rauschendem Scheinleben füllten. Dann war wieder alles totenstill um ihn, der seine Zimmer oft monatelang nicht verließ. Niemand hätte ihm damals zu prophezeien gewagt, daß er einmal scheu zwischen fünfzig Absteigquartieren würde hin- und herhuschen müssen – einer kleinen Dummheit wegen, zu der ein unscheinbares Moment den Anstoß gab.

Eines Morgens nämlich verließ Herr von Yb seine dunkelgetäfelte Studierstube, in die nur ab und zu während der ersten Sommertage von irgendwoher ein vereinzeltes Goldlicht fiel (und dann allerdings ein zauberhaftes Spiel von melancholisch kurzer Dauer aufführte); er begab sich in seine Bibliothek, ein schmales Gemach mit arkadenartigen Bogenfenstern, die in einen halbdunklen Lichthof hinaussahen. Plötzlich fiel dem versponnenen Gelehrten auf, daß mehr Licht als sonst in dem bücherdufterfüllten Gelasse sei. Er trat an eins der Bogenfenster und sah hoch oben, im schmalen Spalt des Lichtschachts, juwelensprühendes Sonnenlicht, sah eine wahre Orgie von Strahlengeglitzer, sah einen kristallklaren Himmel von jener dunklen Bläue, die es sonst nur über Gletschern gibt, und sah – wie schneeige Engelsscharen in raschem Fluge – leuchtend weiße Wolken vorüberziehen, immer und immer wieder. Tief unten am Grunde des Hofs, neben einigen moosigen Stellen an der schweren Rustika, zwitscherte ein armseliges Vögelchen in seinem Käfig. Gerade von Yb gegenüber befanden sich die Fenster eines Glasganges, in den das Kofferzimmer einer hochherrschaftlichen Wohnung des Nachbarhauses mündete. Dort, in dem mit Gepäckstücken aller Art gefüllten Raum, brannte Tag und Nacht eine offene Gasflamme in einer Milchglasschale; von Yb hatte das schon des öfteren bemerkt, wenn auch ohne besonderes Interesse.

Diesmal aber geschah es, daß das Zusammentreffen all dieser Umstände ihn mit suggestiver Gewalt überkam und eine noch nie gekannte Sehnsucht nach den Schönheiten der Welt in ihm weckte. Mit einem Gefühl von so süßer Wonne, wie sie nur Kinder am Vorabend der Ferienfahrt empfinden, ging er daran, die Eingebung dieses Augenblickes zu verwirklichen. Er wollte eine Reise machen, eine große Reise, die ihm zum ersten Male das Meer zeigen sollte.

Er entschied sich für Genua als den Ort des großartigen Schauspiels, das ihm da bevorstünde. Ihm unbewußt mochte zu diesem Entschluß der Umstand beigetragen haben, daß sein Großvater 1849 unter Radetzky in Oberitalien gekämpft und dort den Heldentod gefunden hatte. So war das Land auch mit seinem Blut verbunden, und so machte nun er, der Enkel, sich auf den Weg, dämonisch angezogen von dieser

bizarren und dabei doch wieder philisterhaft betriebsamen Provinz, dieser transalpinen Spiegelung Sachsens.
Nach angenehmer Fahrt im schwachbesetzten Nachtschnellzug erblickte er die Frühnebel Kärntens. An großen Seen jagte der Zug vorüber, durch herrliche, tiefdunkle Wälder, vorüber endlich an frisch beschneiten, ins Gigantische getürmten Bergreihen, um am Frühnachmittage die italienische Grenze zu erreichen. Hart abgeschnitten begann hier eine andere Welt: verstaubte Steinhäuser, auffälliger Holzmangel, flatternde schmutzige Wäsche, Eselskarren in öden Gassen, und über dem Ganzen ein Geruchgemisch aus Öl, essigstichigem Wein, Rauch und dem fad-süßlichen Brodem, wie er Leichenzimmern anhaftet. Nach unnütz langem Zollaufenthalt – von Yb konnte sich leicht überzeugen, daß er jetzt bereits der einzige Passagier war – ging es weiter. Der Zug ratterte in wahrhaft beängstigendem Tempo an den steilen Felswänden dahin, war umtost von immer sich steigernden, unerklärlichen Donnerschlägen in den zahllosen Tunnels und sprühte um die Kurven, daß man sich ducken mußte.
In einer kleinen Station machte er mit Klirren und Krachen halt. Eine einzelne, überelegante Dame stieg ein, setzte sich von Yb gegenüber und starrte ihn aus rätselhaft großen Augen reglos an. In der nächsten Station verließ ihn die Erscheinung wieder und wurde von einem schwarzgekleideten Herrn abgelöst, auf dessen hagerer Gestalt ein ganz kleines, olivgelbes Vogelköpfchen saß, schwer durchfurcht und die Furchen wieder ausgefüllt mit einer tiefschwarzen Patina, wie man solche bei frisch ausgegrabenen Antiken zu finden pflegt. Dieser Mann zog nach einiger Zeit dumpfen Brütens eine Dose hervor, schnupfte, und ließ aus seinem Kleinod ein Preislied auf den längst verschollenen General Palafox, den Helden von Saragossa, erklingen. Dann flogen

noch zwei große Fliegen davon, die er wohl mitgebracht haben mußte. Er aber, der wußte, was sich gehört, begann sie mit einem blauen Schnupftuch zu jagen, wobei er mit den Schnallenschuhen seinem Gegenüber heftig auf die Füße trat. Daraus ergab sich wie von selbst eine Konversation: er sei Spanier, erzählte der Dunkle, und sei nun zum viertenmal bis knapp an die Grenze Österreichs gekommen, das Sehnsuchtsziel seines Lebens, müsse jedoch abermals aus Geldmangel umkehren. Während von Yb noch über das befremdlich hohe Organ des alten Mannes staunte, berichtete dieser, er sei Priester gewesen und trotz seines erhabenen Berufs dreimal durch Messerstiche schwer verwundet worden, am schlimmsten das letzte Mal, bei den Lamentationen am Gründonnerstag des verflossenen Jubeljahres.
Von Yb gab seinem Bedauern lebhaften Ausdruck und fragte ihn, warum er denn sein hohes Amt zurückgelegt habe. Daraufhin murmelte der andere etwas von kanonischer Unvollkommenheit, zuckte die Achseln und sah fortan stumm zum Fenster hinaus. Dabei blieb es, bis der Zug in Udine einfuhr.
Gellendes Leben erfüllte die Bahnhofshalle. Allenthalben brannten grelle Lichter, und übermäßig viel Volk drängte auf dem Perron herum, den Bediensteten offensichtlich im Wege und gelegentlich auf schlummernde Kinder tretend, die hier ihre gewohnten Schlafstätten haben mochten. Man nötigte unsern Reisenden in den Speisesaal, wo auf einem vergoldeten, altarartigen Buffet in schreiend bunten Farben leuchtende Flaschen mit eiskaltem Schwefelwasser und gallbitteren Likören standen. Prunkvoll kostümierte Generäle und fächelnde dicke Damen mit schwarzbehaarten Warzen promenierten im Saal. Auch auffallend hübsche Mädchen, buntgekleidet, manche mit hohen Kämmen und Spitzenschals, durchzwitscherten die Menge.

Ein Kellner mit einem unheimlichen, starren Glasauge pries Herrn von Yb, während er ihm eine südländische Schüssel vorsetzte, die Reize eines jungen Mädchens an, das sich einer nicht alltäglichen Anomalie rühmen durfte. Von Yb wehrte indigniert ab. Solcherart um seinen Hauptverdienst gekommen, versuchte der Garçon sich durch Herausgabe nicht gangbarer Kupfermünzen einigermaßen schadlos zu halten: Soldi des letzten Dogen von Venedig, eine Notmünze des von Voltaire besungenen Königs Theodor von Korsika, ja selbst die reichverschnörkelte Kontrollmarke eines Neapeler Bordells aus Casanovas Tagen. Darüber war von Yb so entzückt, daß er fast das schrille Glockenzeichen zur Abfahrt überhörte.

Der Zug brauste in die Nacht hinaus. Aber schon nach kurzer Zeit wurde er langsamer, blieb nach minutenlangem, jammervoll steigendem und fallendem Pfeifen stehen und fuhr schließlich wieder in den Bahnhof zurück.

Kaum war er dort angelangt, hasteten die Stationsbeamten und alles sonst verfügbare Personal sogleich zur Lokomotive, wo unter heftigem Laternenschwenken eine von allen Seiten laut und gleichzeitig geführte Debatte begann. Von Yb gesellte sich hinzu, konnte jedoch dem in friaulischem Dialekt abgewickelten Streitgespräch nur so viel entnehmen, daß man »Es« gesehen habe, ganz deutlich, und nun würde es genauso gehen wie damals vor siebzehn Jahren. Unter keinen Umständen führen sie weiter, weder er, Cesare, der Maschinist, noch Pompeio, der Heizer.

An wen immer von Yb sich wandte: ihm gegenüber schwieg alles wie ein Grab. Erst ein alter Träger, dem er ein überwältigend hohes Trinkgeld zugesteckt hatte, gestand ihm endlich, daß es der »Gnomenleichenzug von Verona« gewesen sei, den man noch nie so nahe bei Udine gesehen habe und der sehr Böses ankündige. Und der gnädige Herr solle ihn um Himmels willen nicht verraten und brotlos machen, bat der Alte, denn diese Geistererscheinung werde als tiefstes Amtsgeheimnis vor Fremden sorgfältig verborgen. An eine Weiterfahrt auf dieser Strecke sei natürlich nicht zu denken. Tatsächlich wurden die Passagiere in einen andern Zug umquartiert, der aus ganz veralteten Waggons der ersten Eisenbahnepoche bestand und alsbald, nur matt beleuchtet, mit leisem Schaukeln in die laue Sommernacht hinausfuhr.

Von Yb begann sich in seinem Coupé umzusehen. Ein so anheimelndes Gefühl vormärzlich großmütterlicher Stimmung umfing ihn, daß ihm ganz weich ums Herz wurde. Die Decke war mit bunten Arabesken bemalt, die Wände sorgfältig mit graugesternter Wachsleinwand überzogen, die Sitze tief und behaglich, die Fenster, wie bei alten Kutschen, unten abgerundet und mit bequemen Armschlingen in Perlstickerei versehen. Träumerisch wollte er sich zurücklehnen – da fiel sein Blick auf eine Tapetentüre, die er in dem engen Raum gar nicht vermutet hätte und die seinen immer wachen Forscherdrang unwiderstehlich reizte. Er betrat das Nebencoupé.

Zu seiner nicht geringen Überraschung mußte er feststellen, daß es dem Vorraum eines Boudoirs glich: Damenkleider und Wäschestücke lagen herum, und ein feines Parfüm erfüllte die Luft. Am andern Ende gab es wieder eine Türe; von Yb – nun schon ein wenig zaghafter – öffnete sie und hatte Mühe, einen Ausruf des Entzückens zu unterdrücken: Inmitten des Raumes, von einer Ampel rosig beleuchtet, erhob sich ein Himmelbett, auf dem in malerischer Attitude ein wunderschönes, schwarzlockiges Mädchen schlummerte.

Nach einer Weile hingerissener Betrachtung zog sich von Yb, auf Zehenspitzen und äußerst verwirrt, in sein Coupé zurück. Zum Glück dauerte es nicht lange, bis er des an den

Laufbrettern heranturnenden Kondukteurs habhaft wurde. Auf seine Frage nach der Dame nebenan erfuhr er, daß es die jüngste Enkelin der berühmten, 1854 an Cholera verstorbenen Tänzerin Taglioni sei, daß ihr das Operntheater in Port Said gehöre und daß sie diesen Waggon – einen ausrangierten sardinischen Hofwagen – für sich gemietet habe. Der Herr befände sich im Kammerherrengemach, fügte das schäbig uniformierte Amtsorgan hinzu und hielt von Yb eine affenartig behaarte Hand hin.

Kaum war der Schaffner, um dessen Lippen ein faunisches Lächeln zu spielen schien, verschwunden, als eine nie gekannte Abenteuerlust von Yb übermannte. Aus seinem Gepäck eine große Tüte Pralinés nesteln und die Tür zum Heiligtum der holden Schläferin gewinnen, war eins. Sein Herz schlug im Takt zum dumpfen Rollen der Räder. Schon lag er vor ihrem Lager auf den Knien, hauchte einen flüchtigen Kuß auf ihre im Schlummer halb geöffneten Lippen – und merkte, daß damit seine ganze Klugheit bereits erschöpft war.

Gerade als er sich aufrichten wollte, um auf leisen Sohlen wieder zurückzuschleichen, schlang die Schöne in halbem Erwachen ihren Arm um ihn und flüsterte: *»Oh … momognone mio …«*

Beseligt schloß von Yb die Augen. Er wähnte sich im Paradies. Doch schon im nächsten Augenblick war das halbe Erwachen der Schläferin zum ganzen geworden: ein Schrei der Entrüstung riß den Verzauberten aus seinen Traumvisionen, und eine wogende Flut italienischer Schimpfworte brach über ihn herein. Von Yb wußte sich aus seiner begossenen Verlegenheit schließlich nur dadurch zu retten, daß er der Zürnenden stumm die Bonbonnière überreichte. Und wirklich – das half. Schmollend verschlang das holde Mädchen den wohlschmeckenden Inhalt, ward ruhiger und fragte in einem vom Hauch der Levante reizvoll gefärbten Dialekt, was der Herr in ihrem Coupé eigentlich wünsche? Von Yb beteuerte, nur den Durchgang zum Speisewagen gesucht zu haben, um sein gewohntes Abendsüppchen zu schlürfen, als er sich dank einer gnädigen Fügung der Götter hierher verirrt hätte und – bewußt oder unbewußt, er könne es nicht genau sagen – anbetend niedergesunken sei. Ach, wenn er auf Erhörung hoffen dürfte! Wie gerne würde er der Angebeteten sich selbst und seine Reichtümer zu Füßen legen! Und hingerissen vom eigenen, ungewohnten Feuer neigte er sich vor ihr.

Abermals ward ihm eine grausame Ernüchterung zuteil. Mit kräftiger Hand stemmte ihn die Holde von sich, sah ihm sekundenlang forschend in die Augen, stieß ihn dann vollends weg und schüttelte die duftenden Locken. Was ihm denn einfiele! Niemals! Eine jungfräuliche Priesterin der Kunst sei sie und wolle nichts von Männern wissen. Das Geschlecht kenne man! Obendrein sei er nicht einmal ein Künstler, das sehe man ihm an. Weder Tenor, noch Tierbändiger, noch sonstwie vom Fach.

Ob es denn gar keine Hoffnung für ihn gebe? fragte von Yb. Wenn schon die Hand zum Bunde nicht, dann vielleicht ein Plätzchen in ihrer Nähe …?

Da aber hatte er sich verrechnet. Mit solcherlei, wurde ihm zornig bedeutet, möge er sich an andere Adressen wenden, zum Beispiel ans Ziziniatheater in Alexandrien, Rue de la Porte, oder an das »Palais de Danse« in Damaskus, oder an die »Friponnière« in Port Sudan! Und jetzt – adieu!

Es schnitt von Yb ins Herz, daß er nichts Ordentliches gelernt hatte – Operngesang, Mimik oder wenigstens Feuerfressen. Traurig brach er auf, noch einen sehnsuchtsvollen Blick zurückwerfend auf die Schöne im Bette, die, einen Silberspiegel in der Hand, bereits damit beschäftigt war, eine

Stelle ihres Zahnfleisches zu schminken, die ihre Unzufriedenheit erregt zu haben schien. Seufzend taumelte er in sein Coupé zurück, wo er die Nacht allein mit seinen Seelenqualen und vielen verhungerten Flöhen – wohl Eigentum der italienischen Staatsbahnen – zubrachte.

Während einer zweistündigen Mittagspause in Mirandola konnte von Yb seine spröde Reisegefährtin bewundern, wie sie, von Parfümwolken umschwebt, in großer Toilette ihre Mahlzeit einnahm, bedient von einem zähnefletschenden Araber in weißem Burnus und einem halbwüchsigen levantinischen Mädchen mit Bernsteinteint.

Ein zaghafter Versuch, sich ihr aufs neue zu nähern, scheiterte an verschlossenen Verbindungstüren. Dann machte sich der gefällige Kondukteur erbötig, den Zug zu einer leichten Entgleisung zu bringen, wobei der Herr das schöne Mädchen retten könnte; das käme aber billigst auf 500 Lire. Von Yb schüttelte ablehnend den Kopf.

Knapp nach Sonnenuntergang schwebte wieder der Schaffner durch den bunten Abend heran und verlangte jetzt nur noch 300 Lire, stieß jedoch auf die gleiche kalte Abweisung wie zuvor. Nicht besser erging es ihm mit einem letzten Angebot zu 100 Lire, kurz vor der Einfahrt in den berüchtigten Montegiovetunnel, wo düstere Öllämpchen vor moderndem Heiligenbildchen von zahllosen Unglücksfällen zeugten.

In tiefer Nacht kam von Yb endlich in Genua an. Todmüde, allein in einem übermäßig hohen, zweirädrigen Omnibus mit rasselnden Glasfenstern, fuhr er durch die von finsteren, hohen Häusern eingeengten Straßen. Ein zerlumpter Junge mit einer buntfarbigen Laterne auf hohem Stock lief dem Fuhrwerk voran, das von Yb in ein altmodisches, ihm jedoch warm empfohlenes Hotel mehr bürgerlichen Charakters brachte.

Dort begab er sich sofort in den von einigen summenden Gasflammen beleuchteten Speisesaal. Schon halb schlummernd nahm er ein Nachtmahl zu sich und bemerkte, von heißen Schlafwellen immer wieder fast ums Bewußtsein gebracht, daß einige müde Kellnergestalten sich von dem ins Dunkle verlorenen Hintergrund des Saales gespenstisch abhoben.

Als er das Mahl beendet hatte, winkte er den Ober herbei und fragte schlaftrunken, ob er noch schnell das Meer sehen könne. Der Kellner nickte schweigend und beauftragte einen Pikkolo, den Herrn zu führen. Es ging durch einige düstere Korridore zu einer Tür, die der Junge nicht ohne Mühe öffnete. Zu von Ybs Verwunderung – denn er hatte erwartet, auf die Straße hinauszutreten – befand man sich in einem ziemlich weiten Gewölbe, wo Grünzeug, leere Weinflaschen und allerlei sonstiges Gerümpel aufbewahrt waren. Wohin man nun gehen werde? erkundigte sich von Yb bei dem Jungen, der Licht angezündet hatte.

Er bekam die seltsame Antwort, daß man zur Stelle sei. Und der befrackte Knabe führte ihn zu einer kleinen Kiste mit einem Deckel.

Von Yb agnoszierte sie sofort als »Mistträgel«, wie man in Wien die Müllbehälter zu nennen pflegt. Der junge Führer hob den Deckel ab, und als von Yb ihn fragend ansah, wurde ihm bedeutet, daß sich in dieser Kiste das Meer befände.

Ein elektrischer Schlag durchzuckte von Yb. Er glaubte ganz deutlich eine Verschiebung der Persönlichkeit, der Umwelt oder der realen Daseinsebene überhaupt zu erleben. Denn das, was er sah, entzog sich jeder Beschreibung. Aus dem bescheidenen Behälter strahlte ihm die tiefste, durchleuchtetste Bläue eines unendlichen Abgrunds entgegen.

Kein Zweifel, das war das Meer. Begriffe wie Poseidon und Thetis drängten sich ihm auf, auch Medusa in schwermüti-

gem Klange. Gerade als er »Thalatta, Thalatta!« rufen wollte, donnerte die innere Stimme ihm zu: »Humanist, kusch! Das ist ja Irrsinn! Das kann doch nicht das Meer sein! Bedenke, die Unendlichkeit im Misttrügerl!« – »Das gibt's, das gibt's«, flüsterte aber der Satan, dessen Telefon in jedes Menschengehirn mündet. »Horch nicht auf die Stimme der sogenannten Vernunft, die doch nie etwas gelernt hat und dir nur das Banalste als sicher erscheinen läßt, du Wurm …«
Verwirrt sah sich der Zweifelnde um und gewahrte den alten Oberkellner mit den geteilten Bartkoteletten, der ihm auf stillen Plattfüßen nachgegangen war und jetzt, unter diskretem Hüsteln und fast verlegenem Schwenken der Serviette, wie folgt anhob:
»Ja, Euer Gnaden, es ist das Meer. Ich weiß genau, was in Euer Gnaden Seele vorgeht, obwohl ich nur ein einfacher Kellner bin. Es ist das Meer, das richtige Meer. Nicht der ordinäre Kitsch, den man den dummen Reisenden als Meer aufschwatzt. Ich würde es ja nie wagen, Euer Gnaden mit so etwas zu betrügen – ich, der ich die Auszeichnung hatte, anno 49 unter Euer Gnaden hochseligem Herrn Großvater in der Armee Radetzkys zu kämpfen! Ich war Eskadronskoch bei der Division Freydenplitz. Lauter lebfrische Kärntnerbuben. Wir alle hätten gern das Leben für unsern gnädigen Herrn Oberst hingegeben. Aber das Schicksal wollte es anders …«
Der alte Kellner wischte sich mit der Serviette eine Träne aus dem Auge, ehe er weitersprach: »Eine piemontesische Kugel durchbohrte Ihren hochseligen Herrn Großvater bei Mortara. Mir zerschmetterte sie den Fuß, als ich gerade hoch zu Roß, mitten im Kugelregen, auf dem umgehängten Brett eine Veronesersalami als Labsal für die Verwundeten aufschnitt. Die Kugel tötete mein Handpferd, den zweimal mit der silbernen Tapferkeitsmedaille dekorierten Eisenschim-

mel Schackerl, der auf seinem breiten Rücken die sogenannte reitende Kaffeeküche trug … Und als Invaliden hat man mir dann zum Abschied das Meer geschenkt. Hat doch ein jeder etwas bekommen: der eine ein Ringelspiel, der andre eine Drehorgelkonzession, der dritte eine Tabaktrafik oder einen dressierten Affen in französischer Generalsuniform. Ja. Und ich halt das Meer. Dasselbe, das einmal der Römische Kaiser Rudolfus gehabt haben soll und das dann lang in der Mariazeller Schatzkammer gewesen ist. Dort haben sie's aber nicht mögen.«

Von Yb wirbelte es im Kopf; er hatte Mühe, sich aufrecht zu halten.

»Bitte«, fuhr der Kellner fort, »belieben nur ein wenig am Strand zu spazieren. «

Dabei führte er den Willenlosen einige Male um das Müllkistchen herum, aus dem jetzt eine frische, würzige Brise so heftig wehte, daß von Yb unwillkürlich nach seinem Hut griff.

»Schauen sich's gut an, Euer Gnaden«, sagte der Mann mit den eisgrauen Koteletten. »Da drauf hat der Admiral Tegetthoff als Bub gelernt.«

Von Yb spürte, wie die seltsame Beklemmung, die ihn schon die ganze Zeit zwischen Traum und Wachen festgehalten hatte, ihm langsam die Kehle umschnüren wollte und ihm den Atem benahm. Nur hinaus von hier, nur rasch hinaus! Nichts mehr hören von diesem bedenklichen Meer, nichts mehr sehen von dem dämonisch blauen Abgrund im scheinbar so harmlosen Gewand eines Misttrügerls …

Wie ein Besessener riß von Yb sich los und floh aus dem unheimlichen Gewölbe auf die finstere Straße. Tegetthoff … Mortara … Kaiser Rudolf … Mariazell … blauer Abgrund … so raste es in seinem erschöpften Gehirn durcheinander. Oder war es nur er selbst, der da durchs nächtliche Genua raste, zwischen hohen dunklen Häusern hindurch?

Ein schattenhaft brodelndes Getümmel hielt ihn auf, zwang ihn zum Stehenbleiben und in die Rolle eines widerwilligen Zuschauers: aus einer Gruppe lautlos raufender Matrosen löste sich plötzlich ein riesengroßer Kerl mit der Silhouette eines dunklen Herkules, ergriff einen chinesischen Heizer, schwang den Zappelnden an einem Bein durch die Luft und schmetterte ihn gegen eine im Mondlicht ehern funkelnde Türe, die unter trockenem Krachen zersplitterte; ein gähnend schwarzes Loch verschlang den Bedauernswerten. In einer spärlich beleuchteten Küche hörte von Yb Fett aufsieden und sah durch ein Fenster einen buckligen Schreiber mit grünem Augenschirm die Feder eintauchen und emsig drauflos kritzeln. An einem andern Fenster übte eine gealterte Sängerin in großer dramatischer *Madre-nobile*-Pose eine Arie, während im obersten Stockwerk graue, triefnasse Wäsche zum Trocknen aufgehängt wurde, offenbar in Fortsetzung einer unterbrochenen Tagesarbeit. Plötzlich ertönte hysterisches Schreien, Poltern und Fluchen, ein Knäuel halbbekleideter Gestalten entquoll der aufgesplitterten Tür, und noch ehe von Yb sich aus seiner Erstarrung lösen konnte, hatten zwei hübsche, drallbusige Mädchen mit funkelnden Augen ihn ergriffen und zerrten ihn mit sich.
Was dann mit ihm geschehen war, wußte von Yb niemals genau anzugeben. Er habe nur das Gefühl gehabt, daß es ihm gar nicht übel erging. Auch erinnerte er sich eines hartnäckig immer wiederkehrenden Traumes, in welchem er sich als sanftgerittener, mittelalterlicher Damenzelter auf blumigen Auen voll lustig sprudelnder Wässerlein sah.
Es schien ihm, als wäre es ein mehrtägiger Schlummer gewesen, aus dem er schließlich in dem fremden Haus erwachte. Er fühlte sich noch immer ein wenig mitgenommen, beschloß aber, sofort aufzubrechen, um nicht nur das schöne Genua zu sehen, sondern auch … sondern auch … Wieder

sauste es in seinem Kopf, und nur mit Mühe entsann er sich, was es eigentlich war, das er zu sehen verlangte: das Meer. Doch dazu kam es nicht. Die beiden Mädchen wollten ihn erst fortlassen, wenn er eine bestimmte Summe gezahlt hätte, die sie ihm mit hurtigen Fingerbewegungen auf Heller und Pfennig vorrechneten. Eine Summe, die ihm ein wenig hoch erschien.

Er suchte nach der wohlgefüllten Brieftasche in seinem Rock, suchte in allen Taschen und fand nichts darin vor, rein gar nichts. Die lächelnden Mienen der beiden Mädchen verdüsterten sich. Sachlicher Ernst trat auf ihre Züge.

Als der korrekte von Yb aufbrechen wollte, um aus seinem Hotel Geld zu holen, sah er sich zu seinem Entsetzen von den beiden graziösen Geschöpfen, die auf einmal Riesenkräfte entwickelten, gepackt und festgehalten. Mit aufgekrempelten Ärmeln schleppten sie den Fassungslosen eine dunkle Stiege hinab und sperrten ihn in ein dumpfes Kellergelaß, in dem es ganz infam nach kranken Hühnern roch. Und was sie ihm in sein Gefängnis nachriefen, klang wie »Zechpreller« und noch Schlimmeres. Nicht eher, so riefen sie, käme er wieder ans Tageslicht, als bis er an seinen Wiener Bankier den Brief geschrieben habe, den sie ihm diktieren würden! Damit verschwanden sie.

Eine Zeitlang versuchte von Yb seinen düsteren Gedanken dadurch zu entrinnen, daß er Goethes unsterbliches Gedicht vom Land, wo die Zitronen blühn und im dunklen Laub die Goldorangen glühn, in verschiedenen Tonfällen vor sich hin deklamierte. Auf die Dauer muß aber selbst den korrektesten Privatgelehrten in einem aufgelassenen Hühnerstall die Verzweiflung packen, und so starrte Achatius von Yb mit irrem Blick die klobige, schimmelbedeckte Türe an, die ihn von den Herrlichkeiten Italiens trennte.

Eines Tages, als er besonders lange gestarrt hatte, geschah das Wunder. Die Pforte öffnete sich, und herein trat, anmutig wie die Liebesgöttin selbst, seine holde Reisegefährtin aus dem verträumten Salonwagen. Mit lieblichem Lächeln kam sie näher, betrachtete den armen Gefangenen durch ihr Lorgnon von oben bis unten und lächelte schweigend weiter.

Blutrot vor Scham suchte von Yb nach einem Vorwand, sein Hiersein – vielleicht mit dem Hinweis auf architektonische Forschungen – zu erklären. Doch die reizende Operndirektrice aus Port Said nahm ihm das Wort vorweg: sie befände sich auf der Suche nach neu zu engagierendem Chorpersonal, hätte zu ihrem tiefsten Bedauern von der mißlichen Lage eines distinguierten Fremden gehört und durch das Schlüsselloch ihren Reisegefährten von damals erkannt. Sie sei gekommen, ihn zu befreien, ja mehr: ihm den heißesten Wunsch seines Lebens zu erfüllen. Nein, nicht die Hand zum Bunde, das nicht, aber das Plätzchen in ihrer Nähe, um das er so innig gebeten. Und kurz und gut – sie engagiere ihn. Hier sei der Kontrakt, er brauche nur zu unterschreiben. Dann allerdings gehöre er ihr für den Rest seines Lebens.

»Dein bin ich!« rief von Yb in stürmischer Begeisterung und ließ sich auf ein Knie nieder. »Aber wie, Holdeste, kann ich dir dienen? Ich bin Privatgelehrter, hoch angesehn und sogar mehrfacher Ehrendoktor, aber weder Sänger noch Mime.«

»Ich habe auch nichts dergleichen für Sie vor«, lautete die freundliche Entgegnung. »Es ist etwas anderes. Sie wissen, bei uns im Süden liebt man es, die Zwischenakte bluttriefender Tragödien mit heiteren Intermezzi auszufüllen. In meinem Opernhaus wird zum Beispiel die Folterszene in *Tosca* auf die offene Bühne verlegt, was jedesmal jubelnden Beifall hervorruft und *da capo* verlangt wird. Natürlich muß dann wegen der Kontrastwirkung etwas Lustiges her … Also

reden wir nicht lange herum: Sie sollen mir die Zwischenakte als sogenannter *Agostino stupido* beleben.«
Von Yb erstarrte. Er glaubte, nicht recht gehört zu haben. »Dummer August«, murmelte er mühsam. »Nein, das geht nicht. Bedenken Sie doch: Privatgelehrter … mehrfacher Ehrendoktor …« »Schön«, replizierte ungerührt der feenhafte Besuch. »Dann bleiben Sie eben bis ans Ende Ihrer Tage hier. Oder richtiger: bis ans Ende Ihres Vermögens. Denn sobald man alles Geld aus Ihnen herausgepreßt hat, wird man Sie sowieso verschwinden lassen, wie es in dieser Stadt, die voll von finsteren Geheimnissen steckt, schon manchem Lustreisenden passiert ist. Ich hätte Sie ausgelöst und mitgenommen. Aber da Sie nicht wollen – adieu!« Und sie wandte sich zum Gehen.
Was konnte der unglückliche von Yb anderes tun, als die erbarmungslose Opernchefin zurückrufen und das Papier, das sie ihm lächelnd hinhielt, unterschreiben.
Als er die Feder absetzte, zerriß so etwas wie ein innerer Donnerschlag sein Gehirn. Dummer August! Dummer August ein ganzes Leben lang! Ohne Avancementmöglichkeiten – keinen Oberaugust gab es, keinen Kammeraugust! Wenn das sein Großvater wüßte, Arbogast Caspar Ferdinand von Yb, Herr auf Ober- und Unteryb, Herr und Landstand in Krain! Achatius nagte die bleichen Lippen.
Unterdessen hatte seine Vertragspartnerin mit langgewimperten Mandelaugen das Dokument überprüft, nickte zufrieden und reichte dem Neuengagierten eine größere Banknote hin. Das Handgeld. Dann bedeutete sie ihm, ihr zu folgen. Es ginge sofort aufs Schiff.
Von Yb betrat die Straße – trotz allem mit einem Seufzer der Erleichterung – und hielt sich dicht hinter der schnellschreitenden Schönen, die ihn durch obskure Winkel und Gäßchen dem Hafen zuführte.

Plötzlich durchzuckte es ihn, daß er nun auf diese Weise das Meer sehen würde. Sekundenlang wollte er an eine tröstliche Schicksalsfügung glauben. Aber war es wirklich das Meer, dem er da zustrebte? War es das wirkliche Meer? Ihn schwindelte wie damals, als der Ober mit den eisgrauen Koteletten ihn in seine Obhut genommen.

Seine Gefährtin beschleunigte den Schritt. Schon drang das Heulen der Sirenen an sein Ohr, das Rasseln der Krane. Höchstens eine schmale Häuserkulisse konnte ihn noch vom sogenannten Meer trennen.

»Flieh!« blitzte es durch von Ybs zerquälte Gedanken. »Vertrag oder nicht – flieh!«

Das Heulen und Rasseln wuchs ins Unheimliche, während er der jetzt noch schneller Ausschreitenden folgte. Schon schickte sie sich an, um das letzte Eck zu biegen.

Da schlug der sonst so peinlich korrekte Mann einen jähen Haken und raste davon, das Handgeld, das ihn vertraglich band, fest in die Faust geknüllt. Von allen Furien gehetzt, jagte er straßauf straßab, stand, ehe er sich's versah, vor dem Bahnhof, stürzte auf den Perron, auf den Wiener Wagen des wartenden Schnellzuges zu, verkroch sich ins Klosett und war gerettet.

Das Handgeld reichte gerade aus, ihn nach Wien zu bringen. Dort angekommen, hastete der durch die unangenehme Fahrt ziemlich verbogene Gelehrte (der ja die ganze Zeit hinter dem Klosett gekauert hatte) auf raschestem Weg in seine Wohnung. Es dauerte tagelang, ehe er wieder halbwegs zu sich selbst fand.

Dann aber begann erst die Hölle. Bei jedem Klingelzug fuhr der Unselige zusammen – wähnte er doch den Schritt der Häscher zu hören, die nach ihm fahndeten, nach ihm, dem Betrüger, dem Veruntreuer des Handgeldes. Denn bei Vertragsbrüchen, das wußte er aus der traditionsgesicherten Erfahrung einer langen Ahnenreihe von Beamten, bei Vertragsbrüchen gab's keinen Spaß. Auf Anraten seines Rechtsfreundes, eines schwarzbebrillten, düsteren Herrn, der ihm den Ernst der Lage ohne jede Schönfärberei klarmachte, verließ von Yb seine alte, prächtige Wohnung und mietete eine Reihe weit auseinanderliegender Absteigquartiere, in die er wechselte wie ein furchtsames Wild.

Er hatte kaum noch Privatverkehr. Nur die Nachtwächter und die verspätet heimwärtsschwankenden Angehörigen der Lebewelt blickten dem scheu Einherhuschenden sinnend nach und schüttelten den Kopf.

Bald nannte man ihn ganz allgemein den »Huscher«, und weil es sich herumsprach, daß er in Italien gewesen war, den »Cavaliere Huscher«.

Ganz Wien, vom letzten Maronibrater bis hinauf zum Kaiser, wußte von der entsetzlichen Lage des einst so angesehenen Mannes. Und nicht nur die Millionenstadt nahm innigen Anteil an seinem beklagenswerten Los, auch in Brünn, Graz und Olmütz war er Gegenstand mitleidiger Kommentare, ja sogar vereinzelter Tränen. Da er nach wie vor über große Geldmittel verfügte, konnte man nicht gut für ihn sammeln. Aber die führenden Juristen Österreichs begannen sich immer systematischer das Hirn zu zermartern, wie man diesem Sonderfall eines vertragsbrüchig gewordenen Dummen August beikommen könnte. Fachmänner auf den Gebieten des Völkerrechts, der internationalen Gegenseitigkeitsverträge, der Auslieferungsbegehren und des Theaterwesens kamen hinzu, und unter dem Druck der öffentlichen Meinung wurde dieser Korona illustrer Köpfe einer der leerstehenden Säle in der k. k. Akademie der Wissenschaften angewiesen, wo man täglich über von Ybs Misere und hoffentliche Rettung beraten konnte.

Nach und nach gehörte es für jeden, der in Wien etwas gelten wollte, zum guten Ton, gegen vier Uhr nachmittags scheuschlürfenden Fußes den herrlichen Barocksaal zu betreten, diskret mit dem Diener zu flüstern und sich dann einer der Gruppen beizugesellen, denen das Schicksal von Ybs am Herzen lag. Da und dort brütete ein weißsträhniger Greis, an einen Globus gelehnt. In der Mitte des Saales saßen mehrere Gelehrtenköpfe versunken um einen Tisch, auf dem sich in schwarzen Einbanddeckeln die einschlägigen Dossiers stapelten. In der Ecke war ein zerfurchter Fachmann gerade dabei, ein dem Ohre entnommenes Wattestück kopfschüttelnd in einem Bernsteinspitz anzuzünden. Und fast in jeder Fensternische standen, den Rücken zum Saal, je vier Gehröcke und starrten auf die düstere Straße, wobei sie hinter dem Rücken mit den Händen stumm Klavier spielten. Das allein ergab schon vierundzwanzig erstklassige Denker. Aber es waren ihrer insgesamt noch um viele mehr, die sich tagtäglich hier versammelten. Unter leisem Trinkgeldgeklingel und zerquetschten Hustenansätzen verließ man dann den stucküberladenen Prunkraum, in dem außer bitteren Streitigkeiten über verwechselte Schirme leider nichts zustande kam.

So ward dem armen Cavaliere Huscher das düstere Los, sein Leben in verschwiegenen Kabinetten zu fristen, ja manchmal, wenn er die Furien des Vertragsbruchs sich allzu dicht auf den Fersen wähnte, sogar in Stundenhotels, wo man dem scheu Heranhuschenden mitleidig nickend das gewünschte Zimmerchen anwies.

Freudlos welkte er dahin, und war sein Kopf schon einmal etwas freier von Sorge und Angst, dann quälte ihn erst recht die große, ungelöste Frage seines Lebens: hatte er nun eigentlich das Meer gesehen oder nicht?

Mit dieser Frage wurde er, der zu keinerlei Hoffnungen

mehr berechtigte, niemals fertig. Denn dem damaligen Stand der Raumerkenntnisse entsprechend, wußte er noch nichts davon, daß eine kosmische Dimension genau auf Armeslänge in die andere hereinragen kann.

Auf dem Totenbett bot Achatius von Yb, genannt Cavaliere Huscher, einen höchst absonderlichen Anblick: die Augen unter der erstaunlich gerunzelten Stirn hatte er weit geöffnet, und den vergilbten Zeigefinger der rechten Hand, der mit dem alten Familiensiegelring geschmückt war, hielt er in stechender Stellung starr vorgestreckt – wie jemand, der aus tiefstem Erkennen »Aha« sagt.

Pater Knjakals erbauliche Predigt

Die Fürsten Auersperg, Erbmarschalle in Krain und auf der Windischen Mark, eines der vornehmsten Adelsgeschlechter Österreichs und den Habsburgern ebenbürtig, besitzen unweit der nie zur Gänze erforschten Friedrichsteiner Eishöhle ein Schloß, an das sich eine romantische, gleichfalls nicht ganz erforschte Geschichte knüpft: die Geschichte ihrer Ahnherrin, der bildschönen Gräfin Veronica von Cilly. Diese graziöse Traumfigur aus der Goldbrokatzeit der Gotik, verehelicht mit einem der mächtigsten Dynasten des Reiches, wollte die düstere Kaiserin Barbara, die Gemahlin Sigismunds, beseitigen und Kaiserin von Deutschland werden. Barbara starb an der Pest, und damit schien der Weg zum erhabensten Thron Europas für die bezaubernde Veronica offen. Doch auf einem Zug nach Ungarn geriet sie durch Verrat in Gefangenschaft und wurde schließlich auf der Burg Hochosterwitz in einer Zisterne ertränkt. Nur im Lied der Minnesänger lebte sie weiter, geheimnisumwoben wie jene Sage, daß die unheimliche Eishöhle aus ihrem Besitz den Eingang zum Tartaros der Antike bildete, in dem auch Helena und die Helden von Troja verschwunden waren.

Den Auerspergs gehören überdies ausgedehnte Güter im Tyrol, wo sie Herren auf Matray und Sprechenstein sind, und in Böhmen, wo unter anderm Nassaberg, Kralowitz und Slatinan zu ihren Liegenschaften zählen. Das letztgenannte Schloß liegt in einer besonders schönen, waldreichen Gegend, inmitten meilenweiten fürstlichen Besitzes. Einem

Vetter meines Vaters, Auerspergischem Hofrat und Generaldirektor, unterstand dieses ganze weite Land, und einmal verbrachten wir einen Sommer bei ihm und seiner jungen Gattin. Hans Canon hatte sie als »Beauté am Hofe Karls I. von England« gemalt und hatte ihrem Bildnis den Timbre der englischen Renaissance gegeben: sie stand neben einer mit flachen Reliefs geschmückten Marmorsäule, an eine Balustrade gelehnt, und fern im Hintergrund zog eine Jagd vorüber, leicht verschleiert im letzten Tageslicht.
Ich mit meinen sechzehn Jahren war sehr verliebt in meine schöne junge Tante und empfand die ganze herrliche Entourage als etwas nur für sie Geschaffenes. Was für Köstlichkeiten brachte der damals so üppige Reichtum Böhmens auch hervor! Wie bog sich die Tafel unter den Rebhühnern und Fasanen! Und beim Souper immer das goldene Licht unzähliger Kerzen in silbernen Kandelabern. Alles war dem Glanz des Fürstenhofs angepaßt. Sogar in den Stallungen gab es alte Delfter Kacheln zu bewundern.
Aber mich interessierten auch die Ausflüge, die sich vom Schloß aus machen ließen – etwa in die uralte Stadt Chrudim mit dem Renaissancepalast des großen Astronomen Tycho de Brahe, oder nach Kuttenberg, dem Zentrum des alten Silberbergbaues mit der berühmten Barbarakirche, einem der glänzendsten gotischen Bauwerke der Welt, 1388 von Peter von Gmünd geschaffen. Dort steht ein vielfiguriger Brunnen, in dessen unheimlich tiefen Schacht brennende Pechkränze geworfen wurden, die man noch lang als kleine, glühende Punkte entschwinden sah …

Zu all dieser Pracht und zum Liebreiz der dudelsackdurchklungenen böhmischen Landschaft gehörte ein Satyrspiel, das sich einige Jahre später zutrug und von dem ich hier berichten will: die im höchsten Grad erbauliche Predigt, die der ehrwürdige Pater Knjakal in der Kirche von Kalk-Podol gehalten hat.

Pater Eusebius Knjakal trug den Titel eines Domherrn und war vom Heiligen Geist mit vielen Dingen begnadet worden, zu denen auch ein dicker Bauch, eine daraus resultierende Atemnot und ein unheilbares Böhmakeln gehörten. Mit zunehmendem Alter bestieg er immer seltener die Kanzel und brachte so die fromm lauschende Welt um manch unersetzlichen Blütenstrauß aus Gottes Predigergärtlein. Sein ehrwürdiges Alter, seine leiblichen Gebreste, zu denen harmonisch auch die und jene geistige Ramponiertheit trat, erheischten Schonung – die ihm von seiten des verständigen Episkopats glatt zuteil wurde. Denn schon wenn Pater Knjakal während der hl. Messe niederzuknien hatte, wie es die Liturgie vorschreibt, konnten die peinlichsten Begleiterscheinungen auftreten. Der ehrfurchtgebietende alte Herr schlief bei solchen Gelegenheiten gerne ein, mußte vom Ministranten durch Zupfen am Meßgewand geweckt werden, und da er regelmäßig vom Tarockspiel träumte, fand er beim Erwachen stets böse, bitterböse Worte für seine vermeintlichen Partner. Doch tat all dies seinem Ansehen keinen Abbruch. Er war nicht nur eine anerkannte Leuchte der Predigerkunst, er war auch mit dem berühmten Prager Selcher Chmel nahe verwandt, und niemand im damaligen Böhmen wollte sich es mit einem solchen Manne verderben.

Eines Tages verbreitete sich im Auerspergischen Schloß die frohe Nachricht, daß Pater Knjakal morgen nach Kalk-Podol kommen und predigen würde. Sofort begann der Telegraf zu spielen, um die Eingeweihten im nahen und weiteren Umkreis von dem zu erwartenden geistlichen Fest in Kenntnis zu setzen. Zusagen funkten zurück, und am nächsten Vormittag trafen im Schloß zahlreiche Equipagen und vereinzelt sogar Herren zu Pferde ein. Nachdem man einen vorzüglichen Imbiß genommen und dazu den blumigen Melniker Wein getrunken hatte, ging es korporativ in die schöne alte Barockkirche, die bald zum Bersten voll war. Es herrschte drückende Hitze, die Knjakals Hirn erfahrungsgemäß zum Phosphoreszieren brachte. Man durfte sich also auf einen besonders erbaulichen Ohrenschmaus gefaßt machen.

Mäuschenstill saß die fromme Gemeinde. Nur ab und zu wurde das Rauschen eines Fächers oder ein verhaltenes Räuspern hörbar. Jetzt gab der Mesner diskret ein Zeichen. Selbst die Fliegen hörten zu summen auf und stießen sich erwartungsvoll an.

Rumpelnde Schritte, ein schweres Keuchen – dann sah man Pater Knjakal der Kanzel zustreben. Sein frommes, fettwattiertes, unendlich ausdrucksloses Antlitz, das schon leicht ins Gesäßhafte hinüberspielte und die winzigen, weit auseinanderstehenden Äuglein kaum noch erkennen ließ, war rot wie eine Pfingstrose. Reichlichen Schweiß von der Stirne wischend, über der ein viel zu kleines Jesuitenbirett wackelte, schnaufte er immer wieder deutlich hörbar »Esch, esch« und hielt sich fest, wo etwas zum Festhalten war. Schließlich verschwand er im Stiegenraum der Kanzel, dessen Türlein der Mesner – eine verkniffene, mit Schnupftabak gepuderte Intrigantenfigur – lautlos hinter ihm schloß.

Die Gemeinde hielt den Atem an. Auf der schmalen Holztreppe zur Kanzel hinauf rumpelte und trampelte es – plötzlich ein Poltern, gefolgt von einem dumpfen Krach und unartikulierten Klage- oder Schimpflauten: der fromme Mann war, wie so oft, gestürzt. Alles nickte befriedigt. So mußte es an guten Tagen kommen. Nach wahrhaft entsetzlichem Stöhnen und Geschlegel dicker Füße am sommertrockenen Holz tauchte es wie ein glühender Kürbis über dem Kanzelrand auf.

Der hochwürdige Herr jappte nach Luft, wischte sich den

Schweiß aus dem Gesicht, sah giftig auf das Kruzifix, das ein geschnitzter Arm aus der Kanzel in das Gotteshaus hinausstreckte, und ließ noch einen langen, abgestochenen Blick über seine Schäflein schweifen, ehe er begann:
»Geliebte in Christo. Esch. Andächtige Gemeinde, fromme Firschtlichkeiten und hoher Adel. Esch, esch. Wir feiern heite das Andenken an den heiligen Erzmärtyrer Sebaschtian, der was eigentlich, könnt man sagen, ein k. k. reemischer Offizier gewesen is. Klarerweise war er heimlich getauft, weil war er einziger anständiger Mensch in ganzen hundsgemeinen reemischen Offizierskorps, miserablichten. Esch, esch. Und war natierlich beste Offizier von alle. Die anderen waren heechstens qualifiziert zu Gewölbwache im verschitteten Pompeji oder als Kondukteere bei der Affentramway in Egypten oder als Kutscher für Kamelkomfortabeln ebendaselbst. Heitzutage weiß kein Mensch mehr, wie die G'schicht von seiner heiligen Taufe herausgekommen is. Vielleicht hat ihn wer vernadert, oder Oberleitnant Sebaschtian hat sich selber bei Offiziersmesse verplauscht, oder bei an Liebesmahl, weil hat zu viel getrunken … esch esch … Jedes Falles, meine andächtige Gemeinde, hat ihn Oberscht zum Rapport bestellt, hat ihn priefend ang'schaut, der Klachel verdächtige reemische, und hat ihm g'sagt: Herr Oberleitnant, morgen gehn S' ab zu die Herbstmaneever. Unser geliebter Heiliger hat daraufhin Hacken z'sammg'schlagen und hat heeflich, aber bestimmt erwidert: Melde gehorsamst, Herr Oberscht, das is unmeeglich, weil morgen muß ich auf Wallfahrt nach Mariazell. Esch. Hat ihn Oberscht nochamal bees und priefend ang'schaut und hat g'sagt: Mariazell, was plauschen S' da. Das is ja noch gar nicht erfunden. Mir scheint, Sie sind a Christ. Sagt drauf der heilige Oberleitnant: Jawohl, und ich leigne es nicht. Ich bin kein so ein heidnischer Lump wie iebriges Offizierskorps. Oder

glauben S' vielleicht, ich bin der Sau vom Hintern g'fallen? Kriegt der Oberscht a teiflisches Lächeln ins G'sicht und sagt: Esch, esch, alsdann jetzt treten S' amal in Offiziersmesse an und opfern S'! Dabei ziehte aus hintern Togataschl a kleines Schkarnizel mit k. k. Weihrauch und sagt: So, da opfern S' jetzt gefälligst a Prise voll – nicht in die Nase, sakra nochamal – vor'n Bild von seiner Majestät dem Kaiser!« (Sonderbarerweise standen an dieser Stelle ein paar Herren im Auditorium auf.) »Hat ihn unser Heiliger nur so von oben herunter ang'schaut und hat g'sagt: An Schmarrn! Dem heidnischen Fallotten da? Der kriegt von mir nicht amal für zwei Kreizer Wanzenpulver als Opfer!«

Ein Murmeln der Befriedigung ging von der andächtigen Gemeinde aus, verschiedentlich wurde mit dem Kopf genickt, und wie zur Bestätigung ertönte ein lauter Knall: ein eingeschlafenes Kind war aus der Bank gefallen.

Pater Knjakal schnupfte, um sich für den Abschluß zu stärken, mit einem kleinen Hornlöffel mächtig auf, schneuzte sich dröhnend in ein riesiges rotes Sacktuch und erhob seine Stimme:

»Wos? brillt der Oberscht. So aner sind S'? No, das wemme gleich haben! Erschossen werden S', jetzt sofort schtantapeh, damit S' es nur wissen! Richtig is auch schon Auditor kummen, hat Todesurteil gefällt, und verfluchte Reemer ham unsern lieben heiligen Oberleitnant Sebaschtian mit lauter Fidschipfeile so lange durchgebohrt, bis is tot umg'fallen als Märtyrer.«

Beklommene Laute wurden hörbar, auch Schluchzen auf tschechisch und deutsch, das immer mehr anwuchs.

Pater Knjakal war sichtlich überrascht von dieser gefühlvollen Wirkung seiner Predigt. Er schnupfte abermals und dampfte jetzt so, daß er deutlich nach heißen Würsteln roch. »Weinet nicht, Geliebte in Christo!« rief er. »Weinet nicht, fromme Gemeinde, firschtliche Gnaden und hoher Adel! *Wer weiß, ob's wahr is ...!«*

Ein allgemeiner Seufzer der Erleichterung schwebte aus der frommen Gemeinde empor und vermischte sich mit den Geräuschen eines ebenso eiligen wie wohlgelaunten Aufbruchs zur Jause, die man im »Schwarzen Adler« einnahm. Pater Knjakal wurde diesmal besonders ausgiebig freigehalten.

Onkel Tonis verpatzter Heiliger Abend

Zu München lebte der Hofrat P., in weiten Kreisen bekannt und beliebt als »Onkel Toni«, einer der merkwürdigsten Käuze, die mir je begegnet sind. Er verfügte über einzigartiges Wissen auf allen Gebieten des Antiquitätenwesens, besonders auf den abwegigen, war selbst ein bedeutender Sammler und wurde gerne von ähnlich verschrobenen Repräsentanten der Gelehrtenwelt aufgesucht, wenn sie auf verzwickte Fragen Antwort haben wollten – etwa ob es im Rokoko schon Flugschriften über Wanzenvertilgung gegeben habe, ob die ersten Meister der Klistierspritzenerzeugung in Nürnberg oder Augsburg gesessen seien, und dergleichen noch mehr. Auch stießen ihm immer wieder die seltsamsten und peinlichsten Dinge zu. So wurde er einmal von einem entlassenen Hausmeister auf dem Denunziationsweg des Lustmordes an einer uralten Bettlerin beschuldigt, weil er angeblich auf deren Umhängtuch gespitzt hätte, das er der hl. Thekla zuschrieb. Ein andresmal geriet er in den gleichfalls unberechtigten Verdacht des mehrfachen Kindesmordes, was mit seinem Versuch zusammenhing, mehrere Spiritusbehälter mit barocken Embryos, die er auf dem Salzburger Fetzenmarkt erstanden hatte, bei Nacht über die Grenze zu schmuggeln.

Von einem nicht ganz so schwerwiegenden, aber noch immer recht unangenehmen Erlebnis soll im folgenden die Rede sein.

Ich war nach längerer Pause wieder einmal nach München gekommen, und natürlich galt einer meiner ersten Besuche dem verehrten Onkel Toni. Als seine alte Haushälterin, die Frau Mizzi, mir öffnete, schlug sie in der üblichen Wiedersehensfreude zuerst die Hände überm Kopf zusammen und stieß mehrere »Jessas!« hervor, dann aber senkte sie plötzlich ihre Stimme:

»Sagen S' um alles in der Welt nit, daß derselbige schlecht ausschaut! Lassen S' Ihna fei nix anmirken, gell? Dös waren heuer Weihnachten, sag i Ihna! Weihnachten waren Ihna dös …«

Was es denn gegeben habe, fragte ich, noch rückwirkend aufs äußerste besorgt.

»Eing'spirrt ham s' denselbigen! Am Heiligen Abend! Im Kotter hat derselbige geschmachtet. I derf gar nit dran denken …« Und die beleibte Weibsperson – eine emeritierte Pfarrersköchin – erstickte in Rotz und Tränen.

»Eingesperrt? Ja warum denn?«

»Wögen an öffönтlichen Örgernüß«, röhrte die Frau Mizzi auf und befliß sich dabei jener überreichlichen Verwendung von Umlauten, zu der biedere Menschen immer dann ihre Zuflucht nehmen, wenn sie – sei's auch nur mittelbar – in amtliche Zusammenhänge geraten. »Wögen Errögung der Süttlichkeit! O mei, o mei …«

Damit geleitete sie mich ins Wohnzimmer, wo Onkel Toni, den berüchtigten Fez des seligen Nietzsche (eine seiner kostbarsten Erwerbungen) auf dem Haupt, gerade mit einem beinernen Ohrlöffelchen in einer Tintenflasche herumrührte und als Begrüßung zunächst nur ein stummes, gramgetränktes Nicken für mich erübrigte, ohne mit dem Rühren aufzuhören.

»A rechter Dreck«, brummte er dabei. »Wie alles heutzutag. Alles. Auch wann's du's erst vorgestern um zwoa bluatige Zehnerln kauft hast. Jo, jo, so ist's.« Dann wandte er sich endlich an mich. »Daß d' aa wieder amal kemma bist. Daß d' dich überhaupt noch schierst um an armen alten Onkel Toni. Weil er gar so im Dröckh sitzt …«

Meiner Beteuerung, daß ich erst gestern angekommen sei, begegnete er mit einem traurigen Blick voll Zweifel.

»So, so. Und vor vierzehn Täg bist g'sehn wor'n, wie's d' mit einer stadtbekannten Schönheit, einer stadtbekannten, im Oanspänner die Ludwigstraßen auf und ab g'fahren bist. Oane vom Ballett is's g'wesen. Vom Ballett. – Mir wär's z' mager«, setzte er mit unvermittelter Schärfe hinzu und mümmelte wegwerfend.

Vergebens suchte ich ihm die Falschmeldung auszureden.

»Jo, jo«, beharrte er. »Weil i a armer alter Mann bin, den 's Schicksal wieder amal schön z'sammprackt hat. Jawohl, z'sammprackt. Dessentwegen find'st nit zu mir. Fahrst lieber mit an Balledschmötterling. Oane mit nackerte Haxen, dös schon. Aber daß d' amal mit'n armen, alten, gränklichen Onkel Toni ausfahrst, dös fallert dir nit ein. Wo i frische Luft so nödig hätt.«

»Warum gehst du denn nicht spazieren, Onkel Toni?«

»Spazieren! Daß die mich am End wieder haschen … naa, naa … a prennt's Kind firchtet es Feier!«

»Wieso haschen, Onkel Toni?«

Er sah mich lange an und wackelte vorwurfsvoll mit dem Schnurrbart. Dann kam es langsam heraus, wenn auch zu Beginn ein wenig verworren.

»Daß d' mich überhaupt noch fragst, du mit deine mopsnaserten Madeln! Dös waren Weihnachten … dös waren ihrer … wo ich meine ganze freie Zeit dem Gemeinwohl opfere … dem Vaterland …«

Er hob das Gesicht zum Himmel, und eine Träne glänzte in seinem Auge, ehe er fortfuhr:

»Meine ganze freie Zeit, jawohl. Noch am 24. Zember war ich im königlichen Kupferstichkabinett und frag an Herrn

Direktor: Hätten S' nit an Arbeit für mich, über d' Feiertäg? Was zum bestimmen, oder so?
Ja, schon, sagt der Direktor und winkt am Adlatus, Schröckenfux Kaspar schreibt sich der, ein sehr ein hoffnungsvoller junger Mann. Horchen S', sagt er dem, geben S' an Herrn Hofrat es Bordefeuille mit denen erotischen Lithographien ... woaßt, so Biedermeiersacherln, vom Hans Bassaguet, dös war dir schon a Saumagen war dir dös ... Alsdann, sagt der Direktor, so was liegt Ihnen, da sein S' ein Fachmann.
Is recht, sag i. Geben S' her die Bildeln. I fang gleich an. Was du heite kannst besorgen.
Ja was denn noch, sagt er. Was Eahna nit einfallt. Das geht hier nicht zu machen. Der Saal hier ist ein öffentlicher Ort, und da beinhaltet Eahnere Arbeit eine Verlötzung der öffentlichen Süttlichkeit!
Jo mei, sag i, dann nimm i's halt mit zu Haus und arbeit an Heiligen Abend durch. Gibt für mich eh koan Christkindl mehr, seit mein oarm's Mutterl nimmer is.
So? fragt derjenige. Die Frau Mama is g'storben? Dös tut mir aber leid. So a ristige Frau was die war. Wie is denn dös passiert?
Jo, sag i, schwerheerig is s' halt g'wesen, schon lang. Und in unsern Hausflur ham mir doch ein Fenster von an Ausschank, wo die alte emsige Frau immer bersehnlich ums Bier gangen is. No, und einmal hat s' es Hörrohr hing'halten, weil s' glaubt hat, der Schankbursch will ihr was sagen, und da hat ihr der b'soffene Lackel, der b'soffene, da hat er ihr 's eiskalte Bier ins Hörrohr einig'schütt. Und davon iss' nimmer genesen ... nimmer genesen ... der Mörder, der.
Mittlerweil, unterm Reden, hat der Adlatus die Bildeln verpackt, i nimm 's dicke Paket, wo mit an königlich bayerischen blauweißen Babierschbagat z'sammbunden war, und geh.

Wie i in der Gabelsbergerstraßen bin, kimmt dir nit a Windstoß, ganz a firchterlicher, und reißt mir nit's Wummerl vom Kopf, das seltene Stückl, was der Duluhs-Lodreck immer tragen hat. Mir war's ja bißl z'kloan, dös Luder, aber die wahren Kenner ham mich pidderlich drum beneidet. An Kleiderpracker von der Lola Montez hab i dafür in Tausch geben, wo s' damit immer an Keenig Ludwig ... aber pscht, sonst kimmt's in die Soziblätter. Heutzutag mußt ja fürchterlich aufpassen bei so was ... Der Ranzoni hat's mir damals verschafft g'habt, woaßt eh, der von der Firma Schmirgelberger, was für die Waisenkinderüberraschungen die falschen Ostereier aus Gips fabriziert ... no ja, sagen derfen die oarmen Haschperln eh nix, nur stumme Tränen derfen s' in die Augen haben, weil das für die Patronessen so rührend wirkt ... aber daß i net abschweif. Alsdann i geh und hab's königlich mir anvertraute Gut fest untern Arm druckt, untern rechten, und mit der freien Hand will i's Wummerl schnappen, eh's zu weit wegfliegt. Jo, dös glaubst! A zwoater Windstoß reißt mir 's königliche Paket aus der Hand – und: huidla! zerstreut's die seltenen Bildeln auf der Straßen. I ruf um Hilfe ... kimmt dir nit eine Mädchenschule daher, alle paarweis, was von zwoa Nonnen spazieren g'führt wer'n. Gleich sein s' ausg'schwarmt, die Fratzen, und sein denen Blatteln nachg'rennt ... und bein Zuwibringen waren s' ganz derrötet wie die Paradeiser und ham s' mir nur langsam in die Hand geben ... Was moanst, wie i mi g'schamt hab... Aber's Publikum is über mich her und hat g'rufen: Wöndet Lünchjustiz an! Saumagen, verdöchtiger! Schizzet unsere Jugend! Verfiehrer! Bazi, ausg'schamter! Noch dazu am Heuligen Abend! Hauts den Schweinkerl, den alten! Und: hauts eahm, hauts eahm! is gangen, und: schmeißts 'n in Schbringbrunnen ... aber der war zum Glück eing'freert. No, derweil is auch die Bolizei schon dag'wesen und hat mich denen Händen vom Mobf entrissen und mich in die Weinstraßen bracht. Dort ham s' freilich kein Brodogoll mehr aufnehmen wollen, weil's schon ins Dämmern ang'fangt hat, und ham mich gleich bein Eingang in'n Kotter g'spirrt, mitsamt die Bildeln. Aber dös hat mir gar nix g'nutzt. 's war ja finster. Glaub mir, so was von an verpatzten Heiligen Abend hab ich noch nie nicht g'habt. Und alles nur, weil man seine freie Zeit für die Kunst und fürs Vatterland opfert.«

Tarockanische Architektur

von Dietmar Grieser

Nachher – mit dem frisch erworbenen Wissen, was es mit dem Haus für eine Bewandtnis habe – kann man leicht sagen: »Das habe ich mir doch gleich gedacht.«
Tatsache ist: Man läuft daran vorbei, so ein Wunderding ist es nun auch wieder nicht. Ähnliches hat man auch schon an anderen Plätzen in Wien gesehen: die Arkaden im Erdgeschoß, der turmartige Runderker, die reich verzierten Friesbänder zwischen den Etagen, die schön gegliederten Fenster, die Terrassenbalustrade mit den Obelisken. Elemente der Wiener Werkstätte und des sogenannten Heimatstils in originellem »Verschnitt«. Auch die Höhe des Hauses, das alle seine Nachbarn überragt, das kühn sein Steildach »aufreißende« Atelierfenster, die kupfernen Wandleuchten im Foyer und die messingkugelgekrönten Marmorpfeiler am Stiegenaufgang signalisieren zwar architektonische Phantasie, eine gewisse Verspieltheit und Freude am Dekor – aber dergleichen war damals, in den Jahren um 1910, keine Seltenheit.
Wem das fünfstöckige Zinshaus Ecke Wehrgasse/Grüngasse im Bezirk Margareten dennoch ins Auge springt, wird innehalten und sich von der Gedenktafel, die an seiner Außenwand angebracht ist, Auskunft erhoffen. Irrtum: In einer Stadt, wo das Interpretatorische stets mehr gezählt hat als das Kreative, wo der Schauspieler über dem Dichter und der Sänger über dem Komponisten steht, flicht die Nachwelt

dem Architekten keine Kränze. Dann noch eher dem Politiker, unter dessen Ägide der betreffende Bau zustande gekommen ist. Eingedenk solcher Widmungsgrotesken ist man schon froh, wenn es im gegenständlichen Fall kein Bundeskanzler oder Bürgermeister ist, dem da auf Messing oder Marmor gehuldigt wird, sondern ein Bühnenstar: »In diesem Haus starb am 27.2.1946 der berühmte Operettenkomiker Richard Waldemar.«

Um zu erfahren, daß einer der Großen der österreichischen Literatur, der Satiriker Fritz von Herzmanovsky-Orlando, dieses Haus entworfen und geplant hat (Bauherr: ein gewisser Albert Schloß), muß man weiter ausholen: sich im Rathausarchiv umtun und in der Plankammer der Baupolizei. Selbst die noch immer bruchstückhafte Biographie des Verfassers des »Gaulschreck im Rosennetz« erwähnt dessen Leistungen aus den frühen Jahren als Architekt, von denen die breite Öffentlichkeit infolgedessen kaum Kenntnis hat, nur nebenbei.* Mühsam muß man die Ausstellungskataloge, in denen Herzmanovsky-Orlandos zeichnerisches Werk abgehandelt wird, und seinen Briefwechsel mit Freund Alfred Kubin auf versteckte Hinweise hin durchsehen. Dort, immerhin, erfährt man dann, daß der 1877 als Sohn eines hohen k. k. Ministerialbeamten im vierten Bezirk Geborene an der Technischen Hochschule Hochbau studiert, 1903, von Max von Ferstel, dem Sohn des Erbauers der Votivkirche, unterfertigt, das Zeugnis der Zweiten Staatsprüfung empfangen, sich als Stadtbaumeister in Wien niedergelassen und bei Architekturwettbewerben etliche Preise eingeheimst hat.

---

* Dietmar Grieser hat im Jahre 1986 über den Architekten FHO geschrieben. Der hier erwähnte Informationsmangel über diesen Lebensabschnitt des Dichters ist durch das Erscheinen von Band X der »Sämtlichen Werke, Kapitel ›Seminar für Plafondgeher‹«, im Residenz-Verlag Salzburg 1994 weitgehend behoben worden.

Kosmas Ziegler, der verstorbene Herzmanovsky-Orlando-Erbe, berichtet nicht nur von interessanten Restaurierungsaufträgen (etwa auf Burg Kreuzenstein bei Wien oder auf Schloß Tirol bei Meran) und von Initiativen als »Correspondierendes Mitglied der k. k. Zentralkommission für Denkmalpflege«, sondern auch von einer Reihe origineller Erfindungen, die vorzüglich zu jenem skurrilen Bild passen, das sich, dank Friedrich Torbergs Schatzgräberarbeit, eine staunend-entzückte Leserschaft vom kauzigsten unter den österreichischen Prosaautoren des 20. Jahrhunderts gemacht hat. Zur Entwässerung feuchter Fundamente und Mauern entwickelte Fritz von Herzmanovsky-Orlando einen sogenannten Takenziegel, und im Zuge der Planungsarbeiten für einen Brauereikeller versuchte er sich sogar an einer hygienischen Wasserspülung, deren Patent darin bestand, daß der jeweilige Benützer der Anlage durch Öffnen der Tür das Sturzbassin füllte …

Herzmanovsky-Orlando als Architekt – welch aufregendes Thema! Es hat seinen Meister noch nicht gefunden. Denn wer immer sich drübertraut: Leicht wird er es nicht haben.

Zu spärlich sind die überlieferten Daten: erstes »Bureau« am elterlichen Wohnsitz in der Schwindgasse, dann eigenes Atelier in der Kolschitzkygasse, vermutlich gemeinsames Atelier mit dem Kompagnon Dr. Fritz Keller in der Fluchtgasse und schließlich, 1914, krankheitsbedingter abrupter Abbruch der Architektenlaufbahn, Übersiedlung nach Meran und Wechsel ins künstlerische Fach.

Wie weit die hinterlassenen Architekturstudien, die 1977 in einer Ausstellung des Historischen Museums der Stadt Wien zu sehen gewesen sind, konkrete Bauzeichnungen waren oder aber nur Dokumente einer spielerischen Phantasie und ob er die beiden Häuser, die Herzmanovsky-Orlando in der Czatoryskigasse besaß, auch selber gebaut hat – lauter

»tarockanische Geheimnisse«. Nur eines geht aus seinem Briefwechsel mit Alfred Kubin klipp und klar hervor: wie sehr es ihn verdrossen hat, durch die Fron der Tagesarbeit von seinen eigentlichen Interessen abgehalten zu werden (und das war zu jener Zeit die Malerei, noch nicht das Schreiben). »Das Bureau nimmt meine besten Kräfte ganz in Anspruch und hält mich den ganzen Tag in seinen dreckigen Banden«, klagt er am 9. Jänner 1911. »Mein Gott, alles braucht eben seinen Gegenpol: pfui Teufel über den Lebensschwindel!«

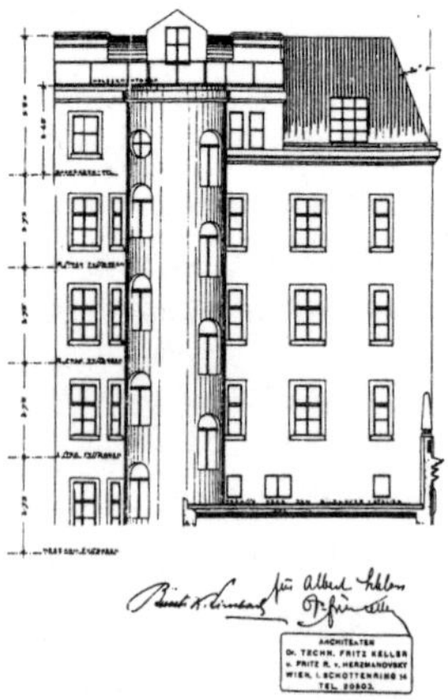

»Ansicht gegen den Hof«: Die Fassade des Hauses Wehrgasse 22

Besonders arg ist es in jenem Jahr 1910, da das Haus in der Wehrgasse gebaut wird: »Ich bin jetzt in Wien ganz allein – meine Eltern sind schon lange fort, und Dr. Keller ist in Karlsbad zur Erholung. Ich habe enorm zu arbeiten und mopse mich sträflich in der staubigen Hölle, die man Wien nennt …« Da ist es wenigstens ein Trost, daß der Architekt wider Willen, der »leider den ganzen Sommer an Wien gefesselt« ist, »höchstens immer nur auf 4–5 Tage abkommen« kann und »täglich bis 7 oder 7.30 Uhr im Bureau« sitzt, im Jahr darauf mit seiner jungen Frau ein Domizil bezieht,

das ganz nach seinem Geschmack ist: »Wir wohnen in einem prachtvollen alten Park, vor uns etwa 100 Meter weit das barocke Palais Schönburg, von Hildebrand gebaut; wir haben riesige Bogenfenster bis zur Erde, die Zimmer sind recht groß und hoch. Das Angenehme: kein Staub und Straßenlärm. Das übrige Wien ist gräuslich, uncultiviert und läßt sich nach Italien gar nicht vertragen.«
Kubin, von so vehementer Klage bekümmert, fragt zurück: »Du hast doch jetzt Bücher, liest Du denn nicht? Siehst Du, das kommt von der Architektur, jetzt bist Du angehängt, verdienst Du wenigstens?«
Wir erfahren es nicht. Dafür kündigt sich schon bald Herzmanovsky-Orlandos Rückzug aus dem ungeliebten Beruf an; am 18. September 1911 schreibt er an Kubin: »Ich selbst bin jetzt wieder unter die Maler gegangen und fabriciere decorative alte ›Meister‹ mit viel Gold und Juwelen-Intarsien.«
Und auch ein Geschenk geht von Wien nach Zwickledt, aus dem Atelier des Baumeisters ins Atelier des Malerpoeten: »eine neue Benzintrockenlampe, die das einzige Licht ist, das meine Augen nicht anstrengt. Ich habe Auftrag gegeben, Dir eine zu übersenden. Wenn man sie umwirft, löscht sie von selbst aus, das Benzin ist im Stein ganz eingesaugt, daher die Lampe absolut ungefährlich. Möge dies kleine Angebinde vielen herrlichen Werken Meister Alfreds beim Entstehen zusehen!«
Was Herzmanovsky-Orlandos eigene Werke angeht, so sind wir, dank der Findigkeit der Wiener Kunsttopographen, nicht mehr nur auf seine Bücher, auf seine Theateraufführungen und auf seine hie und da in Ausstellungen und Galerien auftauchenden Graphiken angewiesen, sondern können mitten in Wien, wenige Schritte vom Naschmarkt entfernt, auch den Architekten Fritz von Herzmanovsky-Orlando entdecken.

Der Vater

VON GERHARD TÖTSCHINGER

Im Sommer 1958 schrieb Maria Carmen von Herzmanovsky-Orlando, die Witwe Friedrichs, ihr Nachwort zu dem Roman »Maskenspiel der Genien«. »Für meinen Mann lag – und für mich liegt – nichts Ungewöhnliches in diesem Werk«, schreibt Maria Carmen. »Er lebte in einem sicheren Wissen um die hier geschilderte Welt, die er niemals als Erfindung, immer als eine Manifestation der Wirklichkeit empfand. Das hatte viele Gründe – zuallerest war es wohl seine Abstammung, sowohl von der väterlichen wie von der mütterlichen Linie her – die Vorfahren beider Linien stellten Kreuzfahrer, die aus Griechenland nach Italien gekommen waren.«

Friedrich Ritter von Herzmanovsky kam am 30. April 1877 in Wien zur Welt. Sein Vater, Dr. Emil von Herzmanovsky, war Beamter, zum Zeitpunkt der Geburt des Sohnes k.k. Ministerial-Vize-Sekretär im Ackerbauministerium. Die Mutter Louise von Herzmanovsky, geb. Edle von Orlando, hatte Talent zur bildenden Kunst, sie hat gezeichnet und aquarelliert. Vom Vater ist nicht überliefert, daß er eine künstlerische Begabung gehabt hätte, er hatte aber wunderbaren Humor, und im Sohn haben sich beide Eigenschaften aufs wunderbarste vereinigt.

Die Zürcher Zeitschrift DU brachte im Winter 1947 ein dem Nachbarn Österreich gewidmetes Heft heraus. Hier war eine Geschichte zu lesen, die schon Jahrzehnte vorher halb Europa zum Lachen gebracht hatte. Ihr Urheber war Emil von Herzmanovsky, der Vater. Die Geschichte ist wahr, sie hatte Konsequenzen für die Familie und sie wurde immer wieder erzählt von FHO selbst, auch von Friedrich Torberg, von Otto F. Beer, von Kosmas Ziegler.

Aber heute, fast einhundert Jahre nach dem Ende der Monarchie Österreich-Ungarn, muß man sie anders erzählen als zu einer Zeit, da noch allgemein bekannt war, wie man sich einen k.k. Ministerialrat in Gala vorzustellen habe.

Paul Gautsch, Freiherr von Frankenthurn, war 1897 zum Ministerpräsidenten von Österreich berufen worden. Er war aus mittleren Verhältnissen schon früh aufgestiegen, hatte Jus studiert und war schon mit 28 Jahren Unterrichtsminister geworden. Nun hatte er also das höchste Amt des Staates erreicht und war stolz darauf. Aus Memoiren seiner Zeitgenossen erfährt man, wie stolz – er war kein angenehmer Mitmensch. Diese Eigenschaft bildet die dramaturgische Grundlage dieser Geschichte.

Emil von Herzmanovsky hatte seinem Stande entsprechend am vornehmen Theresianum in Wien maturiert, als ein Mitschüler von Paul Gautsch. In diesem Winter 1897/98 war er zum Ministerialrat im Ackerbauministerium avanciert.

Der neue Ministerpräsident besuchte und inspizierte die ihm nunmehr unterstellten Ministerien und er kam auch in das Ackerbauministerium. Diese mächtige Institution hatte ihren Sitz in der Liebiggasse 5, Wien I., in einem prunkvollen Neubau der prosperierenden Gründerzeit, dessen Fassade auch heute noch mehrfach die Initialen Kaiser Franz Josefs I. trägt, umflattert von mehreren Doppeladlern, und sie hatte eine lange Reihe von Außenstellen, Berghauptmannschaften, Pferdezuchtkommissionen, Forstpolizei-Instanzen, in Prag und Pribram, in Krakau und Trient, in Dalmatien, Salzburg, Mähren, Schlesien, der Bukowina. Und ihr ranghöchster Beamter war der Ritter Emil von Herzmanovsky.

Ihm oblag nun die Begrüßung des Herrn Ministerpräsidenten, der da zu Besuch gekommen war.

Dazu muß man sich den Raum vorstellen, groß, ein Festsaal, und die Herren Beamten, denn Damen Beamte gab es damals noch nicht. Sie alle trugen ihre Uniformen, von militärischem Zuschnitt, mit dem Säbel an der Seite, die Dienstkappe oder den Zweispitz in der Rechten.

Seine Exzellenz der Herr Ministerpräsident betrat den Saal, das Ministerium stand Habtacht, der Ministerialrat von Herzmanovsky trat zwei Schritte vor und begann die Grußadresse zu formulieren. Er erinnerte sich der gemeinsamen Schulzeit und sprach: »Exzellenz, verehrter Herr Ministerpräsident, mein lieber alter Freund! Die hohe Ehre Deines Besuches in unserem Ministerium etc. … und haben wir mit Freude Deine Berufung durch Seine Majestät erlebt etc. … das ganze Haus auch fürderhin in Treue fest und so wünsche ich Dir viele segensreiche Jahre in Deinem Amt!« Emil von Herzmanovsky trat zurück an seinen Platz, und nach kurzer Stille ergriff Ministerpräsident Gautsch von Frankenthurn das Wort. Er blickte nur kurz auf, streifte mit diesem Blick den einstigen theresianischen Mitschüler kaum und sprach: »Ich danke Ihnen, Herr Ministerialrat.«

Nun herrschte Stille. Dem Ministerium als solchem in seiner Gesamtheit lief es kalt über den Rücken.

Und der angesprochene Ministerialrat Ritter von Herzmanovsky trat noch einmal zwei Schritte vor und sagte: »Exzellenz, verehrter Herr Ministerpräsident, gestatte mir noch einmal das vertrauliche Du: leck mich im Orsch.« Und Emil von Herzmanovsky bat um seine Entlassung.

Alphabetisches Glossar

ALBRECHT, Erzherzog, 1817–1895. Ältester Sohn von Erzherzog Karl, dem »Sieger von Aspern«, Sieger in der Schlacht von Custozza 1866. Ab 1869 General-Inspektor des Heeres.

AMATI Geigenbauerfamilie aus Cremona, deren berühmtestes Mitglied Nicola A. war, 1595–1684, der Lehrer von Stradivari und Guarneri.

APOLLOSAAL Wien VII., ein Unterhaltungsetablissement, errichtet 1807. Der sog. »Feenpalast vom Brillantengrund« bot Platz für 5000, später sogar für 8000 Besucher. Dem Zug der Zeit folgend – große Tanzsäle entstanden damals in allen Teilen Wiens – wurden die berühmten Sperl-Säle im II. Bezirk eröffnet, die »Goldene Birne« auf der Landstraße, der »Schwarze Bock« auf der Wieden. Im Dezember 1807 kündigten Plakate die Eröffnung der Apollosäle für den Fasching 1808 an: »... Der Unterzeichnete kann nur mit kurzen Worten und Zuversicht sagen, daß in ganz Europa kein solcher Saal zur Faschingsunterhaltung anzutreffen ist ...« Ein »Riesenorchester«, schreibt der Chronist Adam Müller-Guttenbrunn, spielte in einem von fünftausend Wachskerzen beleuchteten Etablissement. Der Eintritt war »unanständig gekleideten Personen« untersagt, ebenso Dienern in Livree. Auch Hunde und Träger von Sporen waren nicht zugelassen.
65 Riesenöfen sorgten für Wärme, und der Gartensaal, der Spaziersaal, der Tanzsaal, der Speisesaal, der Rosengang erwarteten ebenso wie rund 70 weitere Räume ihre Besucher – Garderoben und Wintergärten, Glashäuser und Weinkeller. Ein künstlicher Mond beleuchtete den Spaziersaal, der Tanzsaal stellte einen Park in der Abenddämmerung dar – »... man sah Merkur, Ganymed und selbst Frau Venus als Lichtträger benützt, was die Wiener Gelehrten jener Tage ernsthaft tadelten.« Und die Fabrikanten vom Brillantengrund benutzten vor aller Augen Geldscheine zum Entzünden ihrer Zigarren.

Auditor Militär-Richter.

Auge Gottes Ein Hausname, der in Wien nicht selten ist. Es gibt in der Geschichte auch mehrere Lokale dieses Namens, vor allem eines am Petersplatz, Wien I., und eines in der Nußdorferstraße, Wien IX.

Brillantengrund Kaiser Joseph II. bot für Samterzeuger, Seidenfabrikanten, Tuchfabrikanten aus Süddeutschland und Görz günstige Bedingungen, wenn sie sich in Wien niederzulassen bereit waren. Ihnen wurden große Gründe auf dem sog. Schottenfeld zur Verfügung gestellt. Diese Gegend bekam im Volksmund, durch den schnellen wirtschaftlichen Erfolg der Neusiedler, den Namen Brillantengrund.

Canon, Hans 1825–1885, Offizier, später Maler. Schüler von Waldmüller und Rahl. Genreszenen, Porträts, schließlich Monumentalbilder im Stile von Rubens.

Capotte Ein Mantel mit mehreren übereinanderliegenden Krägen.

Carbonari Italienischer Geheimbund zum Zwecke des Umsturzes, gegen die Herrschaft in den von Habsburg beherrschten Staaten Italiens gerichtet.

Coburg Die Realenzyklopädie Regensburg 1846 berichtet über das Haus Sachsen-Coburg-Gotha und Herzog Ernst Anton: »… Das Land nahm nun den Namen Koburg-Gotha an … Auch die Verhältnisse seiner Familie hatten sich auf das Beste gestaltet, indem Glieder derselben auf die Throne mehrerer bedeutender Reiche erhoben wurden … So ward das Herzogs Bruder, Prinz Leopold, König von Belgien. Später wählte die Königin von England den zweiten Sohn Ernsts, Albert, zum Gemahle … etc.« Sachsen-Coburg-Gotha stellte Könige von Belgien und von Griechenland, den Zaren von Bulgarien etc.

Dudelsackdurchklungene böhmische Landschaft Wir denken bei der Erwähnung eines Dudelsacks ausschließlich an Schottland. Aber dieses Instrument ist auch in vielen anderen Landschaften Europas heimisch gewesen und ist es noch – in Spanien, auf Sardinien, in Böhmen.

Eisstoss Bevor die Donau reguliert war, konnte sich in strengen Wintern das Eis des zugefrorenen Flusses an verschiedenen Stellen stauen. So kam es zu einer starken Steigerung der Hochwassergefahr. Schwere Überschwemmungen gab es 1830 und 1880 und noch 1929 entstand ein bedrohlicher Eisstoß (Historisches Lexikon Wien, Hg. Felix Czeike, Bd. 2).

EXZELLENZ Ehrentitel.

FALLMERAYER, Jakob Philipp, 1790–1861, Historiker. Der in Südtirol geborene Orientalist zeigt in seinen Büchern ein Geschichtsbild, das jenem von Herzmanovsky sehr nahe ist, vor allem in der hohen Bewertung der Bedeutung des byzantinischen Reichs, des untergegangenen Kaisertums von Trapezunt, des alten Griechenland für die europäische Gegenwart.

FALZBEIN Bürogerät, das der Herstellung eines sog. Falzes dient, eines deutlichen Knicks einer Papierseite.

FINGERNAGELKALENDER Auch »Portemonnaiekalender« genannt, ein Kalender also, der so klein ist, daß man seine Seiten nur mit Hilfe eines Fingernagels umblättern kann.

FERRACUTTI Gesellschaftsmaler im späten 18. Jahrhundert.

FOTZHOBEL Obsoleter Ausdruck für Mundharmonika.

FUSSWASCHUNG Zeremonie, die zu Ostern im Stephansdom abgehalten wurde. Der Kaiser wusch zwölf ausgewählten Greisen die Füße, trocknete sie, bewirtete sie.

GOLDENE ADER Aus dem Gebrauch gekommener Euphemismus für Hämorrhoiden.

GURKAHACKL Soviel wie Gurkenhobel.

HEIDUCKEN Der Begriff stammt aus dem Türkischen, wurde in den von den Türken besetzten ungarischen Gebieten übernommen. Ein Lakai in ungarischer Tracht, ein Leib-Husar.

HELIKON Gebirgsmassiv in Böotien, Griechenland. Der Musenberg der alten Griechen.

Hofekwibasch meint Hofequipage, eine Kutsche des kaiserlichen Haushalts. Diese Equipagen waren u.a. auch an den vergoldeten Radspeichen zu erkennen.

Hofkakarilla Von Frau Watzka falsch gehörte und also falsch wiedergegebene Form von »Kamarilla«. Aus dem Spanischen stammende Bezeichnung für intrigante, gefährliche Umgebung des Fürsten.

Hofkanzlei, böhmische 1526 kam Böhmen auf dem Erbweg zu der Herrschaft Habsburgs. Das machte eine eigene Verwaltungsbehörde notwendig, die ihren ersten Sitz auf dem Graben hatte, dann wurde sie in die Wipplingerstraße verlegt. Hier wurde von 1710-14 ein Neubau nach Plänen von Johann Bernhard Fischer von Erlach errichtet, der weiterhin derselben Behörde diente. Seit 1946 Sitz von Verfassungs- und Verwaltungsgerichtshof.

Hofriese Siehe Hofzwerge.

Hofzwerge Beamtengruppe, deren höchster Rang der Hofrat war. Sie wurde 1848 aufgelöst. Der Begriff Zwerg diente als Sammelbegriff – es ging um ungewöhnlich aussehende Menschen. So war der letzte Hofzwerg ein Riese, er hieß Matthias Gullia und war 210 cm groß. Bis 1848 hatte er als Tafeldecker in Schloß Laxenburg gearbeitet, dann wurde er Kassier im Josefsbad, Baden bei Wien. Er war ein guter Musiker und sprach mehrere Sprachen. 1866 ist der letzte Hofzwerg gestorben.

I. I. Ka-Ka-Ka-Ka Ha-Ha Amtliche Abkürzung für Ihre Kaiserlich-Königlichen Hoheiten.

Ixionsrad Ixion, der König der Lapithen, war in Zeus' Gattin verliebt und rühmte sich der Gunst Heras. Zur Strafe wurde er von Zeus auf ein glühendes Rad gebunden. Ixion ist der Vater des Kentauros.

K.K. Abkürzung für »kaiserlich-königlich«; nicht zu verwechseln mit »k.u.k«, was erst mit dem Ausgleich mit Ungarn 1867 notwendig wurde. Ab diesem Jahr galt: Mit »k.k.« ist gemeint »Kaisertum Österreich, Königreich Böhmen und Mähren«. Mit »k.u.k.« ist gemeint »Kaisertum Österreich und Königreich Ungarn«.

KEUSCHHEITSKOMMISSION Am 12.2.1752 setzte Maria Theresia eine Hofkommission ein, die »öffentliches Ärgernis« verhindern sollte, womit vor allem erotische Ärgernisse gemeint waren. Die Kommissäre verfolgten in ihrem Übereifer auch Mitglieder des hohen Adels, die Freunde besuchten, oder sorgten mit skurrilen Vorschlägen für Heiterkeit, vor allem im nicht betroffenen Ausland. Felix Czeike (Historisches Lexikon Wien) berichtet, die Keuschheitskommission habe u.a. für die Entfernung der unbekleideten Figuren vom Donnerbrunnen am Neuen Markt gesorgt. Die Kommission wurde schon im Mai 1753 wieder aufgelöst.

KOLATSCHEN Ein Backwerk.

KUBIN »... Pater Kubin ... muß die Gespensterhäuser registrieren in Salzburg und Umgebung...« Herzmanovsky war mit dem Graphiker und Schriftsteller Alfred Kubin in jahrzehntelanger Freundschaft verbunden. Der Briefwechsel der Freunde ist im Band VII der kritischen Gesamtausgabe, Salzburg 1983, veröffentlicht worden. Diese Freundschaft war durch das gemeinsame Interesse an Mystischem geprägt.

LAMPI, Johann Baptist von Lampi, 1751–1830. Porträtist, tätig hauptsächlich in Wien, Warschau und St. Petersburg.

LAUFER Vorläufer – ein in den Farben seiner Herrschaft gekleideter Bedienter, der seine Aufträge zu Fuß ausführte. Aufgabe der Laufer war es vor allem, den herrschaftlichen Kutschen voranzulaufen, ihnen den Weg zu bahnen, ihnen bei nächtlichen Fahrten den Weg zu erleuchten. 1847 wurden die Laufer von Kaiser Ferdinand I. abgeschafft.

LIEBLINGSLEIBSTUHL Ein Leibstuhl ist ein glücklicherweise nicht mehr gebräuchliches Möbelstück, das vor dem Siegeszug des WCs in Verwendung stand. Im Biedermeier hat man ihm gerne z.B. die Form einer Butte gegeben.

MESSERSCHMIED, Xaver meint Franz Xaver Messerschmidt, 1736 bis 1783. Bildhauer, stammte aus dem Schwäbischen, ließ sich 1754 in Wien nieder, zog weiter nach Preßburg, wo er bis ans Lebensende blieb.

METTERNICH, Clemens Wenzel Lothar Graf, ab 1813 Fürst; 1773–1859. Öst. Staatskanzler von 1810 bis 1848.

MEYTENS, Martin von, 1695–1770. Maler; er stammte aus einer holländischen Familie, die nach Schweden eingewandert war, in Stockholm kam er zur Welt. Nach Lehr- und Wanderjahren in Frankreich, England, Sachsen, Italien ließ Meytens sich 1730 in Wien nieder und trat in kaiserlichen Dienst. 1732 Kammermaler, 1759–1770 Direktor der Akademie der bildenden Künste.

NADIR SEMLIN Sohn des blutrünstigen Nadir, Schah von Persien. Der Schah wurde 1747 ermordet. Der Sohn konnte sich nach Semlin retten, wo er auf Befehl Maria Theresias getauft und erzogen wurde. Er trat, mit dem Adelsprädikat eines Barons von Semlin, in russische Dienste, machte den Siebenjährigen Krieg mit und verbrachte seine letzten Lebensjahre in Mödling in Niederösterreich.

NIOBE In der griechischen Mythologie die Königin von Theben, die sich gegenüber der Göttin Leto (bei den Römern Latona, eine der vielen Geliebten des Göttervaters Zeus/Jupiter) ihres Kinderreichtums rühmt. Apollo und Artemis, Kinder Letos, rächen ihre Mutter, indem sie Niobes sieben Töchter und sieben Söhne töten.

OBERSTHOFLÖSCHHORNPUTZER Nicht alle dieser bei Herzmanovsky genannten Berufe hat es tatsächlich gegeben, FHO hat manchen dieser Berufe, viele dieser Titel nachempfunden, nachgefühlt, hat die Lücken geschlossen, die die Schöpfung oder die barocke Staatskunst hinterlassen haben. Vieles aber gab es tatsächlich, wie die Laternenanzünder, die Lavendelweiber, die Aschenmänner, die Hofzwerge, natürlich auch an anderen Höfen und in anderen Ländern, nicht nur in Wien, das lag an der Zeit und an ihren Bräuchen und Notwendigkeiten.
In Österreich, noch zur Zeit des Hl. Römischen Reichs, und ebenso im Kaisertum Österreich, gab es freilich noch ganz besondere, anderswo nicht bekannte Berufssparten und Ehrentitel. Das wieder lag an der Struktur des Reichs, an den vielen verschiedenen Völkern, die da miteinander lebten. Alleine der ungewöhnliche Alltag an der Militärgrenze im Süden des Reichs hat für den heutigen Betrachter unbegreifliche Amtstitel erfordert – wie etwa die Oberstabshebamme.

OBIZZI, Marquis; der Name scheint hier jedenfalls aus der Freude Herzmanovskys an seiner südlichen Herkunft, an der Befassung mit Nebensträngen der Geschichte auf. Der Marchese Ferdinand degli Obizzi war von 1701 bis 1710 der Kommandant der Wiener Stadtguardia, der mit 1200 Mann der Wachdienst auf den Basteien und an den Stadttoren oblag. Das Palais des Marchese in Wien I., Ecke Kurrentgasse – Schulhof, gehört der Gemeinde Wien. Hier ist das Uhrenmuseum untergebracht.

ONKEL TONI Wie auch in seinen Briefen wiederholt bezeugt ist, hat Herzmanovsky aus Onkel Toni eine seiner köstlichsten Gestalten gemacht, die unter wechselndem Namen in allen größeren Prosawerken auftritt: im »Gaulschreck im Rosennetz« als Rochus Großkopf, der Kunstmäzen aus St. Pölten, im »Maskenspiel der Genien« als der Münchner Raritätensammler Xaver Naskrückel, und in »Scoglio Pomo« als der gelehrte Rat Blasius Großwachter aus Linz.

ORDINARI Damalige Donaupostschiffe.

OSTERLAMMERZEUGERFAMILIE Ähnlich wie mit Tragant, s.d., verfuhr der Konditor auch mit fein gesponnenem und geformtem Zucker. Im Biedermeier war es vor allen seinen Kollegen der Wiener Zuckerbäcker Prandl, der seine vornehme Kundschaft mit sensationellen Angeboten verwöhnte. Darstellungen von beliebten Sängern, stadtbekannten Elegants, berühmten Tänzerinnen, aus Zucker geformt konnte man sie mit nach Hause nehmen. Und so gab es eben auch Osterlämmer aus Zucker, gerne lagen sie vor einem sie überragenden Osterei, ebenfalls aus ganz feinem, lichtdurchlässigem Zucker geformt. Bis ins späte 20. Jahrhundert hat sich diese Tradition aus dem Rokoko behauptet.

PATSCHULI Ein Parfum.

PAUMGARTNER Vermutlich eine Anspielung auf den Direktor des Mozarteums in Salzburg, den langjährigen Festspielpräsidenten und Begründer des Festes in Hellbrunn Dr. Bernhard Paumgartner.

PIRUTSCHADEN AUFS HAMEAU: Das Birutsch war eine zweirädrige, halboffene Kutsche (lt. Wörterbuch der Wiener Mundart, ÖBV Wien

1998). Das Wort leitet sich vom italienischen baroccio her, einem zweirädrigen Lastkarren, oder vom lateinischen birotus – zweirädrig. Das Hameau liegt im 17. Bezirk. Hier hatte man im späten 19. Jahrhundert im Auftrag von Feldmarschall Franz Moritz Graf Lacy eine Gruppe einfacher Hütten errichtet, mit Laubengängen miteinander verbunden, umgeben von Bäumen. Der Graf lud seine Gäste in dieses »holländische Dorf«.

POMONA Göttin der Baumfrucht.

POWIDL Zwetschkenmarmelade, Pflaumenmarmelade.

PELONTON Von Frau Watzka falsch ausgesprochenes »Peloton« – eine kleine militärische Einheit im 18. Jahrhundert; ein Bataillon bestand aus acht Pelotons.

QUARTOGENITUR Von Herzmanovsky zwar erdachte, aber an sich durchaus mögliche Regierungsform: der viertgeborene Sohn der Hauptlinie eines Herrscherhauses übernimmt den Thron eines Landes, nachdem schon seine beiden älteren Brüder andere Throne bestiegen haben. Der älteste dieser vier hypothetischen Brüder folgt dem Vater in der Regierung.

SACHSEN-TESCHEN, Albert Herzog von, 1742–1822; Schwiegersohn Maria Theresias, 1766 Heirat mit Marie Christine. Der Herzog begründete 1776 die weltberühmte graphische Sammlung, die seinen Namen trägt. Die Albertina ist im Palais des Herzogs untergebracht, in dem später Erzherzog Carl mit Familie, nach ihm Erzherzog Albrecht (s.d.) wohnte.

SCHMAUSWABERL Im VII. Bezirk, auf dem Spittelberg, befand sich im frühen 19. Jahrhundert das Gasthaus der Barbara (=Waberl) Roman. Die Witwe brachte es zustande, daß sie von mehreren Tafeln, und auch selbst von der kaiserlichen Tafel erhielt, was nicht aufgetragen worden war. Das Geschäft ging so gut, daß bald andere Gastwirte ihrem Beispiel folgten.

SCHMECKETER WURMHOF Sehr bekanntes Haus im Zentrum Wiens.

SCHMELZ Ein durch Jahrhunderte unverbautes Gebiet im heutigen XV. Wiener Gemeindebezirk. Ein Schmelzhaus, das die Türken 1683 zerstört haben, hat ihm den Namen gegeben. 1847 wurde das Gelände von der k.k. Armee erworben und diente nun für Paraden und militärische Übungen sowie für die alljährliche Abhaltung der sog. Frühjahrsparade.

SCHOKOLADI Linné hat sie ein »Göttergetränk« genannt. Kakao aus den Kolonien Spaniens bildete seine Grundlage, weitere Hauptbestandteile waren Zucker und Vanille. In Spanien trat das Getränk seinen Siegeszug durch Europa an. Nach Versailles kam es durch zwei Damen aus dem Hause Habsburg – Anna von Österreich, Ehefrau Ludwigs XIII., und Maria Theresia, die Gemahlin Ludwigs XV. Im Rokoko war die Trinkschokolade schon so allgemein beliebt, daß sie dem Wein Konkurrenz machte. Hier spricht die Witwe Schosulan von der Schokoladisucht der Maria Theresia – aber in Wahrheit hat diese den Kaffee vorgezogen. Ihr Gemahl hingegen, Kaiser Franz I., war dem Modegetränk verfallen, mit dem er jeden Tag begann. Sein Hofpoet Pietro Metastasio hat eine Kantate zu Ehren der Ciocolata gedichtet.

SKÜS Höchster Wert des Tarockspiels (spr. Gstieß).

SONNENFELS, Joseph Frhr. von, 1733–1817. Sonnenfels war Jurist und Schriftsteller. Sein Großvater war Stadtrabbiner von Berlin, der Vater verließ Preußen und ließ sich in Wien nieder, wo er mit seiner Familie zum katholischen Glauben übertrat. Joseph von Sonnenfels wer Professor für politische Wissenschaften an der Universität Wien, setzte sich für die Ideen der Aufklärung ein, war Freimaurer, und zwar einer der wichtigsten seiner Zeit, hatte Einfluß auf Maria Theresia und auf Joseph II. 1786 erreichte er die Zustimmung zur Abschaffung der Folter.

SPANISCHER WIND Windbäckerei, Franz Ruhms Kochbuch nennt spanische Wind-Ringe und Wind-Eier noch um die Mitte des 20. Jahrhunderts. Der Spanische Wind scheint schon in sehr alten Wiener Kochbüchern auf – eine Masse aus geschlagenem Ei und verschiedenen Arten Zucker. Er diente – und dient – als Grundmasse für Baisers (Meringues) oder für Windringe (Christbaumschmuck).

SPORN, GOLDENER Hoher päpstlicher Orden, der sog »speron d'oro«, der zur Führung des Titels »Cavaliere« berechtigte. Mozart besaß Orden und Titel, hat aber davon fast niemals Gebrauch gemacht.

STIEREN Wienerischer Ausdruck für umherstochern.

STREUSAND diente dem Trocknen der Tinte auf den Aktenstücken und Briefen.

STROH GESTREUT ... Das war üblich, um den Lärm der Wagenräder zu mildern. In seinen Memoiren erzählt Alfons Clary-Aldringen: »... Die Gassen der inneren Stadt waren damals mit Holz gepflastert, so war der Lärm der rasch fahrenden Wagen sehr laut. Als Großvater krank wurde, belegte man die Straße vor dem Palais mit Stroh, das öfters gewechselt werden mußte. Ich erinnere mich noch: von weitem hörte man das Trappen der Pferde, dann wurde es ganz still, dann kam das Trappen wieder ...«

TEGETTHOFF, Wilhelm von, 1827–1871. Admiral der öst.-ungar. Kriegsmarine, Sieger der Seeschlachten von Helgoland gegen Dänemark und von Lissa gegen Italien.

TENUE Kleidung, auch gebraucht als zeremonieller Ausdruck für »Bekleidungsvorschrift«.

THALATTA, THALATTA Der griechische Historiker und Militär Xenophon erzählt in der »Anabasis« von den Taten des griechischen Heeres, von jenen Soldaten, die am »Zug der Zehntausend« nach Persien im Jahr 410 v. Chr. teilgenommen haben und voller Freude »Thalatta, Thalatta!« (»Das Meer, das Meer!«) gerufen haben, als sie das Schwarze Meer erreicht hatten.

TRABANTENLEIBGARDE Eine der kaiserlichen Leibgarden, sie diente dem inneren Dienst in den kaiserlichen Schlössern, trug einen ponceauroten, goldbordierten Rock, weiße hirschlederne Hosen, einen Zweispitz, später einen silbernen Helm mit weißem Büffelhaarbusch. Ihre Waffen waren Schwert und Hellebarde.

TRAGANT »Gummi Tragacanthae, ein Gummi, welches aus einigen Pflanzen im nördlichen Persien und in Kleinasien gewonnen wird.« So

definiert die Realencycklopädie für das katholische Deutschland, Regensburg 1846.
Tragant war jahrhundertelang fester Bestandteil des Repertoires eines Zuckerbäckers von Reputation. Die Tragantgrundmasse wurde über Nacht in Wasser eingeweicht, am nächsten Tag durch ein feines Sieb gepreßt, dazu gab man Staubzucker und hatte nun eine formbare Substanz. Diese wurde bis zur weiteren Verwendung aufbewahrt. Die weitere Verwendung bestand hauptsächlich in der plastischen Darstellung von Brautpaaren, Triumphpforten, bekannten Persönlichkeiten etc. War das Werk vollbracht, so wurde es mit »venetianischem Terpentin« überzogen und so haltbar gemacht. Vor allem die Wiener Konditoren Höfelmeyer und Prandl hatten einen anerkannten Ruf auf diesem Gebiet. Noch in den fünfziger Jahren des 20. Jahrhunderts gab es im 9. Wiener Gemeindebezirk eine Firma, die Figuren aus Tragant erzeugte.
Ab 1819 führte Höfelmeyer die Apollosäle, s.d. Er hatte sie übernommen, obwohl der Gründer des berühmten Etablissements Schiffbruch erlitten hatte.

TRAGBUTTENFORM Im Biedermeier beliebte Form für Kleinmöbel.

URSCHULINERINNEN Ursulinen, ein Damenorden. Er hatte sein Kloster an der Ecke Seilerstätte – Johannesgasse.

VENEDIGERMANDELN Ein in den österreichischen Volkssagen vorkommendes, aus dem Grenzgebiet zu Friaul herüberwechselndes Wesen.

VEITSTÄNZER Von der heute Chorea Huntington genannten Krankheit Befallene. Der hl. Veit – Vitus – hat die Patronanz über die Veitstänzer.

VERTUMNUS Etruskisch-römischer Gott des Verkehrs. Sein Attribut, der Blitz in Keilform, wurde von den Römern für eine Frucht gehalten und Vertumnus deshalb immer in Beziehung zu Pomona gesetzt.

ZUR FLUCHT NACH ÄGYPTEN In Wien mehrfach vorkommender Hausname.